GIL2

RAVEN KENNEDY

TRADUÇÃO DÉBORA ISIDORO

Copyright © 2020 Raven Kennedy
Título original: Gild
Tradução para Língua Portuguesa © 2023 Débora Isidoro. Todos os direitos reservados à Astral Cultural e protegidos pela Lei 9.610, de 19.2.1998. É proibida a reprodução total ou parcial sem a expressa anuência da editora.
Este livro foi revisado segundo o Novo Acordo Ortográfico da Língua Portuguesa.

Editora Natália Ortega
Editora de arte Tâmizi Ribeiro
Produção editorial Brendha Rodrigues, Esther Ferreira, Felix Arantes, Maith Malimpensa
Preparação de texto Letícia Nakamura
Revisor Pedro Siqueira e Claudia Rondelli
Capa Maria Spada / Imagine Ink Designs
Adaptação Tâmizi Ribeiro
Foto Arquivo Pessoal

Conteúdo sensível: Este livro contém linguagem adulta, violência e estupro que podem desencadear gatilhos.

Dados Internacionais de Catalogação na Publicação (CIP)
Angélica Ilacqua CRB-8/7057

K43g

Kennedy, Raven
 Gild / Raven Kennedy ; tradução de Débora Isidoro. — Bauru, SP : Astral Cultural, 2023.
 288 p. (Série A prisioneira dourada)

 ISBN 978-65-5566-292-4

 1. Literatura norte-americana 2. Ficção fantástica I. Título II. Isidoro, Débora III. Série

22-6580

CDD 813

Índice para catálogo sistemático:
1. Literatura norte-americana

BAURU
Av. Duque de Caxias, 11-70
8º andar
Vila Altinópolis
CEP 17012-151
Telefone: (14) 3879-3877

SÃO PAULO
Rua Major Quedinho, 111
Cj. 1910, 19º andar
Centro Histórico
CEP 01050-904
Telefone: (11) 3048-2900

E-mail: contato@astralcultural.com.br

Para os que tentam,
mas não conseguem ver as estrelas.
Continuem olhando para cima.

1

Levo a taça de ouro aos lábios enquanto assisto ao show de nudez pelo espaço entre as barras da grade. A luz é escassa, deliberada. Apenas um tremular de chama sobre formas promíscuas que se movem em conjunto. Sete corpos trabalhando por um só alívio, e eu aqui, afastada, como a espectadora de algum tipo de esporte.

O rei convocou minha presença aqui há cerca de duas horas, quando começou a se sentir sexualmente excitado com seu harém de concubinas sinuosas — também conhecidas como suas montarias reais. Ele decidiu que hoje à noite se entregaria ao prazer no átrio, provavelmente por causa da acústica. Devo reconhecer que o eco dos gemidos é de fato envolvente.

— Isso, meu rei! Isso! Isso!

Minhas pálpebras se contraem, e bebo rapidamente mais vinho, obrigando-me a desviar o olhar a fim de apreciar a noite. O átrio é enorme, e todas as paredes e o teto abobadado são repletos de vidraças, o que significa que esta é a melhor vista de todo o palácio. Quer dizer... quando a neve cessa por tempo suficiente para se enxergar alguma coisa.

No momento, a habitual nevasca está em ação. Flocos brancos caem do céu, uma promessa de que as vidraças estarão cobertas ao amanhecer. Mas, por ora, consigo notar lá em cima uma sugestão pálida de estrela, espiando por entre as nuvens opressoras e o branco que se alastra por tudo. O vapor espesso e congelado sempre encobre o céu como uma sentinela avarenta, roubando de mim a vista e guardando-a para si. Mas tenho um vislumbre, e sou grata por isso.

Penso se, em determinado momento, monarcas passados de tempos esquecidos construíram este átrio para que mapeassem as estrelas e decifrassem as histórias que os deuses deixaram para nós no céu. Mas a natureza os frustrou, e aquelas nuvens sentinelas, debochando de seus esforços, esconderam a verdade de nós.

Ou a realeza há muito tempo morta só erigiu esta sala para observar o vidro congelado e as nevascas enquanto permanecia aqui, intocada pelo vasto frio branco. A realeza oreana é arrogante o bastante para fazer algo assim. Dito isso... olho para o rei que, no momento, está enterrado até as bolas em sua montaria, enquanto as outras se exibem e brincam para seu prazer.

Entretanto, posso estar errada. Talvez este espaço não tenha sido edificado com o propósito de olharmos para cima, mas para que os deuses olhassem para baixo. Talvez os velhos reis também tenham trazido as montarias deles aqui em cima, como oferenda visual para que o céu desfrutasse da devassidão. Com base em certas histórias que li, os deuses são um bando de tarados, então, francamente, não duvido de que ficassem felizes com isso. Mas não os julgo. As montarias reais são muito talentosas.

Apesar de ser forçada a ver e ouvir os atos libidinosos agora, e apesar de o topo da cúpula ser normalmente bloqueado pela neve, ainda gosto de vir aqui. É o mais perto que chego de estar do lado de fora, de sentir o vento no rosto ou dos pulmões se expandindo com o ar fresco.

O lado positivo? Pelo menos nunca tenho de me preocupar com pele rachada de frio ou tremer na neve. Afinal, a nevasca parece mesmo gelada.

Tento manter uma atitude positiva em relação à vida, a despeito de estar presa na minha própria gaiola, de tamanho suficiente para caber um humano. Uma bela jaula para uma bela relíquia.

— Ah, Divino! — grita uma das montarias em êxtase (Rissa, eu acho) e interrompe meus pensamentos. Ela tem uma voz rouca, cabelos loiros e um rosto de beleza natural.

Contemplo novamente a cena diante de mim, incapaz de evitá-la. Há seis montarias fazendo o seu melhor para impressionar. Seis é o número de sorte do rei — já que ele é o governante do Sexto Reino de Orea. Ele é um pouco obsessivo com isso, na verdade. A qualquer momento, é possível se deparar com o número à sua volta. Tipo os seis botões em qualquer camisa que seus alfaiates lhe confeccionam. Ou os seis pináculos em sua coroa de ouro. As seis montarias com que ele está trepando hoje à noite.

No momento, cinco mulheres e um homem atendem às suas necessidades carnais. Os serviçais trouxeram uma cama para o rei ficar confortável, enquanto se entrega ao prazer. Deve ter sido uma grande inconveniência desmontar a cama enorme, subir três lances de escada e montá-la novamente, só para removê-la mais tarde. Mas o que eu sei? Sou só a montaria favorita do rei.

Torço o nariz ante a expressão. Prefiro quando as pessoas me chamam de favorita do rei. Tem uma conotação mais agradável, embora o significado permaneça o mesmo.

Sou dele.

Apoio os pés nas barras frontais da gaiola e me reclino nas almofadas sob meu corpo. Vejo o traseiro do rei se contrair quando ele entra e sai de uma das garotas embaixo dele, enquanto outras duas mulheres permanecem ajoelhadas na cama, uma de cada lado do rei, oferecendo pleno acesso aos seios nus, os quais no momento ele massageia com as mãos.

O rei é um homem que gosta de seios.

Olho para o meu, neste momento coberto por seda dourada. É mais uma toga do que um vestido, uma faixa de tecido presa sobre cada ombro e descendo solta até a cintura, onde um cinto de argolas douradas ajusta a peça ao corpo. Ouro é tudo o que uso, toco ou vejo.

Cada planta neste átrio, antes fértil e verde, agora é sem vida e metálica. Toda a sala é de ouro, exceto o vidro transparente nas janelas. Assim como o lençol dourado na cama sobre a qual o rei trepa agora, são dourados os flocos salpicados na madeira da estrutura da cama. O mármore do chão é dourado; os veios mais escuros que o atravessam são como riachos congelados, sem densidade. Há maçanetas de ouro nas portas, trepadeiras cintilantes subindo por paredes douradas, colunas metálicas sustentam toda a riqueza e sobem rumo aos arcos.

Ouro é um tema dominante aqui no Castelo Sinoalto do Rei Midas. Assoalhos de ouro. Batentes de ouro nas janelas. Tapetes, pinturas, tapeçarias, almofadas, roupas, pratos, armaduras de cavaleiros; inferno, até o passarinho de estimação está congelado naquele brilho sem vida. Até onde os olhos alcançam, tudo é ouro, ouro, ouro, inclusive toda a estrutura do próprio palácio. Cada pedra, degrau e pilar.

O exterior do castelo deve ser ofuscante quando tocado pelo sol. Felizmente para todos que vivem fora dele, não acredito que o sol tenha de fato algum dia brilhado nestas paredes. Se não está nevando, está chovendo granizo, e se não está chovendo granizo, tem sempre uma nevasca em formação.

O sino aqui sempre ecoa um alerta quando uma nevasca se aproxima, avisando as pessoas para ficarem em locais fechados. E aquele enorme sino na torre, no ponto mais alto do castelo? Sim, também é de ouro maciço. E puxa, como é barulhento.

Odeio o sino. Suas badaladas são mais ruidosas do que uma tempestade de granizo sobre um telhado de vidro, mas com um nome como Castelo Sinoalto, acho que não ter um sino irritante seria blasfêmia.

Ouvi dizer que as pessoas conseguem escutá-lo a quilômetros e quilômetros de distância. Assim, com o sino estridente e o ouro ofuscante, o Castelo Sinoalto é um pouco extravagante em sua localização, empoleirado na encosta desta montanha rochosa e coberta de neve. O Rei Midas não é muito de sutilezas. Ele exibe seu famoso poder, e as pessoas se curvam em admiração ou se consomem de inveja.

Dirijo-me à beirada da minha gaiola para me servir de mais vinho, mas descubro que o jarro está vazio. Olho para ele de cara fechada, tentando ignorar os gritinhos e os grunhidos masculinos atrás de mim. Uma montaria diferente — Polly — é cavalgada pelo rei agora, e seus ruídos sexuais me incomodam como um dente sensível em contato com gelo, enquanto o ciúme contrai meu peito.

Queria muito mais vinho. Em vez disso, pego as uvas no meu prato de queijo e frutas e as enfio na boca. Talvez fermentem no estômago e me deixem um pouco bêbada? Só posso torcer para isso, mesmo.

Encho a boca de uvas mais uma vez para aumentar as chances e volto ao canto, onde me acomodo sobre as almofadas douradas no chão. Com um tornozelo descansando sobre o outro, contemplo os corpos se contorcendo na linda performance para o rei.

Três montarias são novas, por isso ainda não sei o nome delas. O novo macho está em pé no colchão, totalmente nu — e, grande Divino, como ele é lindo. Seu corpo é perfeito. Consigo ver por que o rei o escolheu, com aquele abdome esculpido e o rosto afeminado, ele compõe uma vista muito agradável. É evidente que, quando não está servindo Midas, ele se exercita para esculpir cada um e todos os músculos.

No momento, ele mantém os antebraços apoiados sobre a viga mais alta da cama de dossel, e uma das mulheres está empoleirada nela como um esquilo em um galho, com as pernas abertas enquanto ele a devora. Não tem como ignorar o equilíbrio e a performance artística dos dois.

A terceira novata está de joelhos na frente do homem, chupando seu pau como se extraísse dele o veneno de uma picada de cobra. E... uau, ela é muito boa nisso. Agora sei por que foi escolhida. Inclino a cabeça, fazendo anotações mentais. Nunca se sabe quando uma habilidade assim pode ser útil.

— Sua boceta me aborrece — Midas comenta de repente, fazendo Polly sair rapidamente de baixo dele. Ele bate na garota peituda à sua frente. — É a sua vez. Quero sua bunda.

— É claro, meu rei — ela ronrona antes de girar e cair de joelhos, levantando o traseiro. Ele a penetra com a lubrificação de Polly ainda no membro, e a mulher geme.

— Farsante — resmungo. Duvido que tenha sido gostoso.

Não que eu saiba. Nunca fui penetrada por lá, graças ao Divino.

Os sons na sala se intensificam quando duas montarias chegam ao orgasmo — fingidos ou reais — e o rei penetra sua fêmea com violência, antes de enfim derramar seu sêmen com um grunhido.

Espero que se dê por satisfeito desta vez, porque estou cansada e sem vinho.

Assim que a mulher cai deitada embaixo dele, o rei bate novamente em seu traseiro, agora para dispensá-la.

— Podem voltar para a ala do harém, todas vocês. Acabei por hoje.

As palavras interrompem o restante das montarias, que desiste do próprio alívio. O homem ainda exibe sua ereção, mas nenhum deles reclama, faz cara feia ou ainda ignora a ordem. Fazê-lo seria certamente pura estupidez.

Todos se desenrolam rapidamente e saem nus em fila única, algumas ainda com as coxas molhadas e pegajosas. Foi uma longa noite.

Fico pensando se as montarias vão terminar as coisas entre elas na ala do harém. Eu não saberia dizer, pois não tenho permissão para entrar lá, então não conheço a dinâmica das relações quando o rei não está por perto. Não tenho permissão para ir a lugar algum, a menos que esteja em minha gaiola ou na presença do rei. Como sua favorita, sou mantida trancafiada e em segurança. Um bichinho de estimação a ser protegido e mantido.

Observo Midas com atenção enquanto ele veste o robe dourado depois da saída da última montaria. Vê-lo ali com tão pouca roupa e satisfeito com seus prazeres sexuais faz meu estômago se contrair.

Ele é bonito.

Não é musculoso, porque leva uma vida muito confortável, mas é naturalmente esguio e tem ombros largos. Jovem para um rei governante, Midas tem apenas trinta e poucos anos e um rosto ainda suave com os contornos da juventude. A pele é bronzeada, apesar de só nevar e chover por aqui, e o cabelo é loiro com reflexos cor de mel puxando para o vermelho, com a nota escarlate mais intensa à luz das velas. Os olhos são castanho-escuros, e ele tem presença, charme. É o charme que sempre me pega.

Meu olhar vai descendo, passa pela cintura e encontra o contorno do membro, não mais ereto, mas ainda visível sob o tecido sedoso.

— Enchendo os olhos, Auren?

Ao ouvir meu nome, desvio rapidamente o olhar de seu membro e encaro o rosto sorridente. Minhas bochechas esquentam, mas disfarço o constrangimento.

— Bom, é de fato uma bela paisagem — digo com um encolher de ombros e os lábios encurvados.

Ele ri e começa a caminhar em direção às barras da minha gaiola no fundo do átrio. Adoro quando ele sorri. Tenho a sensação de lagartas rastejando em meu estômago — não de borboletas. Sinto inveja daquelas vadias voadoras e livres.

Seus olhos deslizam por meu corpo desde os pés descalços até os seios. Tenho o cuidado de continuar sentada e não me mover, apesar da vontade de mudar de posição sob aquele olhar. Inclino a cabeça de lado e espero. Aprendi a ficar quieta, porque é assim que ele gosta.

Seus olhos são uma carícia lenta em meu corpo.

— Hum... Você parece boa o suficiente para comer hoje.

Fico em pé e deixo o vestido fluido descer até tocar meus pés, então me aproximo da grade e paro diante dele. Seguro uma das barras entre nós.

— Podia me deixar sair desta gaiola e vir provar. — Tenho o cuidado de manter o tom brincalhão e a expressão sedutora, embora meu corpo queime de desejo.

Me deixe sair. Me toque. Me deseje.

Meu rei é um homem complicado. Sei que ele gosta de mim, mas ultimamente tenho esperado... mais. Sei que a culpa é minha. Eu não devia querer mais. Devia estar feliz com o que tenho, mas não consigo evitar.

Quero que Midas olhe para mim como eu olho para ele. Quero que seu peito pulse com o desejo que pulsa no meu. Mas, mesmo que ele jamais possa me dar isso, queria apenas que passasse mais tempo comigo.

Sei que é um desejo impraticável. Ele é um rei. É constantemente puxado em milhares de direções. Tem deveres que não consigo nem imaginar. Conseguir alguma atenção dele deveria ser motivo de comemoração.

Por isso engulo essas vontades, e uma pá de neve cobre a carência com um peso entorpecedor para escondê-la dentro de mim, lá no fundo.

Eu me distraio. Penso. Ocupo meu tempo como posso. Mas, independentemente da quantidade de pessoas com que me deparo todos os dias, ainda acordo sozinha e vou para a cama do mesmo jeito.

Não é culpa de Midas, e é inútil reclamar disso. Fazê-lo não me levaria a lugar algum — e eu vivo em uma gaiola, então, ir a nenhum lugar é algo que conheço bem.

O sorriso de Midas se alarga ante minhas palavras atrevidas. Ele está de bom humor, uma disposição que não encontro com frequência, mas adoro quando a vejo. Lembro-me de como éramos quando nos tornamos amigos. Quando eu era só uma menina perdida, e ele me levou para conhecer uma vida diferente, o jeito como sorria para mim e me lembrava de como encurvar meus lábios.

Midas deixa os olhos percorrerem meu corpo de novo; minha pele aquece, lisonjeada e deleitada com sua atenção. Tenho a silhueta em forma de ampulheta, com seios, quadril e bunda generosos, mas não é isso que as pessoas notam quando olham para mim pela primeira vez. Não sei nem se ele nota tudo isso.

Quando as pessoas olham para mim, não é para apreciar minhas curvas ou decifrar os pensamentos em meus olhos. Não, elas só se preocupam com uma coisa, e é o brilho da minha pele.

Porque ela é de ouro.

Não dourada. Não bronzeada. Não pintada, banhada ou tingida. Minha pele é coberta por uma real, brilhante e acetinada camada de ouro.

Sou como tudo neste palácio. Até meu cabelo e meus olhos cintilam com um brilho metálico. Sou uma estátua de ouro ambulante — tudo de ouro, exceto meus dentes brancos e reluzentes, o branco dos olhos e a língua rosada e provocadora.

Sou uma estranheza, uma mercadoria, um boato. Sou a favorita do rei. Sua montaria premiada. A que ele brindou com seu toque de ouro e mantém em uma jaula no alto de seu castelo, aquela cujo corpo carrega a marca de sua propriedade e de sua predileção.

O bicho de estimação revestido de ouro.

Sou a queridinha do Rei Midas, o governante de Sinoalto e do Sexto Reino de Orea. Pessoas vêm me ver tanto quanto vêm para ver seu castelo brilhante, que vale mais do que todas as riquezas do reino inteiro.

Sou a prisioneira dourada.

Mas como é linda essa prisão.

2

Com Midas parado ali na minha frente, esqueço o cansaço. Todo o meu foco está nele, todos os meus nervos ficam conscientes de sua atenção. Midas continua me fitando, e aproveito a oportunidade para estudar a beleza de seu rosto macio, o olhar determinado.

Quanto mais o encaro, mais o perdoo por ter me trazido aqui em cima hoje. Por fazer de mim uma espectadora do prazer do qual não participei enquanto ele abria as pernas de suas montarias.

Midas levanta a mão e passa os dedos por entre as grades.

— Você é preciosa demais para mim, Auren — murmura com um tom grave e terno.

Fico paralisada, a respiração se contorce em meu peito como um cinzel que roça meus nervos e os desperta. Ele se aproxima, cuidadoso, até um dedo descer por meu rosto. Minha pele formiga com o contato, mas continuo perfeitamente parada, nervosa demais até para piscar, caso o pequeno movimento o faça deixar de me tocar.

Por favor, não pare de me tocar.

Quero desesperadamente me inclinar para a frente e me aconchegar nele, estender o braço entre as barras e tocá-lo também, mas sei que não devo. Então fico quieta, embora não possa impedir o brilho ansioso em meus olhos de ouro.

— Gostou do que viu hoje à noite? — ele pergunta, e os olhos descem devagar até o contorno do meu lábio inferior. Minha boca entreabre, respiro com dificuldade em torno de seu polegar, calor atraindo calor.

— Teria gostado mais de participar — respondo, consciente de como seus dedos se movem acompanhando minha boca quando falo.

Midas levanta a mão para poder tocar meu cabelo. Ele afaga as mechas, admira como cintilam à luz das velas.

— Você sabe que é preciosa demais para ser empilhada com as outras montarias.

Meu sorriso é contido.

— Sim, meu rei.

Midas solta meu cabelo e bate de leve no meu nariz, antes de retirar a mão da gaiola. Preciso de muito autocontrole para continuar parada, não arquear o corpo na direção dele como um galho respondendo ao chamado do vento. Ele passa por mim, e quero me dobrar.

— Você não é uma das montarias comuns, para ser cavalgada todos os dias, Auren. Vale mais do que elas. Além do mais, gosto de você sempre aí, me olhando. Isso me deixa duro — ele conta com um olhar quente.

É engraçado como ele consegue me fazer sentir um desejo imenso e uma decepção esmagadora ao mesmo tempo.

Sei que não devia, mas reajo. A culpa é do desejo e do desamparo que se acumulam em meu ventre.

— Mas as outras montarias se ressentem de mim, e os serviçais falam. Não acha que seria melhor se me deixasse participar uma noite, mesmo que eu só toque em você? — pergunto. Sei que pareço um pouco patética, mas o quero muito.

Seus olhos castanhos se estreitam em mim, e sei que ultrapassei um limite. Meu estômago se contrai por um motivo inteiramente novo. Eu o perdi. Rasguei o clima de brincadeira como um pedaço velho de papel.

Os traços bonitos endurecem, o charme esfria como neve sobre brasas.

— Você é minha montaria real. Minha favorita. Minha preciosa — ele declara com tom severo, e abaixo a cabeça, olho para a ponta dos pés. — Não dou a mínima para o que dizem os serviçais e as montarias.

Você é minha e faço com você o que eu quiser, e se eu quiser mantê-la na sua gaiola, onde só eu a vejo, é meu direito.

Balanço a cabeça para mim mesma. *Idiota, idiota.*

— Você está certo. Só pensei...

Midas se impacienta.

— Você não está aqui para pensar — me interrompe, em uma rara e ríspida advertência que me faz parar de respirar por um instante. Ele estava de bom humor, e estraguei tudo. — Não a trato bem? — ele pergunta, abrindo os braços enquanto a voz ecoa pela sala ampla. — Não tem todos os confortos?

— Sim...

— Neste momento há prostitutas na cidade vivendo na miséria, mijando em baldes e trepando nas ruas para ganhar uma moeda com a boceta. E você reclama?

Fecho a boca. Ele está certo. Minha situação poderia ser muito pior. E já foi pior. Ele me salvou.

Lado positivo: ser a favorita do rei me traz muitas vantagens e proteções que as outras não têm. Quem sabe o que teria acontecido se o rei não tivesse me resgatado? Eu agora poderia pertencer a uma pessoa horrível. Poderia estar vivendo onde a doença e a crueldade são dominantes. Poderia temer por minha vida.

Afinal, essa era minha existência antes. Vítima do tráfico de crianças, vivi por muito tempo nas mãos de pessoas más. Testemunhei muitas coisas sórdidas.

Fugi certa vez, morei com as únicas pessoas boas que conheci depois de meus pais. Pensei que havia escapado da brutalidade da vida. Até saqueadores chegarem e estragarem isso também. Minha vida teria sido devolvida à miséria, mas Midas apareceu e me salvou.

Ele se tornou meu abrigo contra a violência dura e cortante que sempre invadia minha alma castigada, e depois me transformou em sua famosa estatueta.

Não tenho o direito de reclamar ou de fazer exigências. Quando penso em como ainda poderia estar vivendo... bem, a lista é bem longa, com várias coisas realmente desagradáveis, e não gosto de pensar nisso. Tenho indigestão quando penso no meu passado, por isso prefiro não lembrar. Afinal, indigestão não combina com a quantidade de vinho que bebo todas as noites. Por isso sou o tipo de garota que enxerga o lado positivo das coisas.

No segundo em que o Rei Midas percebe a tensão em meu rosto, parece satisfeito por ser capaz de redirecionar minha linha de raciocínio. Seus olhos suavizam novamente, e os dedos tocam meu braço. Se eu fosse um gato, ronronaria.

— Essa é minha menina preciosa — ele diz, e a preocupação que formava um nó dentro de mim afrouxa um pouco, porque sou preciosa para ele, sempre serei. Ele e eu temos uma ligação que ninguém mais entende. Ninguém mais pode entender. Conheci-o antes de ele usar a coroa. Antes de as pessoas se curvarem para ele em reverência. Antes de este castelo ter o brilho do ouro. Estou com ele há dez anos, e essa década estreitou o elo entre nós.

— Desculpa — peço-lhe.

— Tudo bem — ele me acalma, e afaga mais uma vez os ossos do meu pulso. — Você parece cansada. Volte para os seus aposentos. Chamo você de manhã.

Franzo o cenho quando ele se vira.

— De manhã? — indago, jogando a isca. Normalmente, ele não me chama antes do pôr do sol.

O rei assente ao começar a se afastar.

— Sim, o Rei Fulke parte amanhã, volta para o Castelo Ranhold.

Tenho de me esforçar muito para não suspirar de alívio. Não suporto o Rei Fulke, do Quinto Reino. Ele é um velho corrupto e grosseiro, que detém o poder da duplicação. Quando usa seu poder, pode duplicar tudo o que toca uma única vez. Não funciona com pessoas, graças ao Divino, ou aposto que já teria tentado me duplicar décadas atrás.

Se eu não visse Fulke nunca mais, ainda assim seria pouco tempo. Mas ele e meu rei são aliados há anos. Como nossos reinos fazem fronteira um com o outro, ele vem aqui algumas vezes por ano, normalmente com carroças cheias de objetos para Midas transformar em ouro. Tenho certeza de que Fulke duplica tudo assim que volta ao próprio castelo. Ele ficou bem rico com a aliança com Midas.

Não sei exatamente o que meu rei recebe em troca, mas duvido muito que ele esteja enriquecendo Fulke por bondade. Midas não é conhecido pelo altruísmo, mas um rei tem de cuidar de si mesmo e de seu reino. Não o critico por isso.

— Ah — respondo, sabendo em que isso implica. Rei Fulke vai querer me ver antes de partir. Ele nutre uma quase obsessão por mim, que nem tenta mais esconder.

O lado positivo? Seu encantamento faz Midas me dar mais atenção. É como quando crianças brigam por um brinquedo. Quando Fulke está por perto, Midas me esconde como um tesouro, garantindo que ele não tenha chance de brincar.

Se Midas percebe meu desconforto, não demonstra.

— Você vai à sala do desjejum de manhã enquanto estivermos comendo — ele determina, e eu assinto. — Agora vá para o seu quarto e descanse para estar renovada. Mando buscá-la quando chegar a hora.

Abaixo a cabeça.

— Sim, meu rei.

Midas sorri mais uma vez e sai do átrio com um movimento do robe, e continuo sozinha no espaço que, de repente, parece cavernoso.

Suspiro e olho para a grade de ouro que se curva para fora da gaiola, para a sala, e a odeio em silêncio. Queria ser forte o bastante para afastar as barras e sair. Não seria nem para fugir, porque eu não faria isso. *Sei* que aqui tenho tudo o que é bom. Mas só para andar à vontade pelo interior do castelo, seguir Midas até o quarto dele... essa é toda a liberdade que tanto desejo.

Só por diversão, seguro duas barras da grade e empurro com toda força.

— Vamos lá, palitinhos de ouro — resmungo, forçando os braços.

Reconheço, não tenho muito do que me gabar no departamento dos músculos. Provavelmente, deveria usar o tempo livre para me exercitar.

Não tenho muito o que fazer. Posso correr de um lado para o outro, ou subir nas grades da gaiola e fazer flexões, ou...

Uma gargalhada abafada escapa do meu peito, e deixo as mãos caírem junto do corpo. Estou entediada, mas não é para tanto. Aquela montaria macho com o abdome definido é muito mais motivada do que eu, obviamente.

Miro além da grade, para a gaiola de passarinho sobre um pedestal, alguns metros distante. Lá dentro, um pássaro de ouro maciço está paralisado em seu poleiro. Era um pardal-das-neves, acho. A barriga branca, da cor da neve que ela teria sobrevoado, as asas estendidas para planar sobre o gelo batido pelo vento. Agora, suas penas macias endureceram em linhas metálicas, as asas vão ficar eternamente dobradas contra o corpo pequenino, a garganta silenciada.

— Não olha para mim desse jeito, Cifra — digo ao pássaro. Ele continua me encarando sem piscar. — Eu sei — suspiro. — Sei que é importante para Midas que eu seja mantida segura dentro da minha gaiola, assim como você. — Inclino um pouco a cabeça, antes de olhar para todos os luxos que tenho ao meu alcance.

A comida, as almofadas, a roupa cara. Algumas pessoas matariam por esses bens, e não é força de expressão. Elas matariam de verdade por isso. A pobreza é um motivador poderoso. Sei bem.

— Não é como se ele não tentasse me dar mais conforto. Eu não devia ser tão gananciosa ou ingrata. As circunstâncias poderiam ser muito piores, não é?

A ave continua só olhando para mim, e aconselho a mim mesma a parar de falar com aquela coisa. Ela deu seu último suspiro há muito tempo. Nem me lembro mais do som de seu canto. Imagino que era bonito, porém, antes de a ave ser solidificada em um espectro cintilante e silencioso.

Será que isso vai acontecer comigo também?

Daqui a cinquenta anos, meu corpo vai ficar completamente sólido, tal qual o do pássaro? Meus órgãos vão se fundir, minha voz vai silenciar, a língua vai ficar pesada? O branco dos olhos vai sangrar, as pálpebras vão ficar abertas para sempre, sem enxergar? Talvez seja eu aqui no meu poleiro, imobilizada para sempre, enquanto as pessoas vão olhar para dentro e falar comigo por entre as barras, sem que eu possa responder.

É um medo que tenho, embora nunca o tenha verbalizado. Quem sabe se esse poder vai mudar? Talvez um dia eu de fato vire uma estátua.

Por ora, tudo o que posso fazer é continuar cantando, sacudindo minhas notáveis penas. Continuar a respirar com um peito que ainda sobe e desce como o sol. Cifra e eu não somos a mesma coisa. Ainda não, pelo menos. Viro, passo as mãos nas barras e deixo os braços caírem junto do corpo. *Veja pelo lado positivo, Auren. Você tem que focar no lado positivo.*

Por exemplo, o fato de minha gaiola não ser pequena. Midas a expandiu aos poucos ao longo dos anos, e agora ela cobre todo o último andar do palácio. Ele mandou operários construírem portais extras no fundo dos cômodos e adaptarem corredores gradeados que terminam nas grandes gaiolas circulares. Fez tudo isso por mim.

Posso ir sozinha ao átrio, à sala de estar, à biblioteca e à sala de desjejum, além dos meus aposentos pessoais, que ocupam toda a ala norte. É mais espaço do que muitas pessoas têm no reino.

Meus aposentos pessoais incluem banheiro, quarto de vestir e dormitório. Cômodos luxuosos com gaiolas gigantescas embutidas em cada um e corredores com grades que me permitem ir de um aposento ao outro, de modo que eu nunca tenha de sair da gaiola, a menos que Midas venha e me leve a algum lugar. Mas, mesmo assim, normalmente ele só me leva à sala do trono.

Pobre favorita de ouro. Sei quanto pareço ingrata, e odeio isso. É como um corte profundo na pele infeccionando. Continuo coçando o ferimento, aumentando a irritação, mesmo sabendo que não deveria tocar nele, que deveria deixá-lo curar e cicatrizar.

Apesar de todo o espaço ser opulento e de eu ter uma vista elegante, o luxo disso tudo há muito tempo deixou de chamar minha atenção. Acho que tinha de acontecer, depois de tanto tempo vivendo aqui. Que importância tem o fato de sua gaiola ser de ouro maciço, se você não pode sair dela? Uma gaiola é uma gaiola, mesmo que seja de ouro.

E esse é o X do problema. Implorei que o rei ficasse comigo e me protegesse. Ele cumpriu sua promessa. Sou eu quem está estragando tudo. É minha cabeça me atormentando, sussurrando pensamentos que não tenho o direito de pensar.

Às vezes, quando bebo bastante vinho, esqueço que estou em uma gaiola, esqueço o machucado infeccionando.

Então, bebo muito vinho.

Solto o ar com mais um sopro, contemplo o teto de vidro e noto mais nuvens vindo do norte, formas fofas iluminadas por uma lua deixada para trás.

Uns trinta centímetros de neve devem cair sobre Sinoalto hoje à noite. Não vou ficar surpresa se, ao amanhecer, todas as janelas do átrio estiverem completamente cobertas de flocos brancos e gelo espesso, e o céu estiver escondido de mim outra vez.

O lado positivo? Por ora, ainda tenho aquela estrela solitária cintilando na noite.

Quando eu era pequena, minha mãe dizia que as estrelas eram deusas à espera para nascer da luz. Uma história bonita para uma garotinha que perderia lar e família em um só golpe.

Aos cinco anos, em uma noite clara e estrelada, fui tirada da minha cama. Andamos em fila única, eu e outras crianças que moravam nas redondezas, enquanto os sons da batalha explodiam. Fugimos em uma noite morna, na tentativa de encontrar segurança enquanto o perigo nos cercava. Chorei sob os beijos de meus pais, mas eles me disseram para ir. Para ser corajosa. E que me veriam em breve.

Uma ordem, um estímulo, uma mentira.

Mas alguém devia saber que estávamos sendo levados dali. Alguém deve ter contado. Então, apesar de sermos tirados de lá, não foi a segurança que encontramos. Em vez disso, antes mesmo de chegarmos à cidade, ladrões atacaram das sombras, como se estivessem só esperando por nós. Fizeram nossa escolta sangrar. O líquido quente respingou em rostos pequenos e chocados. A lembrança ainda faz meus olhos arderem. Foi então que eu soube que estava acordada durante um pesadelo.

Tentei gritar por socorro, chamar meus pais, avisá-los de que estava tudo errado, mas uma mordaça de couro com gosto de casca de carvalho apertou minha boca. Chorei enquanto éramos roubados. Lágrimas correram. Pés se arrastaram. Batimentos cardíacos aceleraram. Minha casa desapareceu. Havia gritos, estrondos metálicos e choro, mas também havia silêncio. O silêncio era o pior som.

Continuei olhando para cima, para aquelas conchas de luz no céu negro, implorando para as deusas terem nascido e virem nos salvar. Que me devolvessem à minha cama, aos meus pais, à segurança.

Elas não vieram.

Era de esperar que eu me ressentisse das estrelas por isso, mas não foi o que aconteceu. Porque, cada vez que olho para cima, lembro-me da minha mãe. Ou de parte dela, pelo menos. Uma parte a que tenho tentado desesperadamente me agarrar por vinte anos.

Mas a memória e o tempo não são amigos. Rejeitam-se, correm em direções opostas, esgarçam a ligação entre si, ameaçando rasgá-la. Eles lutam, e nós perdemos, inexplicavelmente. Memória e tempo. Sempre se perde um ao acompanhar o outro.

Não consigo lembrar como era o rosto de minha mãe. Não lembro o som da voz de meu pai. Não consigo desenterrar a sensação dos braços deles à minha volta quando me abraçaram pela última vez.

Desapareceu.

A estrela solitária lá em cima cintila para mim, a imagem fica turva com a água acumulada em meus olhos. No segundo seguinte, minha estrela é encoberta por nuvens que a escondem, provocando uma pontada de decepção que arranha a superfície do meu coração.

Se aquelas estrelas são mesmo deusas à espera do nascimento, eu deveria avisar para ficarem onde estão, na segurança de sua luz cintilante. Porque aqui embaixo... Aqui embaixo, a vida é escura e solitária, existem sinos barulhentos e não há, nem de longe, vinho o suficiente.

3

De manhã, acordo com o maldito sino e a cabeça explodindo de dor.

Abro os olhos remelentos e os esfrego para recuperar a nitidez. Quando sento, a garrafa de vinho que ainda devia estar no meu colo cai no chão de ouro e rola para longe. Olho em volta e vejo dois guardas do rei de sentinela do outro lado das grades.

A gaiola ocupa a maior parte do quarto, mas sobra espaço suficiente para os guardas andarem por todos os cômodos fora dela, quando estão fazendo a ronda.

Limpo com rapidez a baba da boca e me espreguiço, esperando o sino parar com o repicar incessante, sentindo a cabeça dolorida depois de todo o álcool que consumi na noite passada, antes de enfim cair no sono.

— Fique quieto — resmungo para ele, e passo as mãos pelo rosto.

— Já era hora de acordar — escuto.

Olho para os guardas e noto Digby — o mais velho, de cabelos grisalhos e barba densa — ao lado da porta. Ele é meu guarda regular, ocupa esse posto há anos. É completamente sério e recatado, sempre se recusa a conversar comigo ou participar dos meus jogos com bebida.

Mas o guarda que falou é novo. Apesar da ressaca, me animo de imediato. Não me deparo com muitas novidades.

Analiso o recém-chegado. Ele parece não ter mais do que dezessete invernos, ainda com as marcas de espinha no rosto e os membros compridos e magros. Provavelmente, acabou de ser recrutado na cidade. Todos os homens que chegam à idade de se alistar são imediatamente convocados para o exército do Rei Midas, a menos que tenham direitos agrícolas.

— Qual é o seu nome? — pergunto, e me aproximo das grades a fim de segurá-las.

Ele olha para mim e ajeita a armadura dourada, o emblema do sino brilhando orgulhosamente no peito.

— Joq.

Digby encara o novato.

— Não fale com ela.

Joq morde o lábio, pensativo.

— Por que não?

— Porque são as ordens, por isso.

Joq encolhe os ombros, e assisto àquela interação com curiosidade crescente. Fico pensando se ele não aceitaria disputar comigo um jogo envolvendo bebida.

— Acha que a boceta dela é de ouro? — Joq questiona de repente, inclinando a cabeça ao me fitar.

Opa, então não é no jogo com bebida que ele está interessado. Bom saber.

— É grosseiro falar sobre a boceta das pessoas na frente delas — aviso sem rodeios, e ele arqueia as sobrancelhas ao ouvir a declaração direta.

— Mas você é uma montaria — retruca, intrigado. — Só presta por causa da boceta.

Uau, muito bem. Joq é um babaca.

Seguro as barras de ouro da grade e estreito o olhar para ele.

— Montarias fêmeas não prestam só por causa da boceta. Normalmente, também temos ótimas tetas — anuncio com tom seco.

Em vez de interpretar o tom de censura, ele parece excitado. Joq também é um idiota, pelo jeito.

Digby olha para ele.

— Cuidado, rapaz. Se o rei escuta você falando sobre o corpo favorito dele, pendura sua cabeça em um espeto de ouro antes de você conseguir piscar.

Os olhos de Joq percorrem meu corpo como se ele nem ouvisse Digby.

— Estou dizendo que ela é uma coisa linda, só isso — responde, sem querer se calar. — Pensei que fosse mito essa história de que o Rei Midas usou o toque de ouro em sua montaria favorita. — Joq coça a parte de trás da cabeça de cabelos desgrenhados, cor de barro. — Como acha que ele fez isso?

— Fez o quê? — Digby se irrita.

— Bem... tudo que ele toca não se transforma em ouro maciço? Ela deveria ser uma estátua, não?

Digby o encara como se ele fosse um idiota.

— Olhe em volta, garoto. O rei transforma algumas coisas em ouro maciço, e outras ficam douradas, mas preservam a forma, como as cortinas. Não sei como ele faz isso, e não quero saber, porque não é minha obrigação me preocupar com isso. Mas a minha obrigação é guardar a ala superior do castelo e sua favorita, e é o que faço. Se fosse esperto, você faria a mesma coisa e fecharia a boca. Agora vá fazer sua ronda.

— Tudo bem, tudo bem. — Advertido, Joq me espia mais uma vez com curiosidade, antes de se virar e sair para fazer a ronda do restante do andar.

Balanço a cabeça.

— Os guardas jovens de hoje em dia. Todos idiotas. Não é verdade, Dig?

Digby se limita a me encarar por um instante, antes de olhar diretamente à frente em sua pose de guarda. Depois de tantos anos perto dele, aprendi que o homem leva o trabalho muito, muito a sério.

— Melhor se preparar, srta. Auren. É tarde — ele avisa, carrancudo.

Suspiro, pressiono o polegar contra a têmpora dolorida antes de passar pelo portal rumo ao corredor gradeado que separa meus aposentos. Passo por ele e entro no quarto de vestir, enquanto Digby permanece no outro cômodo para me dar privacidade.

Alguns outros guardas gostam de ultrapassar os limites e me seguem até aqui. Nesses casos, fico feliz por estar atrás das grades. Felizmente, tenho uma cortina dourada pendurada no teto. Ela cobre parte da gaiola para que eu possa me despir atrás dela sem ser vista, mas tenho certeza de que ainda é possível ver o contorno de minha silhueta, e é por isso que os idiotas vêm atrás de mim.

Mas não preciso me preocupar com Digby secando minha sombra. Ele nunca tentou ser inadequado ou me espiar — não como alguns outros. Pensando bem, deve ser por isso que ele é meu guarda há tantos anos, enquanto outros não duraram. Queria saber se o Rei Midas pendurou a cabeça deles em espetos.

Esta manhã meu quarto de vestir está escuro e sombrio. Tenho apenas uma claraboia no teto, mas a vidraça costuma estar sempre coberta de neve, e hoje não é exceção. Minha única outra fonte de iluminação é a lamparina sobre a mesa. Abasteço-a com agilidade e aumento a chama, depois começo minha rotina matinal à luz branda. Midas vai me chamar hoje de manhã, tenho de estar pronta a tempo.

Analiso todas as araras de vestidos no quarto, à procura de algo. São todos feitos de linhas e tecidos de ouro, é claro. Como favorita de Midas, nunca sou vista em menos do que isso.

Dirigindo-me aos fundos, escolho um modelo com cintura império e frente única. Todos os meus vestidos são frente única. É necessário, por causa das fitas.

Chamo de fitas por falta de uma palavra melhor. Tenho duas dúzias de longas fitas de ouro brotando dos dois lados da minha coluna, cobrindo toda a área dos ombros até o cóccix. São longas, descem até o chão como a cauda de um vestido e se arrastam atrás de mim quando ando.

É isso que a maioria das pessoas pensa que são — tecido extra nos vestidos. Não têm ideia de que são realmente presas a mim. E honestamente, foi uma surpresa para mim também. Cresceram pouco antes de Midas me salvar. E não foi um processo indolor. Foram semanas de noites suando muito, sentindo uma dor que queimava enquanto elas cresciam nas minhas costas, alongando-se devagar a cada dia, até que enfim pararam de crescer.

Até onde sei, sou a única pessoa em Orea com fitas. Todos os membros da realeza têm magia, é claro. Não podem usar a coroa sem ela. Alguns plebeus também possuem magia. Certa vez vi um bobo da corte que conseguia fazer raios de luz brotarem de seus dedos a cada vez que os estalava ou aplaudia. Um belo show noturno de fantoches projetados na parede.

Mas com relação às minhas fitas, não são apenas bonitas ou incomuns. Não são apenas um truque para a sala do trono. Elas são preênseis. Consigo controlar as fitas assim como controlo meus membros. Normalmente, só as deixo dobradas atrás de mim como tecido maleável, mas também posso mover cada uma delas quando desejo, e são mais fortes do que parecem.

Retiro a camisola e deixo a peça amarrotada na pilha perto da grade, onde mais tarde as criadas podem pegá-la para lavar. Ponho o vestido, ajustando o franzido para garantir o caimento perfeito e cobrir tudo o que deve ser coberto. Sentada à penteadeira, miro o espelho. As fitas se levantam atrás de mim, segurando meus cabelos e trançando-os em um padrão complicado de sobreposição, até parecer que tenho uma rede de tranças no topo da cabeça, e depois todas as fitas douradas que pendiam de minhas costas se dobram sobre a nuca.

É muito cabelo, mas como o rei é muito possessivo comigo, não permite que ninguém se aproxime de mim. Nem o barbeiro. E isso significa que sempre tenho de cortar meu cabelo, e sou péssima nisso.

Depois de um incidente particularmente trágico envolvendo um corte de cabelo, fiquei com a franja torta por dois meses, até que ela finalmente cresceu o suficiente para ficar presa atrás das orelhas. Não foi bonitinho. Tentei evitar a tesoura o máximo possível desde esse fracasso, e me limito a aparar as pontas mortas, porque aprendi a lição.

Mas, para ser justa, acho que nem uma franja reta teria dado um bom resultado. Ninguém devia tentar algo tão sério quanto cortar uma franja depois de ter bebido uma garrafa inteira de vinho.

Com o cabelo trançado e preso, eu me levanto da penteadeira e volto ao quarto, bem na hora que uma criada entra. Ela se dirige a Digby, e está um pouco ofegante depois de ter subido as escadas.

— O Rei Midas convoca a favorita à sala do desjejum.

Digby assente para ela, e a mulher se retira apressada, olhando rapidamente para mim antes de desaparecer além da porta.

— Está pronta? — Digby me pergunta.

Olho em volta e bato com a ponta do dedo nos lábios.

— Na verdade, tenho que resolver algumas coisas antes de ir. Ver algumas pessoas, fazer umas coisas. Sou muito ocupada, sabe? — E sorrio bem-humorada.

Mas Digby não entra na brincadeira. Ele nem sorri. Tudo que consigo é um olhar paciente.

Suspiro.

— Nunca vai começar a rir das minhas piadas, Dig?

O guarda faz um movimento devagar com cabeça.

— Não.

— Um dia desses, finalmente vou atravessar essa fachada de guarda carrancudo. Espere para ver.

— Se você diz, Lady Auren. Está pronta? Não devemos deixar Sua Majestade esperando.

Suspiro, desejando que minha dor de cabeça tivesse diminuído um pouco mais antes de eu ter de encarar o Rei Fulke.

— Muito bem. Sim. Estou pronta. Mas você precisa dar um jeito nas suas habilidades interpessoais. Um pouco de conversa-fiada seria agradável. E uma brincadeira amigável de vez em quando não ia matar ninguém.

Ele só me encara com os olhos castanhos, totalmente inexpressivos.

— Tudo bem, tudo bem, estou indo — resmungo. — Vejo você em 82 segundos — acrescento com uma nota de ironia e jogo um beijo. — Vou sentir saudades.

Viro e saio do quarto rumo ao outro lado da gaiola, atravessando um corredor acrescentado especificamente para mim. Caminho pelo assoalho de ouro com meus chinelos de seda, com as fitas e a bainha do vestido formando uma cauda atrás de mim.

Está escuro, mas o corredor estreito tem só uns três metros, depois se abre para o interior da biblioteca, que é imensa, mas tem cheiro de papel mofado e ar estagnado, apesar de os criados limparem tudo.

Atravesso a porção engaiolada da biblioteca, sigo por outro corredor escuro, ultrapasso o átrio e chego ao corredor que leva à sala de desjejum. Quando alcanço o portal, paro um momento para ouvir e massageio novamente a têmpora dolorida. Ouço o Rei Midas falando com um criado e o som de pratos sendo postos à mesa.

Respiro fundo, passo pelo portal e adentro a pequena gaiola que se projeta para o interior da sala. Do outro lado da grade há uma mesa comprida sobre a qual vislumbro seis bandejas de comida, seis jarras de bebida e seis buquês de flores de ouro maciço para combinar com os pratos e as taças — o número de Midas e seu fetiche por ouro estão sempre presentes.

Meu estômago protesta diante da comida, e fico feliz por não ter de comer com eles. Acho que seria um pouco desagradável vomitar em tudo.

A luz cinzenta da neve atravessa as janelas e se projeta na sala, diminuindo de alguma forma toda a opulência. O fogo ruge na lareira, mas não importa quantas fogueiras acendam, a temperatura nunca se eleva o suficiente. As lareiras apenas perseguem o frio eterno.

Meus olhos encontram imediatamente o Rei Midas à ponta da mesa, vestido com uma bela túnica e ostentando a coroa de pináculos de ouro perfeitamente encaixada sobre os cabelos loiros penteados.

O Rei Fulke está sentado à sua esquerda, exibindo uma barriga de glutão por cima do cinto. E como convém ao estilo do Quinto Reino, ele veste uma calça justa de veludo. Também usa uma túnica roxa — a cor de seu reino. A coroa dourada está meio torta em cima da cabeça calva, um lembrete descuidado de sua posição, e as pedras roxas incrustadas nela são do tamanho do meu punho.

Não sei se Fulke foi um homem bonito, na juventude. Tudo que vejo agora é pele enrugada e um corpo gordo demais. Mas os dentes amarelados do cachimbo são o que me fazem arrepiar de repulsa. Isso e a lascívia em seus olhos escuros a cada vez que olha para mim. É uma junção dos dois, na verdade.

No momento, não é só a calça justa de veludo que envolve suas pernas. Ele tem duas montarias loiras e pouco vestidas sentadas sobre suas coxas, alimentando-o com pães e frutas — parte de seus deveres abrangentes.

Polly está montada em uma coxa, e Rissa está sobre a outra, rindo enquanto o alimenta com frutinhas de seus lábios e ele aperta os seios dela. Acho que é esse o tipo de desjejum ali.

Quando me veem entrar, as duas olham para mim irritadas, depois me ignoram deliberadamente. Não gostam muito de mim. Não só porque sou a favorita do rei, mas também porque sou a cobiça favorita de Fulke, quando ele vem visitar o castelo.

Para elas, acho que sou só a concorrência. Todos sabem o que acontece com as montarias reais que se tornam obsoletas. São descartadas, trocadas por montarias mais jovens, mais firmes, mais bonitas.

Todavia, estou convencida de que, se passassem algum tempo comigo, gostariam de mim de verdade. Sou ridiculamente divertida. Você também seria, se fosse a única pessoa com quem convivesse. Não ia querer se entediar.

Talvez espere até Midas estar de bom humor, e então vou perguntar se uma das garotas pode ir me fazer companhia uma noite dessas. Adoraria ter uma companhia que não fosse o silencioso e forte Digby.

Falando em Digby, ele e outros cinco guardas do rei estão em alerta junto da parede dos fundos, e nem piscam diante da refeição erótica. Muito profissionais.

Os outros homens à mesa com os reis são seus conselheiros, e há mais duas montarias à disposição, uma delas massageando os ombros de um dos homens de Fulke, a outra lançando olhares sedutores para a mesa.

— Ah, Preciosa — o Rei Midas ronrona de seu lugar ao perceber minha aproximação. — Juntou-se a nós para o desjejum.

É claro que sim, porque você me obrigou.

Em vez de responder em voz alta, sorrio recatada e assinto, depois me sento na banqueta acolchoada colocada na frente de minha harpa.

Começo a dedilhar as cordas com suavidade, porque sei que é isso que meu rei quer. Estou aqui para oferecer um espetáculo.

É sempre a mesma coisa. Sempre que representantes estrangeiros de outros reinos vêm ao castelo, o Rei Midas gosta de me exibir. Sento-me à sala do desjejum, segura no interior de minha gaiola, onde os visitantes podem me devorar com os olhos e se surpreenderem com a extensão do poder de Midas, enquanto comem ovos e tortas de frutas.

— Hum — o Rei Fulke resmunga com a boca cheia, contemplando-me. — Gosto de olhar para sua puta folheada a ouro.

Fico furiosa com o termo escolhido, mas mantenho a coluna completamente ereta. Sabe o que é pior do que ser chamada de montaria? Ser chamada de puta. Eu devia estar acostumada com isso, a essa altura, mas não estou. O comentário me faz querer atacá-lo com todas as minhas fitas. Em vez disso, mudo a canção da harpa e toco uma das minhas favoritas, "Bata na cabeça dele". Acho que é a canção perfeita para a minha disposição atual.

O Rei Midas ri depois de comer um pedaço de uma fruta.

— Eu sei.

Fulke olha para mim, pensativo.

— Tem certeza de que não vai mudar de ideia e tocar uma das minhas montarias para mim? — pergunta, e aperta o traseiro de Polly, que continua montada em sua coxa.

Midas balança a cabeça.

— Não. Essa honra é concedida apenas à minha Auren — responde, tranquilo. — Gosto de diferenciá-la.

Fulke resmunga com um misto de humor e desapontamento, enquanto mordo o lábio de prazer por Midas ter me destacado. Polly e Rissa trocam um olhar de descontentamento e começam a se acariciar à mesa, como se quisessem atrair novamente a atenção para si.

— Posso ver porque a escolheu — comenta Fulke, ignorando a mão de Rissa em sua virilha. — Sua beleza é única.

Sinto um arrepio com a expressão de cobiça de Fulke e as adagas que os olhos de Rissa e Polly lançam em minha direção. Mas Midas também tem os olhos brilhantes, e é neles que percebo seu contentamento. O rei fica muito satisfeito quando as pessoas invejam o que é seu.

— Ela é linda, é claro — meu rei concorda, todo vaidoso. — É minha.

Meu rosto esquenta, seu tom possessivo me aquece por dentro. Olho para ele por entre as cordas da harpa, os dedos tirando a nota como uma oferenda.

Fulke olha para Midas.

— Uma noite, Midas. Pago muito bem por uma noite com ela.

Meus dedos escorregam nas cordas. Uma nota azeda ecoa, estragando meu crescendo favorito. Meus olhos dourados se voltam para o rei. Midas vai recusar, é claro, mas sagrado Divino, não acredito que Fulke se atreveu a tanto. Midas vai castigar o Rei Fulke por ter dito isso? Aqui, à mesa da refeição?

Meu estômago se contrai quando a sala mergulha no mais absoluto silêncio. Uma vez, um dos embaixadores financeiros de Midas disse algo muito parecido, e meu rei ordenou que todos os seus dedos dos pés e das mãos fossem cortados um a um, antes de jogá-los em um pote de ouro derretido e pendurá-los na porta da casa do homem. Cruel? Definitivamente. Mas foi um recado para todos os que me cobiçavam um pouco além do aceitável, que se tornavam um pouco atrevidos demais.

Os guardas e as montarias ficam tensos, entram em alerta. Todos esperamos prendendo a respiração. Os conselheiros dos reis olham aflitos para os monarcas, e meus dedos param sobre as cordas. O silêncio se torna um tipo diferente de canção.

O Rei Midas deixa o garfo sobre o prato com todo o cuidado e encara Fulke diretamente. A pausa se prolonga. Meu coração bate forte, enquanto espero para ver como ele vai repreender Fulke, como o porá em seu lugar.

Midas apoia um cotovelo no braço da cadeira, descansa o rosto na mão e continua mirando o outro rei, e agora meu estômago se contrai por um motivo inteiramente diferente. Há um brilho nos olhos do meu rei, uma luz de contemplação.

Ah, Divino, ele está considerando a possibilidade?

4

Não. De jeito nenhum.

Eu me recuso a acreditar que meu rei está pensando em me entregar para ser usada por outro homem. Midas jamais deixaria alguém me possuir. Ele é possessivo demais comigo, me ama, me valoriza. É assim desde que apareceu e me resgatou.

Mas cada segundo que passa sem sua recusa me faz ferver por dentro.

— Então? O que diz? — Fulke insiste. — Estipule uma quantia.

A bile queima o fundo de minha garganta quando Midas inclina a cabeça. *Que diabos está acontecendo?*

Por fim, Midas levanta a cabeça e gesticula mostrando a sala, como se lembrasse Fulke do ambiente onde está. Paredes de ouro, teto de ouro, assoalho de ouro, lareira de ouro e retratos e janelas de ouro. Ouro, ouro, ouro.

— Caso não tenha notado, não preciso de nenhum pagamento. Tenho mais riqueza do que todos os outros cinco reinos juntos, inclusive o seu. Sou a pessoa mais rica que existe.

Graças ao Divino.

Em vez de ficar ofendido, Fulke despreza o comentário com um gesto.

— Ah! Não precisa ser dinheiro. Alguma outra coisa que queira, então.

Meus olhos se movem entre eles, minha dor de cabeça retorna com força total. Pulsa na têmpora como um doloroso tambor de guerra. Uma batida de ameaça. Um ritmo de pavor.

Como isto está acontecendo?

Normalmente, o Rei Fulke só faz comentários lascivos sobre o que gostaria de fazer comigo, mas Midas nunca aceita a provocação, e a conversa jamais vai além disso, porque meu rei sempre a encerra. Mas agora ele foi mais longe do que nunca. Fulke está ficando mais ousado, e Midas... Midas olha para ele com aquela expressão ardilosa que conheço muito bem. O olhar que me revela que ele está pensando.

O desconforto se movimenta em meu estômago como a água escura da maré. Um dos conselheiros de Fulke se arrisca a inclinar-se para a frente, aparentemente nervoso.

— Majestade...

— Quieto — Fulke o interrompe, sem sequer olhar na direção dele.

O homem se cala prontamente e fita os outros.

Quando Midas se inclina para a frente, minha respiração vai com ele. Midas levanta um só dedo, sua expressão é como um anzol para um peixe.

— Uma noite com ela, e você me cede seu exército para o ataque que planejo lançar na semana que vem. Quero todos mobilizados hoje, para que se juntem ao meu exército nas fronteiras do Quarto.

O quê?

Sinto os efeitos do choque. A respiração falha, para, e meus dedos agarram as cordas da harpa como se eu tentasse agarrar a realidade e desmanchá-la. Seguro as cordas com tanta força, que elas cortam a ponta dos meus dedos, arrancando delas gotas de sangue dourado. Não sinto nem a dor.

Fulke ri, uma risada abafada, e empurra as montarias de seu colo para poder se inclinar sobre a mesa, enquanto Polly e Rissa correm e se colocam atrás dele.

— Não há tempo para isso, Midas. Meu exército não poderia alcançar o seu. E já falei qual é minha posição nesse assunto.

— O tempo é suficiente, se você der a ordem hoje e eu orientar meu exército a mudar de rota — Midas argumenta, como se já tivesse pensado em tudo. Minha cabeça ferve com essa conversa.

Ele vai me obrigar a trepar com outro rei para poder usar um exército?

— Isso vai contra a Convenção Oreana — Fulke responde.

— Não finja que não mandou soldados para enfraquecer a fronteira do Quarto.

As narinas de Fulke dilatam.

— O Quarto estava invadindo o meu território, espalhando sua podridão. Apenas defendi o que é meu.

O temperamento defensivo de Fulke desperta, enquanto Midas continua agindo como o gato que encontrou o pote de creme*.

— E eu estou apenas sendo proativo. É hora de eliminar o Quarto, antes que tente se apoderar de território que não lhe pertence.

Olho para tudo, apavorada. Ele vai promover um ataque contra o Quarto Reino? Ninguém ataca o Quarto Reino. O Rei Ravinger é chamado de Rei da Podridão por um motivo. Ele é poderoso, brutal e cruel. Onde Midas está com a cabeça?

Os reis aliados se encaram, ambos considerando, julgando, estudando, como se fossem acadêmicos debruçados sobre textos antigos de uma língua morta, virando as páginas e tentando compreender os trechos sem estudos prévios.

Os segundos passam, o vento da nevasca uiva marcando o momento, imitando a dor que me rasga por dentro.

O mesmo conselheiro que tentou interromper antes se inclina para o Rei Fulke, fala baixo perto de sua orelha. Os olhos de Fulke se movem enquanto ele escuta, e o homem recua um momento depois.

A mão gorda traça o contorno da taça de ouro diante de si, enquanto Fulke olha pensativo para Midas.

---

* (N. E.) Referência ao conto "O gato e o rato", dos irmãos Grimm. Na história, o gato é um personagem enganador, que finge amizade para com o rato e alega que dividirá o pote de creme com ele, mas no fim toma tudo para si.

— Somos aliados, Midas. Eu o apoio em sua empreitada de desafiar o Quarto Reino e suas tentativas de invasão. Mas uma noite com uma puta não vale o poder do meu exército.

Midas encolhe um ombro demonstrando desinteresse.

— Engano seu. Uma noite com minha famosa favorita, a que nunca foi tocada por ninguém além de mim, cujo corpo vale mais do que todas as riquezas no seu cofre. Trocá-la pelo uso de seu exército é mais do que justo.

Fulke estreita os olhos, e minha visão afunila. A cabeça dói mais, pulsa em um ritmo próprio, a ansiedade a castiga como um cavaleiro cruel chicoteando o cavalo, obrigando-o a ir mais depressa e se esforçar mais a cada estalo do chicote.

— Um mês.

Sinto a garganta queimar ao ouvir a contraproposta de Fulke. Aperto as cordas com força ainda maior.

— Uma noite — Midas responde, irredutível. — Uma noite com ela, e um acordo com seu aliado. Dividimos a vitória sobre o Quarto e as terras, ou posso ter que reavaliar seu valor para mim como aliado.

Um gemido morre em minha garganta. A tensão na sala alcança um nível inteiramente novo. Se já não estivesse observando Fulke, eu poderia ter perdido o lampejo chocado que passou por seus olhos, mas percebo a reação. Pensar em não ter Midas aumentando sua riqueza é motivo de alarme. O choque abre caminho para a raiva, mas não com a rapidez necessária. Midas também notou, eu sei. Conseguiu acertar Fulke no alvo.

— Está me ameaçando? — Fulke resmunga.

— De jeito nenhum. Mas, depois de uma aliança de sete anos, e com um inimigo comum, estou oferecendo uma chance de solidificarmos nossa colaboração. Ceder minha favorita é uma demonstração de reconhecimento.

Minha dor de cabeça aumenta, a pressão explode atrás dos olhos e me faz abrir a boca:

— Não.

Todos os olhos se voltam para mim, atraídos pela explosão repentina, mas meu coração bate com tanta intensidade que não consigo prestar atenção em nada além da dor, que conseguiu viajar da cabeça ao peito.

Não sei bem quando fiquei em pé, mas de repente estou olhando para Midas com as mãos cortadas estendidas, como se elas pudessem afastar tudo isso de mim.

— Não, meu rei. Por favor...

Midas me ignora. Os olhos de Fulke passeiam por meu corpo, metade dele à sombra projetada pela neve, a outra metade iluminada pelo fogo.

— Uma noite, sem interrupções, para fazer o que eu quiser com ela? — Fulke pergunta.

Midas inclina a cabeça. Meu corpo cai para a frente.

Seguro as barras da grade da gaiola, os dedos cortados envolvendo o metal, unindo-me a ele em um abraço trêmulo.

— Quero metade do Quarto.

— É claro — Midas concorda, como se o acordo estivesse fechado. Como se planejasse esse cenário de negociação durante todo o tempo que Fulke passou aqui.

Outro olhar de cobiça rasteja por meu corpo.

— Concordo com seus termos, Midas.

Meu rei levanta o queixo, a luz da vitória ilumina sua expressão.

— E seu exército?

Fulke cochicha com seu conselheiro por um momento, antes de assentir.

— Vou dar a ordem para que estejam em marcha esta noite.

Minha alma azeda como uvas passadas, meu estômago se revolta em ondas que banham meus órgãos em ácido amargo, corrosivo. A negação me invade.

Ele não deixa ninguém me tocar, nunca. Sou dele. É o que ele sempre diz. Sou preciosa para ele. Pertenço a ele há dez anos, e durante todo esse tempo o rei nunca deixou ninguém chegar perto de mim.

Midas me salvou. Tirou-me da ruína e me colocou em um castelo. Dei-lhe meu coração, e ele me deu sua proteção. Um olhar. Ele disse que olhou para mim uma vez e me amou, e eu o amei também. Como poderia não amar? Ele foi o primeiro homem a me tratar com bondade. Como pode arruinar isso e me entregar a Fulke, dentre todas as pessoas?

Minha garganta se contrai quando seguro as barras. A visão fica turva com o pânico.

— Não, Tyndall, por favor.

Polly e Rissa reagem chocadas quando uso o primeiro nome do Rei Midas. Ninguém ousa falar com ele com tanta informalidade. Pessoas foram decapitadas por menos. Mas o nome apenas sai de mim, sem filtro. Houve um tempo em que ele permitia que eu o chamasse de Tyndall, quando eu era só uma menina, e ele, meu cavaleiro vigilante na armadura brilhante. Mas isso foi antes.

O deslize é, provavelmente, minha cabeça tentando trazer de volta seu papel de protetor em minha vida, mas o ângulo do queixo do rei me mostra que foi a coisa errada a dizer.

Seus olhos castanhos me cortam como a faca junto de seu prato.

— Seria bom se lembrar de ocupar seu lugar, Auren. Você é minha montaria real e vai ser montada por quem eu quiser.

Lágrimas queimam meus olhos. *Não chore*, digo a mim mesma. *Não desabe.*

Fulke inclina a cabeça calva, analisando-me com evidente interesse. De seu ponto de vista, já sou dele.

— Posso castigá-la, se quiser. Tenho domado minhas montarias com grande sucesso.

A primeira lágrima escorre por meu rosto, embora eu tente mantê-la precariamente equilibrada na pálpebra. Desce como uma forca, uma corda de remorso caindo flácida sobre meu pescoço.

Midas balança a cabeça com firmeza.

— Nada de punição. Ela ainda é minha favorita.

Acho que esse é meu lado positivo.

Fulke assente de imediato, como se temesse que Midas mudasse de ideia.

— É claro. Não vou encostar a mão nela. Só o pinto. — Ele ri alto, e a barriga gigante balança enquanto os conselheiros riem de nervoso.

Rei Midas não ri, porque está atento a mim. Eu me sinto paralisada por esse olhar, dominada por uma mistura de dor, medo e subserviência. Poderia dar um chute em mim mesma por ter choramingado ontem à noite reclamando de solidão. Isso é o que recebo por não ser grata pela gaiola onde vivo.

— Meu rei... — Minha voz é baixa, suplicante. Um último esforço para falar à sua essência, não a esse monarca duro e capaz de qualquer coisa para fortalecer seu reinado.

Os olhos castanhos de Midas não transmitem calor. São só a casca fria de um tronco cortado à força de suas raízes.

— Eu não disse que você podia parar de tocar. — As palavras me causam surpresa, meus lábios se entreabrem com a dor quando solto as barras da grade. Ele vai fazer isso. Vai mesmo fazer isso. — Agora sente-se bonitinha na sua banqueta e toque sua música boba. Deixe a conversa para os homens, Auren.

As palavras machucam como se ele tivesse me dado uma bofetada. Minhas fitas estremecem dos dois lados da coluna, como se quisessem se esconder. Lentamente, eu me viro e retorno à banqueta. As pernas tremem quando me sento, como uma pedra chegando ao fundo de um lago, os sedimentos subindo, a profundidade da água me mantendo oprimida e longe do sol.

Sinto-me desligada do corpo quando vejo minhas mãos ensanguentadas se dirigirem à harpa mais uma vez. A pele treme sobre a veia em minha têmpora, e minhas costas ficam perfeitamente eretas, como se as linhas duras dos ombros pudessem ser um escudo contra olhos penetrantes.

A canção "Acaso e tremor" brota das notas como se por vontade própria.

Cada corda que puxo é outra incisão que abre além da minha pele, atingindo meu coração. Cada nota é um lamento; cada movimento, um sofrimento; cada cadência é uma dor reverberante. Pequenas gotas de sangue pingam das cordas em doce sacrifício.

Toco para meu rei. Meu protetor. Meu salvador. Para o homem que amei desde que era só uma menina de quinze anos. Toco a canção lembrando de quando a aprendi, de quando ele cantava com tanta doçura as belas rimas, sua voz um acompanhamento para a fogueira do acampamento e os grilos.

Nos intervalos, sozinhos,
Dançamos à luz do amanhecer
Bebendo vinho
Seus lábios, um romance a acontecer

Outra lágrima cai de um olho. O som inesquecível da voz dele, tanto tempo atrás, uma lembrança muito distante.

O homem que prometeu me manter sempre segura está me entregando a outro, e não há nada que eu possa fazer a respeito.

5

O Rei Fulke não vai embora, conforme planejava. Não agora que mobilizou seu exército e aceitou ajudar Midas em um ataque secreto contra o Quarto Reino. Não agora que pode esperar uma noite com a favorita de Midas.

Cada dia de marcha de seus soldados rumo ao encontro com o exército de Midas me dá a impressão de que se aproxima o ataque contra mim.

Minhas mãos apertam o livro em meu colo. Meus olhos estão na página, mas não leio as palavras. Estou ocupada demais tentando ouvir a conversa.

Ajo como se fosse um enfeite no centro da gaiola, dentro da biblioteca. Costas eretas, fitas dobradas contra o encosto da poltrona, ouço com atenção arrebatada tudo que é dito.

Rei Midas e Rei Fulke têm se reunido aqui com seus conselheiros nos últimos seis dias, debruçando-se sobre mapas e traçando a estratégia do ataque e da subsequente vitória.

Aparentemente, os homens de Fulke devem encontrar o exército de Midas amanhã de manhã. Vão invadir o Quarto Reino juntos, destruindo o pacto de paz entre os seis reinos de Orea.

Agora sente-se bonitinha na sua banqueta e toque sua música boba. Deixe a conversa para os homens, Auren.

Talvez Midas não contasse com minha completa obediência. Ele tentou me pôr em meu lugar, mas passei a semana toda sentada e toquei enquanto os homens conversavam.

Eles conversavam, mas eu ouvia. Observava. Juntava as peças dos planos deles contra o Quarto. É quase engraçado quantas pessoas acabam falando na frente de uma mulher que só consideram sua propriedade.

Como Midas decidiu fazer suas reuniões de guerra na biblioteca do último andar para ter mais privacidade, consegui ouvir tudo. Foi esclarecedor, para dizer o mínimo.

Ficou muito evidente, e com rapidez, que Midas planejava a invasão das fronteiras do Quarto durante semanas, se não meses. E aquela resposta pronta que ele deu à proposta de Fulke relativa a mim? Chego a pensar que Midas planejou também isso antecipadamente.

O que significa... que ele me fez ir ao desjejum para me usar como isca. Fui a moeda brilhante que Midas pôs no chão, aos pés de Fulke. O Rei Fulke não resistiu a me pegar e guardar no bolso, não quando me cobiçava havia tanto tempo.

Aos olhos de Fulke, ele não só vai me ter, como tem também a chance de possuir metade das terras e da riqueza do Quarto. Admito, não sei muito sobre o funcionamento da mente de um rei. Não sei como seus conselheiros os orientam. Mas uma coisa sei: todos os homens, sejam eles reis ou camponeses, cobiçam o que não têm. E esses dois homens cobiçam o Quarto Reino.

— Tem certeza? — o Rei Fulke pergunta. O grupo está sentado em torno do mapa de Orea entalhado na mesa, tocado em ouro e cintilante em cada cordilheira e rio. — Porque tem que ficar nítido que foi o Quarto Reino a violar a fronteira. A última coisa que queremos é que os outros reinos declarem guerra contra nós.

— Não vai acontecer — responde Midas, confiante e preciso. — Eles querem se livrar do Rei da Podridão tanto quanto todos nós. A única diferença é que são muito tímidos. Têm medo dele.

— E não deveriam ter? — Fulke retruca. — Você viu o poder dele, eu também vi. Rei da Podridão — repete em voz baixa. — O apelido é real. Meus soldados na fronteira falam do cheiro que emana. Fecham o nariz com tampões de couro encharcados em óleos. E mesmo assim, dizem que os olhos ardem com o cheiro pútrido.

Um arrepio toca minha coluna como um dedo gelado, fazendo minhas fitas tremerem de leve. A reputação do Rei da Podridão o precede. Histórias sobre como ele putrefa a terra para manter seu povo na linha, sobre como é vil e cruel. Dizem que ele não se comporta com honra nem no campo de batalha — que usa seu poder para fazer pessoas infeccionarem e se decomporem, depois deixa os corpos nos campos para as moscas botarem ovos e chocarem larvas.

— Ele provocou medo deliberadamente para se tornar intocável — Midas argumenta, e viro um pouco a cabeça para posicionar melhor a orelha. — Mas não é. Vamos provar e pegar de volta a terra que ele invadiu.

Fulke olha para ele por cima da mesa, a mão gorda deslizando por cima do relevo dourado.

— E as Minas Blackroot?

E aí está.

Depois do choque na sala de desjejum, quando ouvi Midas declarar que atacaria o Quarto, fiquei estupefata. Completamente confusa com por que alguém ia querer correr o risco de atacar o Quarto. Eu sabia que não era só o fato de o Quarto estar cruzando as fronteiras aos poucos. Não podia ser. Não fazia sentido.

Então, investiguei um pouco à noite, fui à biblioteca e subi na grade da gaiola para alcançar algumas prateleiras e pegar os livros na seção de história e geografia. Não consegui alcançar muitos, mas tive sorte e encontrei um com o mapa dos recursos de Orea ocupando as duas primeiras páginas.

E foi assim que me deparei com as minas. Bem no meio do Quarto Reino.

Midas sorri com astúcia.

— As minas serão nossas.

Mesmo do fundo da sala, consigo vislumbrar o brilho nos olhos deles. Como endireitam os ombros com empolgação. Não sei o que existe naquelas minas, mas, seja o que for, é isso que eles querem. E querem muito.

Fulke assente, satisfeito, enquanto seus conselheiros exibem expressões idênticas, como se já antecipassem o crescimento dos cofres reais, em vez de pensar nas vidas e mortes que estão comandando. Mas deve ser mais fácil ficar sentado em um castelo movendo peças em um mapa do que encarar uma espada no campo de batalha.

— Quero o lado norte — declara Fulke, que hoje veste túnica e calça justa roxa enfeitadas apenas com o cinto de couro em torno da barriga flácida.

Midas arqueia-lhe uma sobrancelha, e seu conselheiro franze a testa com agitação, mas em vez de protestar como eu esperava, Midas inclina a cabeça.

— Muito bem. O lado norte de Blackroot será seu.

Fulke sorri e bate palmas uma vez.

— Ah, então estamos de acordo! Agora só precisamos esperar que nossos exércitos se encontrem hoje à noite, e ganharemos um reino.

— De fato — Midas responde, sério.

— Como está a agenda? — Fulke pergunta ao seu conselheiro.

O homem magro, vestido também com calça justa roxa, pega um pergaminho e se põe a ler uma lista de itens que ainda precisam discutir hoje, mas minha cabeça não acompanha a conversa, continua pensando no que pode haver naquelas minas para deixar esses homens tão agitados, dispostos a romper um pacto de paz e expor seus exércitos ao risco de derrota. E por que agora? Estão muito confiantes, ou muito desesperados, ou tem ali algum outro detalhe que não estou enxergando.

Um movimento atrai meu olhar, interrompe meus pensamentos, e vejo Rissa dançando perto da janela.

O Rei Fulke, mantendo seu estilo, trouxe Rissa e Polly hoje. Manteve pelo menos uma montaria consigo todos os dias durante o conselho. Rissa e Polly deviam ser suas favoritas, porque, normalmente, era uma delas ou as duas. Às vezes massageavam suas costas ou serviam comida, sempre à disposição dele.

Hoje, ambas têm os cabelos loiros enrolados em cachos largos e vestidos iguais com fendas que se estendem dos pés até o quadril, com um decote profundo que desce até o umbigo.

Polly se encarrega de encher as taças de vinho na sala, e ganha apalpadas generosas dos homens enquanto se movimenta. Mas Rissa recebeu ordens para dançar desde que chegou, praticamente. No momento, ela rebola perto da janela com graça sedutora, movendo o corpo no ritmo de uma música imaginária.

Fulke ordenou que ela dançasse há mais de três horas e ainda não a autorizou a parar, e mal olhou para ela, exceto de relance. Todo esse esforço por nada. Olho para ela e noto o que os outros não percebem. Embora dance como se não fizesse nenhum esforço, vejo que é só impressão. De vez em quando ela faz uma careta, como se estivesse dolorida em razão do movimento incessante. E as sombras escuras em torno dos belos olhos azuis sugerem que tem dormido pouco. Provavelmente, o Rei Fulke a mantém ocupada a noite toda, e não a deixa descansar durante o dia.

Os homens começam a falar sobre as rotas de seus exércitos na volta aos reinos depois do ataque, completamente distraídos com a conversa. Fecho o livro com discrição e o contemplo em meu colo. A capa é tão brilhante e dourada que poderia ser usada como espelho, e deslizo a mão sobre ela, sentindo a superfície lisa; observo meu reflexo por um momento antes de relancear novamente para Rissa.

Levanto, espreguiço-me segurando o livro, em uma ação tão casual quanto é possível. Atravesso a gaiola em direção a Rissa, do outro lado.

Quando chego perto da janela diante da qual ela dança, inclino-me contra a grade, segurando o livro na minha frente para fingir que leio, antes de fitá-la.

— Se cair no chão, pode fingir que desmaiou de cansaço. Eu confirmo a encenação — sussurro.

O movimento de quadril de Rissa para por meio segundo antes de ela me encarar.

— Não fala comigo, Boceta de Ouro — responde com frieza. — Estou trabalhando.

— Que obsessão é essa das pessoas com a minha boceta? — resmungo.

Rissa revira os olhos e resmunga:

— Sempre me perguntei a mesma coisa.

Olho para a garota de cara feia, mas um suspiro cansado escapa de seus lábios, e me sinto mal por ela outra vez.

— Viu, sei que deve estar cansada. Posso criar uma distração qualquer — ofereço, espiando em volta na gaiola. Não tenho muita coisa aqui. Só algumas estantes de livros acessíveis dentro e fora das grades, minha poltrona e alguns cobertores e travesseiros de seda espalhados por ali.

— Não preciso da sua ajuda — ela responde por entre os dentes, mirando diretamente um ponto da sala longe de mim. Mas cambaleia, quase perde o equilíbrio, e comprimo os lábios formando uma linha dura.

É evidente que ela está decidida a me odiar, mas me cansei disso. Ela está cansada de dançar, e eu de ser vista sempre como uma rival detestada. Quero ajudá-la, e vou ajudar, com ou sem sua autorização.

Observo o livro tocado de ouro ainda em minhas mãos e tomo uma decisão rápida. Sem planejamento. Só passo a mão entre as barras e jogo o livro para ela.

Pá!

Acerto Rissa no rosto.

Merda.

A cabeça dela é jogada para trás, e Rissa cai com um gritinho. Não é assim que costumo vê-la deitando, mas ela ainda consegue conferir beleza ao movimento. Ela aterrissa sobre o traseiro, com o vestido fino todo enroscado nas pernas longas e as mãos sobre a boca.

Assisto a tudo de olhos arregalados, chocada, desejando realmente ter pensado mais no assunto. Ou, no mínimo, caprichado mais na pontaria. Rissa parece furiosa.

Levanto o polegar meio sem jeito, forçando um sorriso tenso.

— Distração concluída — sussurro, como se pretendesse esse resultado. Quero dizer, pretendia. Mas não queria acertar a coitada da garota no rosto. Pensei que o livro bateria em seu peito, e ela poderia agir como se os seios precisassem de descanso. Midas gosta deles, tudo parecia garantido.

Ela empurra os cabelos para trás, e vejo as primeiras gotas de sangue escorrendo pelo queixo e cobrindo seus dedos, a boca sangrando. Ótimo. Não só a acertei na boca, como também não levei em conta quanto aquele maldito livro é pesado.

— Que diabos está fazendo, Auren?

Viro a cabeça a fim de olhar para Midas, que me encara furioso da mesa em torno da qual os homens estão reunidos. Dez pares de olhos cravados em mim, e me inquieto sob os olhares contrariados.

Decido assumir um ar inocente.

— Minha mão sofreu um espasmo, e o livro escorregou, Majestade.

Ele contrai a mandíbula.

— O livro escorregou — repete com tom neutro, os olhos castanhos lembrando pregos enferrujados.

Abaixo a cabeça, apesar do coração disparado.

— Sim, Majestade.

Ouço Rissa chorando ao meu lado, e tento não reagir. Não tive mesmo a intenção de acertá-la com tanta força. Onde estava toda essa força quanto tentei afastar as barras da grade da gaiola, na semana passada? Músculos inúteis.

Polly está olhando para mim com ódio fervente, mas o Rei Fulke ri.

— Briguinha de montarias, Midas? — ele brinca.

— Parece que sim — Midas responde sem se alterar.

O rei continua me encarando, até por fim desviar o olhar.

— Leve a montaria de volta ao harém — Midas ordena aos guardas antes de se virar para mim de novo.

Dois deles obedecem de pronto, ansiosos demais para irem à ala das montarias, eu acho.

— Viu? Funcionou — cochicho, tentando lhe mostrar o lado positivo. — Não vai mais ter que dançar.

Ela olha pra mim furiosa, ainda com o lábio sangrando. Se tivesse que dar um palpite, diria que ela ainda não está preparada para ver o lado positivo.

— Auren? — chama o Rei Midas com a voz enganosamente calma.

Olho para ele enquanto Rissa é levada dali.

— Sim, meu rei? — Eu o vejo debruçado sobre o mapa.

— Já que privou o Rei Fulke de sua dançarina, você vai assumir os deveres de montaria.

Malditos Divinos.

Observo-o por um instante, pensando se posso jogar um livro em mim mesma e escapar também. Mas um olhar para o Rei Fulke e a tensão nos ombros de Midas me dizem que eles me fariam dançar mesmo com a boca ensanguentada. Nenhuma boa ação escapa de punição.

Levanto o queixo e, frustrada, dirijo-me ao centro da gaiola, onde começo a mover lentamente o quadril e levanto os braços. O Rei Fulke lambe os lábios, olha para mim com um sorriso, e meu estômago borbulha, ácido. É uma contagem regressiva de dias até Midas me entregar àquele homem. A cada vez que Fulke olha para mim, vislumbro a areia da ampulheta mais baixa em seus olhos granulosos.

Não chego nem perto de ser tão graciosa quanto Rissa, mas respiro fundo e toco mentalmente uma versão lenta de "Bata na cabeça dele", usando a canção para guiar meus movimentos.

O que eu não daria para bater na cabeça do Rei Fulke neste momento...

Fulke olha para mim enquanto me movo, e faço o possível para ignorá-lo e encarar um ponto na parede acima de sua cabeça. Apesar de todo o meu esforço para fingir que ele não está lá, o homem se aproxima, as coxas cobertas de veludo verde esfregando uma na outra até ele parar bem na minha frente. Deve haver quase três metros de distância entre nós, mas ele ainda está perto demais para o meu gosto.

— Amanhã à noite você vai ser minha, bichinho — ele anuncia sorrindo, segurando uma barra da grade com os dedos gordos e deslizando-os para cima e para baixo sugestivamente.

O ácido em meu estômago começa a ferver.

Os olhos dele brilham com uma centelha que mistura fome e excitação, mas continuo dentro da minha cabeça, fingindo que ele não está ali. Fulke não deve gostar do meu esforço para ignorá-lo, porque muda de lugar para se colocar no meu campo de visão.

— Vou marcar você com tanta porra, que sua pele nem vai mais parecer dourada — ele fala antes de dar uma gargalhada, uma risada rouca de fumante.

O choque causado por suas palavras grosseiras interrompe meus movimentos, e o encaro.

Ele sorri novamente, satisfeito com a vitória.

— Ah, sim, como eu vou brincar com você.

As fitas se encolhem junto da minha coluna como uma cobra preparando o bote. Desvio o olhar de um rei ao outro, e descubro que Midas já está me fitando.

Meu estômago dá uma cambalhota. Fulke enfim ultrapassou os limites de Midas? Meu rei está finalmente percebendo que isso é uma coisa horrível, degradante, e vai mudar de ideia agora e pôr um fim a isso?

Mas Midas não se pronuncia. Não faz nada. Só fica ali parado, assistindo enquanto Fulke fala comigo desse jeito, como se não se incomodasse.

Engulo em seco. Desvio o olhar de Midas e de sua traição, e olho novamente para o homem repulsivo na minha frente.

Fulke lambe os dentes amarelados.

— Hum, sim. Vou deixar você banhada no meu gozo e sem conseguir andar por uma semana inteira — ele promete, e tenho de recorrer a todo meu autocontrole para ficar de boca fechada e não sair da sala. Sei que Midas me obrigaria a voltar.

— Auren? — chama o Rei Midas, capturando minha atenção e fazendo meu coração se encher de esperança. *Ponha um ponto-final nisso. Me proteja. Cancele essa coisa e...* — Você não está dançando.

As palavras são uma ordem. São como espinhos enfiados nos dedos, ferem a pele e me fazem encolher por dentro. Fulke sorri, arrogante, antes de se virar e voltar à mesa com os outros, cansado de me atormentar, por enquanto.

A tristeza inunda meus olhos e levanto os braços trêmulos, sentindo a humilhação aquecer minha pele e me fazer suar enquanto danço.

"Sente-se bonitinha."

"Toque sua música boba."

"Deixe a conversa para os homens."

Eu me movo ao som da conversa entre eles, suas discussões são como um acompanhamento para as batidas cadenciadas do meu coração. A cada movimento do quadril e dos braços, quase posso sentir os fios me puxando como um fantoche em um palco. Tudo o que quero fazer é correr para o meu quarto e me esconder embaixo das cobertas, longe de sorrisos lascivos e olhares traidores. Mas não posso.

O lado positivo? Pelo menos as coisas não têm como piorar.

De repente, as portas da biblioteca se abrem para dar passagem a uma bela mulher de cabelos brancos, faces altas e uma coroa de ouro na cabeça.

Rainha Malina.

Eu estava enganada. As coisas acabaram de piorar.

As montarias? Bem, elas não gostam de mim. Mas a rainha? Ela me odeia para caralho.

6

— Malina, não esperava vê-la esta manhã — comenta o Rei Midas, virando-se para cumprimentar a esposa com um sorriso tenso.

Polly se afasta da mesa rapidamente com a jarra de vinho, baixando os olhos. É quase confortante saber que a rainha também apavora as outras montarias.

A rainha olha em volta com um sorriso frio.

— Percebi — replica, tranquila, os ombros erguidos e o pescoço ereto, altiva como sempre, enquanto os outros conselheiros se curvam em sua presença. Ela lembra um pouco um belo pavão, com o vestido verde-esmeralda e as joias de safira enfeitando as orelhas e o pescoço. Uma demonstração de poder e postura, cujo objetivo é chamar atenção e intimidar.

Ela encara Polly e analisa o vestido revelador da mulher antes de se voltar ao marido.

— Sério, Tyndall? Durante uma discussão de estratégia? Que atitude grosseira — comenta, reprovadora, soberana e sofisticada.

O rosto sardento da pobre Polly fica vermelho de vergonha, e ela abaixa a cabeça ainda mais, deixando o cabelo loiro esconder o rosto. Midas é sempre cuidadoso em manter a esposa separada das montarias.

É evidente que hoje ela destruiu esses limites traçados com tanto capricho pelo rei.

O grupo de conselheiros fita o casal em silêncio. Até Fulke mantém a boca fechada.

Midas sorri, fingindo um humor casual, mas não perco o lampejo de irritação que perpassa seus olhos. Não existe amor entre esses dois.

São casados há quase dez anos. Ele se ressente contra a esposa, porque ela nunca foi capaz de lhe dar um herdeiro, e ela se ressente contra o marido porque a coroa deveria ter sido passada a ela por direito de herança. Mas, como Malina não nasceu com poderes, não foi capaz de governar por conta própria — de acordo com as leis de Orea. Foi forçada a se casar com um homem com poder, ou teria sido afastada inteiramente, deixando o trono para outra pessoa.

Casada com Midas, pelo menos ela ainda é a rainha, mesmo que seu marido seja o verdadeiro governante.

Quando se trata desses dois, o Reino de Sinoalto é dividido. Alguns permanecem leais a ela. Afinal, Sinoalto foi governado por sua família durante gerações. O pai morreu pouco antes de ela se casar com Midas, então, em vários aspectos, Midas ainda é considerado o forasteiro.

O povo é solidário à rainha. As pessoas ainda se lembram da bela princesa que teve o tapete puxado de baixo dos pés. Tiveram pena dela quando nenhum poder se manifestou. Agora, também se apiedam por ela ter um útero estéril.

Os outros, particularmente os nobres de Sinoalto, são leais a Midas. Beijariam os pés dele, se pudessem, já que o rei lhes trouxe tanta riqueza. Afinal, Sinoalto estava à beira da falência antes da chegada de Midas. Ele apareceu e salvou o desolado Sexto Reino com uma proposta de casamento. Conquistou todos eles com seu poder de assegurar riqueza infinita. É claro, com uma oferta como essa, o pai de Malina concordou com o arranjo. Mas fico pensando se Malina se arrependeu.

Observo os dois naquele confronto silencioso. A tensão entre eles é pesada, mas sempre há tensão. Acho que nunca os vi mais do que se tolerando.

Fico parada, com as fitas encolhidas junto às costas. Lado a lado, os dois sempre formam um belo casal. Odeio isso. Midas tem um carisma natural, e Malina tem atitude. É perfeita. Sua pele é tão clara, que consigo ver as linhas azuis das veias nas mãos, no pescoço e nas têmporas, mas ela faz a intensa palidez parecer elegante. Até os cabelos brancos a favorecem. Dizem que ela nasceu assim. Cabelo branco é uma característica da família Colier.

Meus olhos se movem entre os dois, meu estômago se contrai em nós, como sempre acontece quando ela está por perto. Desde que Midas me trouxe a Sinoalto, ela tem sido muito eloquente a respeito do ódio que sente por mim. No começo, eu não a culpava por isso.

Finalmente, Midas inclina a cabeça, como se cedesse a vitória à esposa, desta vez.

— Você ouviu a rainha — ele diz a Polly, acenando para ela. — Sua presença é "grosseira". Está dispensada.

Polly não precisa ouvir mais nada. Vira e sai correndo da sala, tão depressa quanto os pés descalços conseguem levá-la, sem parar sequer para deixar a jarra de vinho.

Agora que se livrou de Polly, Malina olha para mim. Um olhar tão gelado quanto nossos invernos. E isso não é pouco, porque uma vez tivemos uma nevasca que durou 27 dias.

— Não devia deixar seu brinquedinho brilhante à vista durante reuniões de guerra, marido — a Rainha Malina fala com uma expressão mordaz.

Comprimo os lábios e me obrigo a ficar quieta.

Ela olha para o cônjuge, ignorando o restante dos homens na sala.

— Posso falar com você?

O olhar do rei trai a irritação, mas é evidente que ela não vai embora sem falar com ele.

— Com licença — Midas pede aos demais antes de sair da sala, seguido de perto pela rainha.

O Rei Fulke dá uma tapa em suas costas quando ele passa.

— Mulheres, Midas! — exclama com uma risadinha condescendente.

A rainha aperta a saia do vestido, mas não se pronuncia; apenas segue o marido para falar com ele no corredor.

Uau, esta é minha chance. Não vou ficar aqui e dar a Fulke uma oportunidade para se meter comigo, de jeito nenhum. Com passos silenciosos, viro e saio da sala, passo pelo portal em arco e sigo apressada pelo corredor escuro.

— Aonde ela foi?

As palavras aborrecidas de Fulke só me fazem andar mais depressa. Mas sou uma idiota, porque, na pressa de fugir, passei pelo portal mais próximo, o que significa que estou a caminho do átrio, em vez dos meus aposentos. Ah, bem, posso me esconder lá até Midas voltar, ou Fulke sair.

Quando chego ao átrio, respiro aliviada, passo pelo portal e encontro as grades do meu confinamento no grande espaço pouco iluminado.

Olho para cima e percebo que o teto abobadado hoje está completamente coberto de neve, como eu sabia que estaria, tornando tudo mais claustrofóbico. Todas as janelas deixam passar uma pesada e frígida luz cinzenta que não ajuda a desfazer os nós em meu estômago. Esperava vislumbrar ao menos um pedacinho do céu, mas estou sem sorte.

O lado positivo? A cama que Midas usou ontem à noite foi removida há muito tempo. Uma coisa a menos para azedar meu humor.

Deslizo os dedos pelas trepadeiras douradas sobre as paredes de vidro, andando de chinelos pelo assoalho brilhante. Por toda parte há plantas e estátuas de ouro maciço. É uma exibição de riqueza pesada concentrada em um só lugar.

Há ouro em todo o palácio, mas, por alguma razão, nesta sala a demonstração parece obscena. Talvez sejam as janelas bloqueadas que criam a sensação de vulnerabilidade ao exterior desolado. Ou talvez seja o fato de nem as plantas terem permanecido intocadas. Midas pode olhar em volta e enxergar sua riqueza ali, mas eu olho e vejo um cemitério.

Sigo para o outro extremo da gaiola, para a pilha de almofadas e cobertores no chão. Com o teto tão alto e o aposento tão imenso, aqui a temperatura é congelante. Mesmo com as duas enormes lareiras que ocupam lados opostos do cômodo, não há calor suficiente.

Chuto duas almofadas para colocá-las onde as quero e me sento, pego um dos cobertores e coloco sobre as pernas. Posso...

De repente, a porta da frente se abre, e eu dou um pulo.

— E você achou que isso era importante o suficiente para interromper minha reunião, Malina?

Fico paralisada por um segundo, percebendo que o rei e a rainha vieram para cá a fim de conversar.

— Sua reunião? — Malina perde a paciência. — Tyndall, como se atreveu a promover um ataque contra o Quarto Reino sem me dizer nada?

Merda Divina.

Se eles me pegarem aqui... Estremeço, e não tem nada a ver com o frio. Preciso sair daqui agora.

7

O rei e a rainha entram no átrio, os passos ecoam como estalidos de um chicote. Não posso voltar pelo portal sem que eles me vejam. Estão se aproximando, e só alguns vasos de plantas impedem que eles descubram que estou ali.

Pelo menos desapareço na decoração. É o lado positivo.

Deito de bruços e me escondo embaixo do cobertor, fazendo o possível para parecer menos uma pessoa e mais um objeto, me mantendo perfeitamente imóvel.

— Não tenho que me reportar a você, Malina. Sou o rei, e governo como achar melhor.

— Você me deixou fora disso deliberadamente. Disse que o exército estava saindo para praticar táticas ofensivas.

— E é verdade — Midas responde com um tom blasé.

Escuto a risada abafada da rainha.

— Se vamos à guerra, eu devia ter sido consultada. Sinoalto é o meu reino, Tyndall. Os Colier reinaram aqui por muitas gerações — ela afirma com veemência. Levanto as sobrancelhas para a demonstração de ousadia.

— No entanto, você é a primeira na linhagem Colier que não herdou nenhum poder — Midas responde, e a voz forte de barítono ecoa pelo espaço. — Não só não desenvolveu nenhum poder, como sua família arrancou até a última moeda de seus cofres. A terra estava falida antes da minha chegada. Se não fosse por mim, você ainda seria uma princesa maltrapilha com uma montanha de dívidas e nenhuma perspectiva. Portanto, não tente se fazer de dona de Sinoalto. Você perdeu o reino no momento que passei por seus portões.

Meu coração bate forte. Isso é... muito íntimo. Não é para os meus ouvidos, não mesmo. Malina ia querer cortar minhas orelhas se soubesse que eu estou ouvindo.

Sei que não devia, mas levanto uma ponta do cobertor com todo o cuidado para espiar a cena. Pela frestinha perto dos meus olhos, vejo o rei e a rainha frente a frente, separados por uns três metros de distância, os olhos frios de ódio, a expressão ardendo em fúria.

Embora não seja segredo que a rainha não tem poder algum, isso nunca é jogado na cara dela abertamente, assim como agora. Ou talvez seja. Talvez isso seja comum para os dois entre quatro paredes.

— Isso não tem nada a ver com a história — a Rainha Malina sibila. — A questão é que você está rompendo tratados de paz que os seis reinos respeitam há séculos. E fez isso sem sequer discutir o assunto comigo!

— Sei o que estou fazendo — ele responde com frieza. — E acho bom lembrar o que você deveria estar fazendo, esposa.

Ela estreita os olhos azuis e gelados.

— O quê? Ficar sentada em meus aposentos com as damas de companhia, tricotando e passeando pelo jardim gelado? — Ela balança a cabeça e ri, uma risada sem humor. — Não sou uma das suas montarias para ser mantida assim, Tyndall.

— Não, você definitivamente não é uma das minhas montarias — ele retruca, lançando à esposa um olhar de desprezo.

Um rubor furioso tinge suas faces pálidas, e as mãos apertam a saia novamente.

— E de quem é a culpa por você não visitar mais a minha cama?

Minhas orelhas quase queimam. Eu achava que a conversa era íntima antes, mas acabou de ficar muito pior.

Midas bufa.

— Você é estéril — rebate, e vejo a cabeça dela se mover ligeiramente para trás, como se ele a tivesse agredido fisicamente. — Prefiro não perder meu tempo. E isso... — Ele gesticula entre os dois. — É tempo perdido. Agora, se já acabou com o drama, preciso trabalhar.

Ele começa a se afastar, mas, antes que dê o terceiro passo, a voz dela o faz parar.

— Eu sei a verdade, Tyndall.

Olho para os dois, tento entender a que verdade ela se refere.

Os segundos passam. Os ombros de Midas são duros como uma tábua quando ele finalmente se vira para encará-la. A expressão nos olhos castanhos é tão cruel, que a rainha chega a dar um passo para trás. Parece que ela exagerou na cartada. Só não sei quais cartas tem na mão.

— No seu lugar, eu tomaria muito, muito cuidado — Midas avisa com tom baixo e duro.

Uma ameaça. A crueldade em seu tom é suficiente para fazer meus pelos da nuca se arrepiarem. Malina o observa, e estou hipnotizada, quase nem me permito piscar.

— Volte para os seus aposentos — ele termina com frieza.

A rainha engole em seco. Apesar do tremor nas mãos, o qual disfarça segurando a saia, levanta o queixo antes de sair e deixa a porta bater depois de passar por ela. Ela não é uma flor delicada, tenho de admitir.

Tenho medo até de respirar no silêncio, e meu coração bate como um tambor. Espero segundos preciosos, sinto as bochechas inchadas com todo o ar que não libero.

Midas respira fundo e ajeita a túnica dourada antes de passar a mão no cabelo, garantindo que não haja um só fio fora do lugar. Depois de mais um momento, ele se vira para sair e desaparece do meu campo de visão. Só quando ouço a porta fechando e seus passos à distância, solto o ar.

Empurro o cobertor e me sento, sabendo que preciso passar pela biblioteca sem ser notada e voltar ao meu quarto antes que Midas chegue à biblioteca. Se mandar me chamar, e eu não estiver em meus aposentos, ele vai deduzir que estive aqui ouvindo toda a conversa entre os dois, e isso... isso provavelmente não vai ser bom para mim.

Levanto e saio correndo do átrio, sigo pelo corredor privado e paro antes do portal por onde poderia entrar na biblioteca.

Ouço os conselheiros falando baixo e o Rei Fulke comendo de um jeito ruidoso, respirando pela boca. Mastiga, respira, mastiga, respira. É muito desagradável. Espio pelo portal e descubro que todos estão de frente para a mesa; felizmente, ninguém olha para a área ocupada por minha gaiola e Midas ainda não voltou.

O sol está se pondo, levando consigo a luz pálida e cinzenta, mas os homens não vão terminar a reunião tão cedo. Sem dúvida, os conselheiros vão trabalhar a noite toda, assim como fizeram nos últimos dias, e não quero ficar presa aqui com eles.

A única possibilidade de conseguir me esconder em meus aposentos pelo restante da noite é chegar lá antes de Midas voltar. No que os olhos não veem, a cabeça não pensa. É o que espero. Ele vai estar de mau humor depois da conversa com Malina, e não quero ser pega no fogo cruzado.

Para chegar aos meus aposentos, tenho de atravessar a biblioteca. Midas reformou todo o último andar do castelo para que eu pudesse andar por ali à vontade. Como as gaiolas que se projetam para o interior de cada cômodo não são confinadas, todas têm aberturas que conectam um cômodo ao outro, até o outro lado do palácio. Mas isso significa que só tem um jeito de ir de um lado ao outro — tenho de atravessar cada sala.

Faço outra varredura visual para ter certeza de que ninguém está olhando, e começo a andar na ponta dos pés pela parte engaiolada da biblioteca, olhando diretamente para o portal do outro lado, meus passos apressados, mas cuidadosos. Não posso ir depressa demais, ou o movimento vai chamar atenção, mas tenho de correr e sair antes de Midas voltar.

Estou a três passos do portal quando escuto:

— Ah, você voltou.

Congelo, mas, quando olho para lá, ninguém está prestando atenção a mim, mas a Midas, que nesse momento passa pela porta.

Seguro a saia, passo pelo portal e corro. Um instante antes de Midas me ver. Não paro de correr até passar pelo meu banheiro e pelo quarto de vestir. Entro no quarto e respiro aliviada ao cair contra a parede. Descanso a cabeça nela por um minuto, saboreando o sucesso da fuga enquanto a cabeça roda. Tenho sorte por não ter sido pega.

Fico ali encostada por um tempo, com o cérebro encharcado por tudo o que descobri. Não só pela conversa que escutei, mas pelos fragmentos que venho colecionando a semana toda, durante o conselho de guerra de Midas. Parece que até a Rainha Malina desconfia do ataque ousado de Midas.

Mas não me surpreende que ele não tenha discutido com ela as suas decisões. É assim que ele funciona — de acordo com os próprios objetivos e planos, apenas. Essa é uma das características que sempre admirei nele, na verdade — a confiança. Ele não nasceu na realeza, tal qual Malina. Não foi educado para ser um monarca. E, por mais que às vezes seja duro demais, ele sabe governar. Sinoalto precisava de dinheiro e de um líder forte, e conquistou os dois no minuto que Midas se sentou no trono.

Percebo que o dia se foi e a noite chegou. Um arrepio percorre minhas costas, e massageio os braços, tentando dissipar o arrepio. O lado positivo: se Midas quisesse mandar me chamar, já teria mandado.

A pouca luz que havia em meu quarto se desmanchou em sombras que cobrem tudo de escuridão, e com agilidade. Eu me afasto da parede, dirijo-me até o lado oposto do quarto, fazendo o caminho que conheço de cor, e alcanço a mesinha encostada na grade.

Às cegas, tateio à procura da vela que sei estar lá, mas, em vez de tocar a haste rígida, minha mão entra em contato com algo quente. Alguma coisa que se move.

Recuo alarmada, mas é tarde demais. A mão agarra meu pulso, me puxa para a frente. Meu tronco cai sobre a mesa, as mãos se projetam tentando me amparar. A pessoa que segura minha mão a liberta e agarra meus cabelos.

Levanto os braços em pânico, tentando empurrar a mão por instinto, mas quem está ali não me solta, por mais que eu empurre e puxe com força.

Começo a arranhar as mãos sem nenhuma clemência, esperando arrancar a pele em tiras sangrentas para obrigá-las a me soltar. Assim que sinto as unhas rasgando a pele, a pessoa sibila de dor, depois bate minha cabeça contra a grade com tanta força, que vejo estrelas.

Os joelhos dobram, o corpo desequilibrado e a cabeça latejando, mas a mão cruel não solta meu cabelo. O couro cabeludo grita de dor, e eu grito por ele, mas, assim que o som sai de minha boca, outra mão a cobre para interromper o barulho.

Infelizmente, a mão também cobre meu nariz, me impedindo de respirar.

Tonta com a batida na cabeça e sem enxergar muita coisa na noite escura, entro em pânico, me debato tentando lutar, a garganta se contrai e as narinas dilatam com a necessidade de respirar.

No meio de tudo isso, não consigo evitar o choque de alguém além de Midas estar me tocando.

Não sou tocada por ninguém desde que consigo lembrar. Ninguém se atreveria. Além das carícias breves que recebo do meu rei, sou tão carente de contato que parte de mim está sensorialmente sobrecarregada demais para reagir.

— Segure-a.

A ordem é baixa, mas firme, sem qualquer consideração por meu sofrimento, e meu estômago se contrai quando reconheço a voz.

A rainha.

Quem está me segurando puxa minha cabeça até meu rosto ser espremido contra a grade, mas a mão finalmente é removida de cima da minha boca e do nariz. Arfo, com o pescoço torto e um canto da mesa comprimindo minhas costelas.

A Rainha Malina aparece em meu campo de visão. A vela em sua mão projeta sombras de fogo em seu rosto, espalhando nele um brilho pálido.

— Acha que não vi você escondida, ouvindo? — ela pergunta, aproximando tanto a vela que o calor lambe meu rosto. Abro a boca para responder, mas ela me interrompe antes mesmo de eu encontrar a voz. — Quieta.

Fecho imediatamente a boca, a mão em meu cabelo puxa de novo, quase arranca algumas mechas, e a dor faz meus olhos lacrimejarem.

Malina me encara com frieza.

— A favorita do rei — dispara, como se "favorita" fosse a palavra mais odiada em seu vocabulário. Provavelmente é. — Durante todos esses anos, a dúvida sempre me incomodou. Por que ele escolheu tocar de ouro uma órfã inútil e mantê-la aqui como um troféu em uma estante? — Mira o interior de minha gaiola com desdém. — Mas Midas sempre teve suas obsessões.

Não sou uma obsessão. Ele me ama. Ela só não quer admitir.

Como se pudesse sentir o desafio em meu rosto, ela ri.

— Acha que tem o coração dele? — pergunta, e seu tom pinga uma piedade debochada quando se inclina para enfrentar meus olhos. Está tão perto, que posso sentir seu hálito escapando por entre os lábios sem cor. — Ah, querida, você é só uma cadela que ele mantém no canil. Um prêmio que ele gosta de exibir para ser mais interessante.

É mentira. Eu sei, mas não sou casca-grossa o bastante para ouvir essas palavras de ódio e ciúme e não me abalar. A declaração dela, associada à dor provocada pelos puxões de cabelo, leva ainda mais lágrimas aos meus olhos, até que uma escorre em meu rosto.

Ela suspira e balança a cabeça, olha para a janela coberta de neve.

— Eu era uma menina boba, filha da realeza, mas sem poder e sem possibilidade alguma de reinar sozinha, quando Tyndall apareceu.

Observo-a e fico imóvel para não piorar a dor na cabeça.

— Meu pai disse que Midas era um presente dos deuses. Um belo justiceiro com uma proposta romântica de casamento nos lábios e ouro nas mãos? É claro que aceitei o pedido com alegria. Ele parecia mesmo ter caído do céu. Exatamente o salvador de que precisávamos. Não me incomodei nem quando ele decidiu manter você.

Minha cabeça roda com o esforço de tentar ignorar a dor e prestar atenção ao que ela diz. Estou furiosa comigo por ter sido pega. Por não ter estado suficientemente atenta ao ambiente para saber que ela estava aqui, esperando para atacar.

— Afinal, todos os homens têm seus vícios — Malina prossegue, deixando evidente sua opinião sobre mim. — O de Tyndall era fazer de você um tesourinho. Uma órfã engaiolada com a pele pintada de ouro, alguém que ele podia exibir e guardar para si. Extravagante e chamativo. Mas você não me incomodava, na época, e não tem importância nenhuma para mim agora. Sabe por quê?

Ranjo os dentes, e a raiva que aquece minhas pálpebras faz cada piscada queimar. Minhas fitas se projetam discretamente, subindo pelas pernas da pessoa que está me segurando. Não quero que ninguém saiba que sou capaz de mover minhas fitas, mas, neste momento, minha segurança é mais importante do que o segredo.

Malina e eu nos encontramos algumas vezes no passado, mas, de maneira geral, fazemos o possível para evitar uma à outra. Ela nunca me atacou antes. É uma reação nova, e temo que seja o início de mais violência. Posso lidar com os comentários ofensivos e os olhares desdenhosos. Mas isto? Ter medo de ela estar escondida nas sombras, pronta para me castigar? A ideia me causa arrepios.

— Por quê? — pergunto, quando fica nítido que é isso que ela quer.

Os olhos de Malina brilham.

— Porque você está aí dentro, e eu estou aqui fora.

Uma declaração simples, mas que crava em meu coração os dentes afiados e ferozes de uma besta.

O que ela vê em minha expressão a faz sorrir, vitoriosa. Seus olhos se voltam para quem está me segurando.

— Pode soltar.

Minhas fitas soltam imediatamente a pessoa, recuam para o chão atrás de mim.

A mão puxa meu rosto mais uma vez contra a grade, antes de soltar meu cabelo. Seguro as barras douradas da gaiola para não cair, depois toco a cabeça com cuidado e reconheço o guarda pessoal da rainha. O homem sério e corpulento que tem o queixo coberto de barba e os olhos cheios de falsa confiança. Tenho de fazer um esforço enorme para não mover minhas fitas e estrangulá-lo.

— Lembre-se do seu lugar, montaria — provoca a Rainha Malina, atraindo novamente meu olhar quando começa a se afastar. — Você é só um animal de estimação para Midas montar. Um suvenir para ele exibir. — Ela para na porta e olha para trás, para mim. — Na próxima vez que eu pegar você espionando, corto suas orelhas douradas.

Fecho as mãos. A palavra "vadia" ecoa em minha cabeça enquanto a encaro, mas não me atrevo a falar nada.

Malina acena com a cabeça para o guarda.

— Verifique se ela ouviu o que eu disse.

Verbalizar a ordem quando ela está saindo causa estranhamento, contudo, sem nenhum aviso, o guarda se vira, enfia o punho por entre as barras da grade e acerta minha barriga.

O impacto me joga no chão. Seguro a barriga e tusso, tentando não vomitar.

— Ouviu a rainha? — ele grunhe acima de mim, fora da gaiola.

— Eu... ouvi — arfo, e o observo com ódio.

— Que bom.

Sem mais se manifestar, ele se vira, sai e fecha a porta sem fazer barulho.

Porra de inferno Divino. Queria não ter saído da cama hoje.

Tenho de respirar fundo por uns dois minutos antes de conseguir me levantar do chão, mas o estômago e o couro cabeludo ainda doem tanto, que nem me dou ao trabalho de acender alguma vela. O lado positivo? Pelo menos, a grade da gaiola os impediu de fazer coisa pior.

Assim que me deito na cama, as fitas me envolvem como faixas de seda que querem me proteger do mundo. Um casulo escondendo a lagarta.

Mas percebo que não é Malina ou seu guarda que me faz passar boa parte da noite acordada. Não é nem minha cabeça latejando ou o estômago dolorido. É o tempo passando. Porque logo os exércitos vão chegar à fronteira do Quarto. E o Rei Fulke vai cobrar seu pagamento.

Eu.

8

Tenho horror de acordar.

Normalmente, é só porque não sou uma pessoa matinal. É comum ter uma ressaca terrível de vinho, por isso, acordar cedo e animada não faz parte da minha rotina. Além do mais, não é como se houvesse um sol radiante esperando por mim. Não vejo os raios do sol há anos.

Mas, quando o último resquício de sono se esvai, meu pavor é ainda maior do que o desprezo habitual pelas manhãs, porque hoje sei que meu tempo acaba.

Não sei como tenho ciência disso — talvez seja uma energia no ar. Talvez seja o vento cruel além da janela — a Viúva do Vendaval uivando seu lamento estridente. É um aviso de que o restante de areia na ampulheta caiu como uma pedra no fundo do mar, e não tenho mais grãos para contar.

Abro os olhos e encaro a janela, estremecendo ao ver o gelo fosco sobre a vidraça. Afasto as fitas do corpo, mas deixo escapar um gemido ao me sentir toda dolorida. Minha cabeça e minha barriga são como hematomas gigantescos depois da atenção cruel que receberam na noite anterior.

Sento-me devagar e olho para o restante do quarto por entre as barras da grade, e vejo que Digby já assumiu o posto para as rondas matinais. Pena que ele não estava ontem à noite, mas a culpa é minha.

Quando eu tinha dezoito anos, passei meses discutindo com Midas para ele parar de mandar os guardas noturnos. Era sinistro saber que tinha alguém vigiando meu sono. Finalmente ele cedeu, permitiu que eu tivesse privacidade à noite, mas agora me arrependo um pouco de tê-lo feito.

Mesmo que ela seja a rainha, duvido que Digby seja o tipo de homem que teria permitido uma agressão contra mim durante seu turno. No mínimo, acho que ele teria informado Midas. Diferentemente de mim. Não tenho a menor intenção de contar algo a Midas. Isso só serviria para enfurecer Malina ainda mais, e essa é a última coisa de que preciso.

Levantar é mais difícil do que deveria ser, e me encolho um pouco ao sentir a contração na região do estômago. Digby olha para mim intrigado, com a testa franzida. É atento demais para o próprio bem.

— Dor de estômago. Vinho demais. — Deito-me e toco de leve a barriga para dar ênfase ao argumento. Não quero que ele fique desconfiado ou faça perguntas. Perguntas são perigosas.

Viro-me e esfrego os olhos cansados, mas noto um vestido pendurado em uma das barras da gaiola. Dourado e muito fino, tão fino que quase nem é um vestido.

Ranjo os dentes ao fitá-lo, e minha coluna enrijece. Midas escolheu esse vestido para mim. Uma mensagem direta e simples.

Hoje à noite, devo me vestir como uma montaria. Hoje à noite, ele vai me deixar sair da gaiola.

Olho para o tecido transparente, para o decote profundo, as fendas na saia fina. As fitas se contorcem ao mesmo tempo que meus dedos se fecham, cerrando os punhos em torno de emoções, contraídos pela tensão. O vestido combina perfeitamente com as palavras da Rainha Malina.

Você é só um animal de estimação para Midas montar.
Um suvenir para ele exibir.

Viro de costas para o vestido e saio do quarto, e vou à sala de vestir sentindo que os olhos de Digby me seguem. Sozinha na saleta, paro na escuridão e me permito respirar fundo, me acalmar. Faço um esforço para abrir as mãos, e minhas fitas se desenrolam com má vontade.

Na outra sala, ouço a porta ser aberta e fechada, sinal de que Digby foi fazer a ronda pelos aposentos, mas sei que só o fez para me dar privacidade.

Eu me aproximo da mesa, arrastando as fitas no chão atrás de mim. Diante da penteadeira, acendo a lamparina e ilumino o espaço, porque a janela está novamente coberta de neve.

Uso as fitas para me despir e deixo o tecido no chão, em volta dos meus pés. Nua, paro diante do espelho e examino meu corpo. A pele dourada está marcada na altura do estômago, um hematoma do tamanho de um punho com bordas que lembram uma nuvem fofa, um sinal deixado pelo punho do guarda. Aperto a região dolorida e me contraio com a pontada. A imagem me faz lembrar do jogo de chá de ouro de Midas, peças que os criados têm de polir sempre. Tenho uma mancha que precisa de polimento.

Suspirando, removo a mão da barriga e pego um robe comprido do cabide ao lado do espelho. Eu o visto e amarro a faixa em torno da cintura.

Em seguida, examino o couro cabeludo, deslizo os dedos pela cabeça com todo o cuidado, mas ela pulsa ao menor toque. Precisarei ser muito cuidadosa ao escovar os cabelos.

— Dormiu bem?

A voz de Midas me causa um susto tão grande, que giro com a mão no peito.

— Maldito Divino, que susto! — Não ouvi quando ele abriu a porta da gaiola nem os passos dele do quarto até aqui.

Ele sorri apoiado à grade perto do portal para o corredor.

— Tsc, tsc, Auren. Não deveria amaldiçoar os deuses.

Meus batimentos cardíacos desaceleram, agora que sei que é Midas que está ali. Ele fica ótimo naquela iluminação dourada. A túnica se tinge de caramelo, o cabelo lembra conhaque.

— Como posso servi-lo, meu rei? — pergunto e, apesar de usar palavras adequadas, meu tom é inseguro. Frágil.

Midas leva um dedo ao queixo enquanto me analisa. Tento não demonstrar desconforto sob esse olhar, mas o tecido fino do robe me faz sentir nua diante dele.

— Sei que está zangada comigo — ele confessa por fim, e me pega de surpresa.

Observo sua expressão, tentando discernir quais pensamentos ocupam sua cabeça. Não sei o que falar.

Ele me contempla com tristeza quando não respondo; por um momento, não parece o poderoso Rei Midas. Parece só Tyndall.

— Fale, Auren. Sinto falta de ouvir sua voz, passar um tempo com você — continua em voz baixa, e minha expressão suaviza um pouco.

Estou furiosa com ele. Estou arrasada. Não sei qual é minha situação com ele ou o que vai acontecer, mas não posso verbalizar nada disso, porque não sei como. Então, pigarreio e comento:

— Você tem estado ocupado.

Ele assente, mas não faz qualquer movimento em busca de se aproximar de mim, e também não me movo. Há mais do que meros três metros de distância separando nós dois. Também existe um buraco entre nós. Um buraco que ele cavou. Estou apavorada, porque um passo em falso pode me jogar de cabeça ali dentro, e nunca vou me recuperar dessa queda.

Olho para ele e sinto esperança e medo se misturando em meu interior. Ele tem sido duro comigo, mais do que jamais foi. Sei que está sob forte pressão, e sei que nunca devia ter me comportado daquela maneira em público, mas me perdi em relação a ele. E ainda tem essa história com Fulke.

Meus olhos dourados o queimam. *Você vai me dar para Fulke.*

Entretanto, mesmo gritando com ele em silêncio, aquela voz irritante no fundo da minha cabeça me atormenta. Este é Midas. É o homem que um dia foi um justiceiro. Sem coroa, sem título. Só um homem forte, confiante, com um propósito. O homem que me resgatou e abrigou. Que elevou-me até eu me tornar famosa em todo o Sexto Reino — em toda Orea. Ele me transformou em seu troféu revestido de ouro e me manteve em um pedestal. Mesmo antes disso, porém, ele foi meu amigo.

Quando o fito agora, vejo o que outras pessoas não veem. Aquilo que ele não as deixa ver. Vejo a nuvem atormentada sobre sua cabeça. A tensão nos ombros. O estresse que desenha linhas em torno dos olhos.

— Você está bem? — pergunto em voz baixa, hesitante.

A pergunta parece assustá-lo, e ele endireita as costas, rompendo o silêncio pensativo que havia entre nós.

— Vai ter que se comportar hoje à noite, Auren.

As palavras percorrem o caminho até minha cabeça, e tento interpretá-las de um jeito diferente, como se ele estivesse tentando me dizer outra coisa, como se falasse em código. Mas... não tem outra maneira de decifrar essa mensagem.

Minha garganta fica seca.

— Comportar?

— Use o vestido hoje à noite. Obedeça aos guardas. Não fale, a menos que seja solicitada, e tudo vai ficar bem. Confia em mim, não confia? — Seu rosto é implacável, impenetrável.

Sinto os olhos arderem. *Confiava*, quero dizer. *Agora, não sei mais.*

— Eu não deveria confiar em você sempre? — respondo com cautela.

Midas sorri para mim novamente.

— É claro que sim, Preciosa.

Ele se vira e deixa o meu quarto, seus passos ecoando até sair do cômodo e fechar a porta da gaiola. Fico quieta até ouvir os passos se afastarem mais e a porta do quarto se fechar, silenciando o restante de sua evasão.

Solto o ar e meu corpo quase desaba na cadeira diante da penteadeira. Olho para o espelho sem enxergar nada, sentindo os dedos tremerem com a onda de emoção que me invade.

O conflito é tão grande, que meu estômago ferve, ameaçando me fazer vomitar.

Pare com isso, Auren, repreendo a mim mesma, e aperto os olhos com as mãos para fazê-los parar de arder.

Ele quer que eu me comporte. Quer que eu confie nele. E não conquistou minha confiança, depois de todos esses anos?

Não?

A resposta deveria ser um retumbante "sim". A resposta deveria ser fácil. O problema é que não é.

Rangendo os dentes, levanto-me depressa e, antes de perceber o que estou fazendo, pego a lamparina e a arremesso contra o espelho em um ataque de fúria.

O estrondo reverbera pelo quarto, e aprecio o barulho. Arfando, encaro o espelho quebrado, meu corpo distorcido, dividido em três reflexos.

— Milady?

Viro-me para trás atordoada e me deparo com Digby do outro lado da gaiola, fitando-me por entre as barras da grade com uma expressão perturbada.

Com a lamparina apagada e destruída no chão, o espaço é invadido por sombras, exceto pela vela em sua mão. O guarda fala alguma coisa, mas meus ouvidos estão apitando, minha respiração é rápida e ruidosa demais para que eu o ouça.

Balanço a cabeça a fim de me recuperar.

— O quê?

Ele inclina a cabeça, baixa o olhar. Atordoada, sigo a direção desse olhar e vejo minha mão, viro a palma para cima. Assim que olho para ele, é como se meu cérebro se reconectasse ao sistema nervoso, e percebo que queimei a mão ao segurar a lamparina.

Eu a toco de leve, estranho a leve pontada. Não é tão grave, a região está um pouco manchada e dolorida, só isso.

— Estou bem — digo a ele.

Digby grunhe, mas não fala nada.

Abaixo a mão e olho para ele.

— Sei o que deve estar pensando — falo, e balanço a cabeça. — A pobre favorita dando um show no quarto, cercada por todos os seus objetos de ouro — continuo com uma risadinha de autodepreciação.

— Eu não disse isso.

As palavras roucas me surpreendem. São estranhamente... gentis. Como se o velho carrancudo quisesse me fazer sentir melhor. Ele se vira e sai do quarto antes que eu possa responder, e fico olhando com um sorrisinho no rosto para o espaço onde o guarda esteve.

Ele volta menos de um minuto depois com uma lamparina nova. É maior, deve ter sido tirada da biblioteca, mas ele a passa por entre as barras e a coloca no chão.

— Obrigada. — Pego a lamparina e a coloco sobre a mesa. Agora que a iluminação é adequada, me impressiono um pouco com a sujeira que fiz. Os criados que limpam tudo aqui não vão gostar disso.

Eu me ajoelho para começar a recolher os cacos de vidro, mas Digby bate na grade para chamar minha atenção.

— Deixa isso aí.

— Mas...

— Deixa aí.

Arqueio uma sobrancelha e suspiro.

— Para alguém que quase não fala, você é bem autoritário.

Ele só continua olhando para mim com firmeza.

Suspiro e me levanto.

— Tudo bem. Não precisa me encarar desse jeito.

Digby assente e coça a barba grisalha, satisfeito com a vitória. Meu guarda de confiança leva muito a sério a missão de me proteger. Mesmo quando está me protegendo de mim mesma, aparentemente.

— Sabia que era meu amigo, Dig — brinco e, apesar de o sorriso não alcançar meus olhos, é bom fingir. Apego-me a essas emoções com ele e, com esforço, ignoro todo o restante com Midas para poder respirar de novo. — Ei, e se a gente fizer um joguinho com bebidas? — pergunto esperançosa.

Digby revira os olhos.

— Não. — E sai, claramente satisfeito depois de ver que não vou ter outro ataque e quebrar mais alguma coisa.

— Ah, vamos lá, só uma partida — insisto, mas ele continua andando, como eu sabia que faria. Isso alarga um pouco o meu sorriso.

Quando fico sozinha de novo, eu me sento e suspiro para o espelho quebrado, e o humor da interação com Digby desaparece rapidamente. Estudo os três reflexos por um momento, depois começo a trabalhar, deixando as fitas escovarem com cuidado minha cabeça dolorida para eu poder trançar o cabelo. Imagino que seja parecido com um soldado vestindo a armadura.

Pelo menos por ora, enquanto é dia, sei que estou segura. Por ora, ainda tenho tempo.

Mas hoje, assim que a noite cair e as estrelas brilharem, terei de representar o papel de animal de estimação preferido do Rei Midas. Terei de me comportar.

Mas uma questão persiste em minha cabeça o dia todo. E se eu não me comportar?

9

Escovo e tranço os cabelos sem pressa, fazendo tudo devagar, como se me arrastar fosse adiar meu destino, de algum jeito. Estou fingindo que não funciono em um tempo que não é meu.

Você pode fingir muitas coisas na vida. Pode fingir tão bem, que começa a acreditar na própria farsa. Somos todos atores; estamos todos sobre pedestais, sob um holofote, representando o papel que for necessário a fim de sobreviver ao dia — para nos ajudar a dormir melhor à noite.

No momento, estou cumprindo as etapas, me recusando a permitir que a cabeça pense no que vai acontecer esta noite. Mas o corpo sabe. A resposta está no aperto do peito, na respiração difícil, superficial.

Tento me distrair e me ocupar, mas uma garota não consegue tocar harpa por muito tempo; não é capaz de costurar muitas coisas, antes de enlouquecer de tédio.

Chega uma hora em que estou tão nervosa, que começo a andar em círculos na gaiola, provavelmente reproduzindo a imagem de um tigre agitado dentro da jaula.

O lado positivo? A queimadura na mão melhorou. Tenho só um pequeno vergão no centro da palma, onde a pele dourada é um pouco mais alaranjada, sem o habitual brilho frio. O estômago ainda dói, mas a cabeça está bem... desde que eu não toque nela.

Olho pela única janela do quarto e vejo apenas a nevasca furiosa soprando confete branco na vidraça. O entardecer se aproxima. Queria poder amarrar o sol no céu, mas só as estrelas podem atender pedidos, e quase não as vejo, de qualquer maneira.

Os exércitos de Fulke e Midas já devem ter chegado à fronteira do Quarto Reino. Eu poderia ir à biblioteca para confirmar essa informação, mas este é o último lugar onde quero estar hoje.

Ainda os acho loucos por atacarem o território do Rei Ravinger. Além de Midas estar rompendo um pacto de paz de séculos, Ravinger não é conhecido por sua bondade magnânima. Eles o chamam de Rei da Podridão por um motivo, e não é só por seu poder de decomposição e morte. Dizem que sua crueldade faz todo mundo nas imediações se encolher.

O território dele é de uma corrosão que faz definhar, mas também é um lugar em que ele permite que a maldade floresça. Seu poder o habilita a deteriorar tudo o que quiser. Lavouras, animais, terra, pessoas... mas acho que sua crueldade pode ser o mal maior.

Espero que Midas saiba o que está fazendo, porque é perigoso fazer de alguém como Ravinger um inimigo. Se Midas fracassar, não sei se existe riqueza suficiente para exími-lo das consequências, e isso me amedronta. Às vezes queria que ele não confiasse tanto na possibilidade de resolver todos os problemas com ouro.

Midas trata a riqueza como uma coisa garantida — e por que não? É só olhar em volta, todas as superfícies, todos os bens, tudo é de ouro. Ele sabe que vai ser rico para sempre, se quiser.

A Rainha Malina acredita que sou extravagante e chamativa, mas e este castelo e tudo que há nele? As solas dos sapatos dela são de seda de ouro — para apreciação exclusiva de seus pés suados. A estrutura das masmorras sob o palácio — puro ouro, onde prisioneiros definham até a morte. Até os vasos sanitários onde urinamos são folheados a ouro.

Se tem uma coisa que aprendi é que tanta riqueza acaba perdendo o significado depois de um tempo. Torna-se vazia. Você pode ter todo o ouro do mundo, mas vai sentir falta de tudo do mundo real.

Mas talvez... talvez a razão subjacente para o ódio de Malina por mim seja Midas ter me mantido aqui, mesmo sendo casado com ela. Talvez a rainha só desejasse que seu marido a tivesse tocado de ouro. Pelo que isso representa. Pelo jeito como ele me chama de sua Preciosa.

Assim, do nada, percebo-me sentindo pena dela. Por não ter tido filhos, pelo casamento sem amor. Por ter perdido o reino antes mesmo de poder tê-lo. Por ter de competir contra uma órfã dourada.

Enquanto reflito sobre tudo isso, encosto-me na grade da gaiola para contemplar a nevasca lá fora. O ciúme, se for isso mesmo, infeccionou durante anos. Não há nada que eu possa fazer em relação a isso agora. O que está feito, está feito. A rainha nunca vai olhar para mim com nada além de ódio. É assim, simplesmente.

Mas se ela tem ciúme por Midas não a ter tocado de ouro, não entende nada. Não vou negar os benefícios de ter sido tocada... mas há desvantagens também.

Ninguém me vê além do brilho metálico de minha pele. Ninguém olha além dos fios de ouro puro de meu cabelo. Com exceção do branco dos olhos e dos dentes, sou só uma estátua dourada para todo mundo. Um objeto a ser visto, e não ouvido.

Um produto a ser comprado por uma noite.

De repente, a porta do meu quarto se abre, e me apresso para me afastar da janela. Vejo uma criada entrar e se aproximar de Digby, que continua alerta em seu posto perto da parede. Ela cochicha alguma coisa, e eu assisto a tudo desconfiada. Assim que a mulher sai, me aproximo do outro lado da gaiola para falar com ele.

— O que está acontecendo?

Digby aponta o vestido que continua pendurado no mesmo lugar.

— Está na hora.

Sinto que alguma coisa se quebra em mim, despedaçando-se em partes frias e duras e caindo aos meu pés.

— Já? — pergunto, e mal reconheço minha voz. Tímida e baixa como um ratinho assustado, e não posso me dar ao luxo de ser um rato esta noite. Preciso ser forte.

Digby confirma com um movimento de cabeça, e eu solto o ar com um sopro, levantando a mecha de cabelo que caía sobre meu rosto. Engulo a saliva com esforço, como se pudesse beber o nervosismo, enterrá-lo em uma fenda dentro de mim.

Com o coração disparado, pego o vestido do cabide e me dirijo à sala de vestir com passos tensos. Diante do espelho quebrado, tiro o vestido simples e visto o outro finíssimo. As fitas fazem todo o trabalho, enquanto meus braços executam movimentos robóticos. Meu rosto é inexpressivo.

Vestida, estudo o tecido fino que cobre meu corpo e tento não reagir. Como eu imaginava, é tão transparente que mostra cada traço das minhas curvas, até um vislumbre velado das pontas cintilantes dos mamilos.

O vestido tem mangas transparentes de renda de ouro, e presilhas nos ombros o mantém no lugar. Desce sobre os seios com um decote profundo e frouxo que mostra o início do meu estômago marcado por um hematoma.

A saia tem fendas laterais que acompanham o comprimento desde os pés até o quadril, de forma que quem estiver ao meu lado vai poder ver uma boa porção de pele. A confecção leve e solta flui livre sobre minhas curvas, oferecendo fácil acesso a quem quiser tocar uma parte íntima de meu corpo.

Midas nunca me vestiu assim antes. Sim, uso vestidos que realçam meu corpo, mas nada tão provocante assim. Meu corpo é privado, em sua maior parte. Apenas para desfrute dele. Contudo, pela primeira vez na vida, estou vestida como uma verdadeira montaria real, pronta para ser cavalgada.

Sei o momento em que a luz do dia se despede, porque o ar fica mais frio. Olho para cima, para a claraboia, e vejo que a escuridão já se espalha. Um vazio deprimente me invade, um arrepio que se espalha por meus braços enquanto a noite ascende.

Comporte-se hoje à noite.
Um suvenir para ser exibido.
Sente-se bonitinha.
Deixe a conversa para os homens.

Ranjo os dentes, e meu espírito se rebela. Midas quer que eu vista isto? Muito bem. No entanto, ele nunca disse que eu não podia enfeitar o vestido. Minhas fitas se levantam acompanhando a resolução, e começo a trabalhar.

Alguns minutos embrulhando, prendendo e amarrando, e, depois de alguns ajustes, enfim fico satisfeita com o resultado. Minhas fitas douradas agora envolvem o corpete em elaborados padrões de tranças, passando por cima dos seios antes de envolver a cintura. O restante das fitas desce acompanhando toda a circunferência da saia.

Ainda estou muito mais exposta do que gostaria, mas é muito, muito melhor. Agora as partes mais íntimas estão seguras e cobertas. Ainda preciso tomar cuidado ao andar, porque, mesmo com algumas fitas envolvendo a cintura, as laterais do corpo são um pouco expostas pelas fendas, mas, pelo menos, não me sinto mais nua.

Meu cabelo está trançado, algumas mechas caem sobre as costas, então, deixo o couro cabeludo em paz. Ouço vozes na entrada do quarto e sei que mais guardas chegaram para me escoltar até lá embaixo.

Deveria estar faminta, já que não comi nada o dia inteiro, mas não seria capaz de tolerar nenhum alimento agora, nem se quisesse. Quando ouço Digby me chamar, calço os chinelos de cetim e endireito as costas.

Não seja um rato, Auren.

Entro no quarto e encaro o grupo de guardas posicionados do outro lado da gaiola. Vieram me buscar. Não tenho permissão para sair dos meus aposentos há meses. Não é comum que Midas me deixe sair da gaiola, resultado do imenso sentimento de posse que nutre por mim. Nas raras ocasiões que isso acontece, normalmente é para que eu vá jantar com ele, porque sente falta de minha companhia, ou para permanecer atrás dele na sala do trono, exibindo-me a dignitários que vêm nos visitar.

Uma chave mestra é entregue a Digby quando me aproximo. Ferro maciço, preto como carvão, é encaixado na fechadura. Irônico que a chave seja a única coisa feita de outro material, não ouro.

O estalido da chave virando é tão alto, que infesta meus tímpanos e penetra no crânio como uma centena de moscas voando sem parar.

Digby abre a porta e os outros guardas se afastam um pouco, tomando o cuidado de manter distância sob o olhar vigilante do guarda fiel. Eles sabem que um deslize será suficiente para Digby denunciá-los ao rei, e isso não é algo que qualquer um deles queira.

Passo pela porta escancarada, que se assemelha a uma caixa torácica presa por dobradiças, deixando transbordar um coração.

Minhas fitas não me seguem como uma cauda, como de costume, mas é um conforto senti-las em volta do tronco como um conjunto extra de ossos fortalecedores quando começo a caminhar quarto afora, escoltada por dois guardas dos dois lados.

Sinto meus passos solitários, apesar dos quatro pares de pés me acompanhando. O som do medo ecoa no ruído abafado dos chinelos sobre o assoalho polido, no ar que puxo por entre os dentes a cada vez que inspiro.

Confia em mim, não confia?

Não deveria confiar em você sempre?

É claro que sim.

Essa resposta é tudo que tenho. Preciso confiar nele.

Mas não vou ser um rato.

10

Lembro-me da primeira vez que andei por este castelo, dez anos atrás. Entrar em um palácio, depois dos lugares onde estive... Surreal. Foi surreal.

Eu tinha quinze anos, era uma menina em todos os sentidos da palavra, exceto um. *Minha inocência estava perdida* — era assim que algumas pessoas falavam. Mas eu não tive culpa.

Não fui eu que perdi minha inocência. Não foi minha responsabilidade, não foi falta de cuidado ou esquecimento. Ela foi tirada de mim, uma exploração cruel de cada vez. Eu me lembro de cada pedaço dela sendo tirado de mim, até eu ficar em carne viva e nua, exposta aos duros elementos do mundo com um enorme ressentimento e um eterno gosto amargo no fundo da garganta.

Não, eu não era mais inocente quando entrei com Midas em Sinoalto pela primeira vez, mas ele me devolveu algo que eu pensava que nunca mais teria.

Confiança.

Na época, ele ainda não era rei, e o castelo não era de ouro. É difícil até na minha cabeça fazer o paralelo entre a aparência que o lugar tem agora com a que tinha então. As paredes eram de pedra cinza e manchada, cortada das montanhas congeladas sobre as quais o castelo está empoleirado. Era melancólico, embora exuberante; uma fortaleza cinza enterrada na neve. Apesar da opulência do ambiente, quando cheguei aqui eu também estava triste, porque sabia que nossos poucos meses juntos e sozinhos chegavam ao fim.

— Vou oferecer minha mão em casamento à princesa do Sexto Reino.

Ele me assustou com essas palavras. Nunca houve menção a isso antes. Havia planos e ideias, eu sabia disso, mas não me interessei em ouvi-las. Estava encantada demais com o mergulho no intervalo de paz, na segurança, na amizade. Mas sempre soube que a trégua teria um fim.

Olhei para Midas, meu belo nômade com flocos de neve no cabelo louro. Estávamos acampados ao lado de uma gruta congelada, com formações rochosas em torno da abertura da boca lembrando um geodo, os diamantes como se fossem os dentes cintilando sob uma lua minguante.

— Por quê?

Se ouviu o tremor na minha voz, ele não disse nada, mas os olhos castanhos eram suaves quando buscaram os meus, com a fogueira do acampamento crepitando entre nós como uma tensão elétrica.

— O reino está falido.

Franzi o nariz.

— Como um reino pode estar falido?

Midas sorriu para mim e limpou os dedos engordurados na calça, depois de jogar fora os últimos ossos da refeição que caçou para nós.

— Reinos podem falir com bastante facilidade, na verdade. Mas, nesse caso, Sinoalto enfrenta dificuldades há anos. É pouco mais de um terreno baldio congelado no topo do mundo. Não se sabe de cultivo algum que produzam nem há qualquer minério lucrativo o bastante para sustentá-los. Estão desmoronando, sem laços e comércio com os aliados adequados. É surpreendente que os outros monarcas ainda não tenham atacado.

Tento traduzir as palavras dele em intenções. Midas tinha sobre mim a vantagem da idade, era sete anos mais velho, mas eu não era ingênua.

— E eu? — perguntei. Não sabia como conseguia falar com aquele nó na garganta.

Midas parou bem na minha frente, os pés cobertos de neve até o cadarço das botas.

— Você fica comigo. Eu prometi, não foi? — Meu alívio foi instantâneo e quente, quase quente o bastante para afugentar o frio da noite. — Com você ao meu lado, vamos salvar o Sexto Reino da falência.

Sorri-lhe, admirando o rosto macio que ele fazia questão de barbear todas as manhãs, apesar de sermos viajantes cansados, muitas vezes sem ninguém para ver além de um ao outro. Era meticuloso consigo mesmo, assim como com todo o restante.

Ele não precisava me contar tudo, mas contava mesmo assim. Confiava a mim suas vulnerabilidades, suas esperanças, seus sonhos. Um homem sem linhagem importante, sem família, sem terra. Queria salvar um reino. Devolver a glória a um lugar que estava morrendo em uma tumba congelada.

Passamos a noite conversando, enquanto ele expunha tudo, todos os planos, intenções, meu papel em sua vida. Era um plano brilhante em que, evidentemente, ele havia pensado até nos mínimos detalhes. Fiquei fascinada.

Midas me pôs em pé com suas mãos quentes, firmes.

— Vou pôr você em um palácio, Auren. Vai ficar segura. Comigo.

— Mas vai se casar com ela.

Ele afagou meu rosto com o polegar, e me inclinei para esse toque. O primeiro homem com quem fiz isso. Eu me sentia como pétalas que se abriam para absorver o sol.

— Sim, se tudo der certo, ela terá meu nome. Mas você tem meu amor, Preciosa.

E o que é um anel, quando se tem um coração?

Ele fez amor comigo ali, sobre um banco de neve que parecia de nuvens, embaixo de uma tenda grossa feita de couro curado no sal do nosso suor, encharcado do calor de nossos sussurros. E me manteve nos braços até as estrelas apagarem.

Aos poucos, meus olhos se ajustam à luz mais forte do corredor, e começo a descer a escada andando entre os guardas. Não há mais o tom envelhecido de marrom nas tábuas do assoalho. As paredes não têm mais o cinza solene das pedras envelhecidas. Os riscos são polidos do piso de ouro, milhares de passos apagados do metal moldável. As paredes cintilam ao toque de um criado, os corrimãos da escada cheiram levemente a vinagre e sal, o verniz abrasivo usado para polir todas as superfícies.

Meus aposentos ficam no último andar, o que significa que precisamos descer seis escadarias. Minhas pernas passam a queimar na segunda, sinal de que passei muito tempo confinada.

Retratos pintados de membros da realeza mortos há muito tempo observam minha passagem, e a cada andar que descemos é maior o número de arandelas onde as tochas afugentam a noite. Minha pulsação reverbera nos ouvidos quando sou levada ao primeiro andar, onde ouço música no salão de baile.

Minha escolta para diante de uma porta dupla entalhada. O guarda ao lado dela a abre e se afasta para o lado.

— Pode entrar.

— Sim, só não quero — resmungo.

Digby pigarreia, e respiro fundo diante da luz, do calor e do barulho que transbordam da sala.

Não posso correr e me esconder, porque não sou um rato.

As fitas me apertam levemente, um estímulo para eu me preparar quando entro. Assim que ultrapasso a soleira, meus olhos varrem todo o espaço.

Há músicos tocando no meio da sala, e executam uma bela composição. Estão cercados de pessoas dançando a melodia que incentiva a sensualidade, um ritmo quente. É uma coleção de tecidos e peles, de membros se movendo ao ritmo de uma melodia impalpável.

Todo o espaço é iluminado por três enormes lustres que projetam fagulhas no chão. Deve haver pelo menos duzentas pessoas ali, todas desfrutando da ostentação e da riqueza do Rei Midas — e exibindo roupas coloridas.

O cheiro de suor e perfume me envolve. Apesar da nevasca lá fora e do tamanho do salão, o calor gerado por tantos corpos faz minha nuca suar. Ou talvez seja o nervosismo.

Ao longo das paredes de ambos os lados da sala tem mais devaneios. Longas mesas em torno das quais os convidados bebem, rostos que o álcool tingiu de escarlate e tornou mais abertos. Há montarias por todos os lados, tornando a festa ainda mais promíscua do que já é, o que me indica que essa reunião já começou faz algum tempo.

Vejo dois grupos extravasando seus desejos contra uma parede, fingindo ter privacidade dentro de alcovas rasas. Dois homens até dividem uma montaria do sexo feminino bem no meio da pista de dança, segurando a mulher entre si, mãos deslizando para dentro de um corpete largo e por baixo da saia. Ela geme tão alto, que a voz rouca se mistura à música como se fosse sua versão de uma serenata.

Além disso tudo, do outro lado da sala, sobre uma plataforma elevada, vejo meu rei.

No momento, ele é a imagem do famoso Rei de Ouro, apelido dado pelo povo. Das botas polidas até a coroa cintilante, sua imagem demonstra a todos que o veem que ele é um fenômeno da opulência, o mestre da fortuna, o governante dos ricos.

No momento que dou alguns passos para dentro da sala, seus olhos me encontram.

Midas está sentado em seu trono, e a evidente ausência da rainha não surpreende, levando em conta o tipo de comemoração que esta festa parece produzir. Ele tem três montarias reais à sua volta; duas sentadas nos braços do trono e uma a seus pés, com a cabeça repousando sobre seu joelho em submissão devota.

Todas estão com os seios nus, vestidas com saias transparentes parecidas com a minha, mas pretas. Atrás de Midas, vejo vários guardas de prontidão, dele e do Rei Fulke, dois brasões de reinos distintos, dourado e roxo, juntos em uma demonstração de aliança.

O Rei Fulke está sentado em seu trono ao lado do de Midas, com Rissa montada em seu colo. Não posso deixar de me imaginar ali, forçada a suportar aquelas mãos me tocando e os dentes amarelos mordendo minha carne.

Comporte-se hoje à noite.

Olho para Midas quando ele se inclina para um dos guardas e diz alguma coisa, palavras que estou longe demais para ouvir. De súbito, a música é interrompida, as dançarinas param de repente, e todos no salão olham para o monarca, que afasta suas montarias ao se colocar em pé.

— Povo de Sinoalto — Midas anuncia, alcançando todos os ouvidos com sua voz reverberante. — Hoje à noite celebramos a força do Sexto Reino.

As pessoas aplaudem e gritam palavras incompreensíveis, mas eu comprimo os lábios em uma linha fina e franzo a testa. Eles puseram o plano em prática. Atacaram o Quarto Reino, e a vitória é suficiente para justificar a presente festa.

— Mas nada disso seria possível sem o Rei Fulke e nossa aliança com o Quinto — Midas continua, apontando magnânimo para o rei a seu lado.

A coroa de Fulke está um pouco torta na cabeça careca, e seu rosto rubro está sorridente, mas por fim ele faz Rissa se levantar de seu colo.

— Rei Fulke, como prometi, esta noite o presenteio com minha favorita tocada de ouro. — Midas olha para mim e me paralisa onde estou, apesar da distância entre nós. Seus olhos castanhos me sufocam com seu peso. — Auren, aproxime-se.

Duzentos pares de olhos se voltam em minha direção. Sussurros frenéticos são trocados enquanto as pessoas se movem para deixar um caminho aberto de onde estou até a plataforma onde o rei espera.

Midas não está apenas me entregando a Fulke esta noite. Ele também está fazendo disso um espetáculo público.

— Vá — Digby fala baixinho, mas alto o bastante para me pôr em movimento. Engulo em seco e obrigo meus pés a darem passos; meu corpo segue adiante, apesar da minha vontade de correr para o outro lado. Os guardas ficam para trás, mas Digby me acompanha com uma expressão séria.

Observo ao redor e me deparo com pessoas boquiabertas, ouço seus murmúrios. Fala-se sobre tudo, desde o brilho da minha pele a quanto acreditam que valem minhas unhas.

Pelo jeito como me encaram, posso perceber que não sou vista como uma mulher por essas pessoas. Sou um bibelô que o rei costuma deixar escondido. Todos querem tirar proveito da rara oportunidade de me ver, como se eu fosse um animal quase extinto.

A caminhada através deste salão parece se estender por quilômetros.

Quando paro na frente da plataforma, todos ficam quietos. Ouço apenas as batidas do meu coração e o vento a uivar lá fora.

Faço uma reverência para o rei, dobro os joelhos e abaixo a cabeça com o equilíbrio aprendido.

— Levante-se, Preciosa.

Obedeço, e meus olhos encontram os dele quando o rei estende a mão. Subo os degraus da plataforma e paro ao seu lado. Midas é tão bonito que só fitá-lo é suficiente para fazer meu coração doer. Em vez de olhar para mim, ele se dirige novamente aos convidados:

— Continuem com a celebração.

Assim que ele termina de proferir essas palavras, os músicos voltam a tocar, as dançarinas começam a se mover com vagarosidade e as pessoas se reencontram.

— Hum, fez uns ajustes — nota o Rei Midas, avaliando cada lugar onde as fitas envolvem meu vestido.

É inútil negar.

— Sim, meu rei.

Ele estala a língua em desaprovação, mas passa um dedo flexionado por meu rosto. O corpo inteiro reage: tremo com o desejo de me encolher em seu peito e de ser envolvida por seus braços. De ser tirada desta loucura, de ser outra vez a sonhadora andando pela neve, voltar ao tempo em que podíamos só conversar durante horas deitados nos braços um do outro. Como se conhecesse a direção dos meus pensamentos nostálgicos, o dedo de Midas para sob meu queixo e levanta meu rosto a fim de fitar meus olhos.

— Você está espetacular, sabia?

Não respondo. Minha língua fica presa nos nós que se formaram em meu estômago.

Ele bate com carinho em meu queixo antes de abaixar a mão.

— Seja uma boa menina, sim?

Comporte-se hoje à noite.

Sente-se bonitinha.

Engulo a amargura que ameaça subir por minha garganta.

— Sim, meu rei.

Ele sorri, e seu rosto recupera a beleza relaxada que faz meu coração palpitar.

— Sente-se com o Rei Fulke — ele murmura. — Temos com ele uma dívida que precisa ser paga.

Sinto-me uma moeda ambulante. Nunca a sensação foi tão intensa quanto agora. Midas acena para mim com a cabeça, depois desvia o olhar, pega mais vinho servido por um criado, e duas montarias se aproximam com risinhos sensuais quando ele retoma seu lugar no trono, e é abordado no mesmo instante por dois nobres. Estou oficialmente por conta própria.

De cabeça erguida, dirijo-me até o Rei Fulke. Não vou permitir que ele veja quanto isso me apavora. Tenho a sensação de que isso o divertiria ainda mais, quando o que quero é que ele perca o interesse por completo.

Na noite passada, enquanto me revirava na cama, disse a mim mesma que lidaria com o que acontecesse esta noite, o que quer que fosse. Montarias são forçadas a entregar seu corpo a pessoas de que não gostam todos os dias. Suportei coisa pior do que isso.

Além do mais, o Rei Midas está ampliando seu império, livrando Orea de um rei que espalha a podridão. E só conseguiu isso porque uma única noite comigo vale mais do que um exército inteiro de soldados.

O Rei Fulke ri para mim, exibindo os dentes amarelos e podres. Seus olhos passeiam gananciosos por meu corpo, dominados por uma fome carnal. Apesar da cobertura extra fornecida por minhas fitas, com um olhar ele parece remover as camadas em pensamento, imaginando o que existe por baixo da embalagem.

— Esta noite você é minha, bichinho dourado. Vamos celebrar.

A música se eleva em um crescendo.

Minha disposição despenca.

11

Ele me faz alimentá-lo. Pratos de comida são trazidos e colocados sobre uma mesa entre os tronos, e Midas e Fulke apreciam a seleção. As montarias também comem.

Carnes, queijos, chocolates, frutas, pães. Bolos com aroma adocicado e molhos à base de vinagre. Sentada sobre o braço do trono, eu lhe dou de comer de tudo; meu corpo todo torto e pendendo o mínimo necessário na direção de Fulke, de modo que nenhuma parte minha encoste nele.

Porém, por mais que eu tome cuidado para segurar a menor porção possível de comida sem derrubar nada, ele ainda chupa meus dedos, lambe as pontas, passa os dentes nas minhas unhas.

O pedaço de chocolate em minha mão é rapidamente capturado, e a boca suga meus dedos antes que eu consiga afastá-los. Ele ri enquanto mastiga, lambendo os dentes manchados de doce.

— Sua pele dourada faz a comida ter um sabor muito mais gostoso.

Sinto os olhos das outras montarias em mim, avaliando, julgando, calculando, medindo-me como se eu fosse uma ameaça, como se eu quisesse a atenção dele.

Midas está falando com outros nobres, e o lugar ao lado de seu trono é ocupado por um após o outro, pessoas que tomam para si o tempo e os ouvidos dele. Ele não olhou para mim desde que me aproximei de Fulke.

— Abra.

Olho para Fulke, cuja mão está parada diante do meu rosto. Os dedos seguram uma fatia de carne, cujo molho pinga em sua calça de veludo preto. Quando balanço a cabeça, horrorizada com a ideia de ter seus dedos perto da minha boca ou tocando minha comida, Fulke ergue uma sobrancelha grossa. É uma pergunta. Uma exigência.

Comporte-se hoje à noite.

Meus lábios se entreabrem, e Fulke enfia a carne em minha boca com mais força do que precisa. Quando tenta empurrar os dedos para dentro, viro a cabeça e fecho a boca.

Ele sorri.

— Que coisinha má.

Sinto o olhar de Midas em mim, e meus ombros ficam tensos.

— Não importa. Isso anuncia uma noite excitante, não é?

A seguir, ele enfia um pedaço de pão em minha boca. Queijo. Uvas. Mastigo sem prestar atenção, em silêncio, os olhos atentos, as fitas apertadas.

Ele bate duas vezes com o indicador na taça, e seu poder é acionado, ele duplica a taça e entrega uma para mim. Um estalar de dedos, e um serviçal se aproxima às pressas e enche as duas taças de vinho.

— Um brinde à nossa noite — saúda o rei, antes de conduzir a taça aos lábios e engolir a bebida.

Sorvo um gole amargo.

Quando se cansa de me alimentar, Fulke pega as duas taças e as coloca sobre a mesa, dispensando as bandejas de comida. Fico feliz por isso ter acabado, finalmente. O alimento cai no meu estômago como pedras, minha língua se revolta contra o sabor dos dedos dele, que persiste ali.

É claro, não me livro tão fácil assim, porque Fulke levanta um dedo e aponta para a sua bochecha gorda.

— Beije-me.

Estreito os olhos, sinto a tensão e agarro o tecido da saia. Não me mexo, e os olhos de Fulke cintilam. A mão dele agarra minha orelha, e sou puxada para a frente até minha boca encontrar seu rosto áspero.

Áspero, sem a suavidade do rosto de Midas. Queixo redondo e bochecha flácida; seu cheiro é de vinho, mas seu fedor é de excitação.

Meus lábios não se movem, porque me recuso a beijá-lo. Minha boca é pressionada enquanto ele me segura contra sua pele, os dedos apertando minha orelha.

— Pronto, não foi tão ruim, foi? — Ele ri.

No momento que ele solta minha orelha, recuo e quase caio em cima do braço do trono, mas Fulke agarra meus braços e impede o tombo. A gargalhada se torna mais profunda.

— Não precisa cair de joelhos por mim. Ainda não.

Meu rosto queima de vergonha e de raiva. Quero sair dali. Quero voltar lá para cima, para a segurança da minha gaiola, onde a única companhia é a Viúva do Vendaval.

Fulke não me solta de imediato, e as mãos que seguram meus braços apertam ainda mais forte, com força suficiente para eu cogitar se, mais tarde, vou ter círculos cor de bronze como hematomas.

— Acho que ainda não está perto o bastante.

Sem aviso prévio, ele me puxa para o colo. Uma façanha, considerando quanto meu corpo está rígido. É surpreendente que tenha conseguido me mover. Caio desajeitada, dura, batendo com as pernas em suas coxas e as costas tão eretas que nem tocam seu peito. Tento segurar os braços do trono para me levantar, mas Fulke agarra meu pulso e põe minha mão entre suas pernas.

— Aqui, bichinho dourado.

Arregalo os olhos. Meu estômago ferve. Sinto o membro flácido começar a crescer e endurecer. Por mais que queira afastar a mão, não posso, porque ele a mantém ali com força surpreendente.

Vivo em uma gaiola, mas nunca me senti mais presa do que isso.

— Majestade.

Fulke olha para Rissa, que parou na frente dele.

— Quer que eu dance? — ela pergunta com um sorriso sedutor, deixando o cabelo loiro e longo cair em ondas para a frente, escondendo parcialmente os seios nus.

O Rei Fulke a estuda com ganância e inclina a cabeça, examinando-a da cabeça aos pés. Ela se põe a dançar, a saia preta varrendo o assoalho polido e se movendo em torno de seus tornozelos, o quadril balançando no ritmo da música, os olhos provocantes como a curva dos lábios.

Fulke finalmente solta meu pulso e se reclina no trono. Consigo afastar a mão enquanto ele dedica sua atenção à apresentação de Rissa.

— Olhe para ela — diz, aproximando demais a boca da minha orelha. — Esta é uma montaria que sabe o que está fazendo. Deveria aprender com ela como agradar um homem.

Como agradar um homem. Como se esse devesse ser o único propósito de vida de uma mulher, montaria ou não. Meus lábios se distendem ameaçando uma expressão de repulsa.

O sorriso de Rissa se torna mais largo com o elogio, e ela me observa como se quisesse avaliar se estou com ciúme ou não, mas é claro que não estou. Estou aliviada. Com ou sem intenção, ela me poupou da atenção do rei, um alívio mais do que necessário. Assim como a poupei na biblioteca.

Provavelmente, ninguém mais consegue ver o leve inchaço em seu nariz ou a camada mais densa de maquiagem sobre o olho, uma provável cobertura para o hematoma, mas eu vejo, e isso me faz sentir um aperto por dentro. Não queria tê-la machucado.

— Hum, ela é uma boa dançarina, não acha, bichinho?

Assinto, obediente. Ele tem mesmo uma obsessão por esse papo de fazer Rissa dançar. Sempre profissional, ela continua se movendo de maneira sedutora.

Rissa é bonita. Faces altas; olhos grandes e redondos; cabelo loiro quase na altura da cintura; curvas; lábios rosados e carnudos. Não é de estranhar que Fulke goste tanto dela. E também não é só a beleza — todas as montarias de Midas são bonitas —, mas a confiança, o jeito como ela é capaz de ler um homem e saber de que modo seduzi-lo. Ela consegue transformar desde o andar até as palavras naquilo que alguém deseja.

Fulke apoia uma das mãos no meu quadril, os dedos grossos apertando acima do osso, pressionando a carne em uma evidente indicação de posse. Até se cansar disso também e me colocar sentada no chão, diante de suas pernas. Acho que ele gosta da imagem da mais valiosa, favorita de Midas, a seus pés.

Cruzo as pernas sob o corpo, única posição em que consigo me cobrir um pouco. Alguns nobres presentes à festa se tornam mais atrevidos, sem dúvida encorajados pelo vinho. Chegam mais perto da plataforma, murmurando e olhando diretamente para mim, e sustento o olhar de cada um deles.

Não abaixo a cabeça. Não desvio o olhar.

Que falem.

Que olhem.

Fulke se entretém em uma conversa com Midas e outros homens. Discutem novas rotas mercantis a serem estabelecidas a partir do Quarto Reino. Falam sobre novas oportunidades de investimento com as Minas Blackroot. Como se não fosse o suficiente estar em um salão de bailes feito de ouro maciço.

Quanto mais tempo sou obrigada a passar sentada no chão, mais os joelhos e as panturrilhas doem. Tento mudar de posição a fim de aliviar um pouco da pressão, deixando o sangue voltar a circular pelos membros doloridos, comprimidos.

Fico tensa quando sinto a mão de Fulke sobre minha cabeça. Um dono afagando seu cão.

— Falando em novas mercadorias — ele diz, movendo os dedos entre as mechas de cabelo, os olhos brilhantes —, só uma dúzia de fios de cabelo dela devem fazer o salário de um mês de um camponês.

— Hum — Midas reage sem se comprometer, apesar de permanecer atento ao jeito como Fulke me toca. Há possessividade em seu olhar, mas ele não interfere. Não impede o que está acontecendo.

Sinto um crepitar úmido e intenso queimar meus olhos como um pavio pingando, uma chama invisível a tremular no centro das pupilas, lágrimas ameaçando se formar como fogo líquido.

E ali, no canto de uma fundação de dez anos de confiança e dependência, surge uma rachadura. Tal qual uma fissura rasa e irregular no vidro, uma linha fina como uma teia de aranha crescendo mais um centímetro.

Rissa interrompe a dança e se senta ao lado de Fulke, os dedos habilidosos massageando os ombros do rei, as pernas sobre o braço do trono em um alongamento gracioso.

Enquanto o rei fala, ela continua com os toques sensuais, dos ombros ao peito, dali para o abdome e até a cintura da calça. Roça de leve a ereção com um sorriso provocante, atraindo a atenção de outros homens na sala que observam a cena, famintos. Um espetáculo para entreter mais do que o rei embaixo dela.

Percebo neste momento que essa mulher, essa montaria, tem poder. Não a magia dos reis e rainhas, mas um tipo diferente de poder — controle. Ela tem esses homens na palma da mão, dirige seus desejos, orienta suas emoções, alimenta suas fantasias.

Em todo o meu tempo como montaria real, nunca fiz nada próximo disso, nunca aprendi a arte. Não precisei, já que nunca fui compartilhada. Ao lado dela, provavelmente pareço a pior montaria que já existiu, sentada ali com as costas eretas, as pernas cruzadas, encolhendo-me a cada vez que a perna do Rei Fulke toca meu ombro ou a mão dele me afaga.

— Você é boa nisso — murmuro, baixando a voz para que só ela me ouça.

— Sou uma montaria — Rissa responde, como se isso explicasse tudo. E acho que explica.

— Acho que vamos nos recolher agora, bichinho — declara Fulke e, quando me deparo com ele, percebo que seus olhos estão mergulhados em meu decote. — Levante-se. Quero meter na sua boceta dourada agora, já que Midas insiste em levá-la de volta antes do amanhecer.

Sou levantada pelos braços, e o sangue volta a circular por minhas pernas adormecidas quando me coloco em pé.

— Pode ir, menina — Fulke dirige-se a Rissa. — Esta noite você não tem serventia para mim.

— Sim, Majestade — ela responde com uma elegante inclinação de cabeça, antes de virar-se e se afastar de maneira graciosa, caminhando na direção do grupo de homens que ainda a observa.

Fulke olha para Midas, mantendo uma das mãos em meu braço.

— Espero que tenha uma boa noite — diz, sorridente. — Estou ansioso para ter a garota só para mim.

O Rei Midas inclina a cabeça para Fulke, mas os olhos castanhos se voltam para mim.

— Aproveite.

Isso é tudo que ele diz. Como se eu fosse um vinho ou um confeito oferecido para o Rei Fulke aproveitar. Viro o rosto, magoada demais para continuar a fitá-lo. Aquela fenda de teia de aranha se espalha um pouco mais.

Guardas nos cercam quando Fulke me conduz pela escada da plataforma, e essa escolta é a única barreira que nos separa dos convidados barulhentos, que começam a gritar, assobiar e proferir obscenidades para nós.

— Cavalga essa montaria dourada com gosto, senhor!

— Fode até arrancar ouro dela!

Ranjo os dentes em meio à vulgaridade crescente. Minhas fitas se contraem querendo atacar aquelas pessoas, aparar suas arestas grosseiras e cortar as bocas profanas. Quando o Rei Fulke decide agradar a plateia e solta meu braço para bater no meu traseiro, a ponta das fitas se enrola como punhos cerrados.

Tenho de ser forte.

É necessário.

Mas... o simples toque de sua mão em minha nádega é suficiente para me causar repulsa. Como vou permitir que ele toque outras partes? Como vou suportar?

Suvenir.

Sente-se quietinha.

Comporte-se.

Confie nele.

De repente, bem ali no meio do salão de baile, cercada pelos convidados debochados, decido que não vou suportar.

12

Não quero que esse homem me toque. Não me interessa se ele é um rei. Não me interessa se meu rei me vendeu a Fulke por uma noite ou se venceu uma batalha por causa disso. Não quero, e não vou simplesmente me deitar e deixar acontecer. Não vou me comportar. Midas não pode me pedir isso. Não pode exigir isso de mim.

Paro de andar pouco antes de chegarmos à porta cintilante.

Por um momento, o Rei Fulke e seus guardas nem percebem. Estão envolvidos demais na celebração. Na empolgação.

Quando se dirigem à porta, os cinco homens notam que não estou mais com eles, e todos olham para trás, para onde estou parada. O rei é o último a se virar, mas o primeiro a falar. Suas sobrancelhas grossas e grisalhas se juntam.

— Venha, bichinho.

Meu pescoço fica duro como pedra, mas consigo balançar a cabeça.

— Não.

Juro que minha voz ecoa. É ridículo, considerando que há duzentas pessoas aqui e os músicos ainda estão tocando — embora meio bêbados. Mas minha palavra em voz baixa? Podia ter sido o retumbar de uma avalanche, porque faz todo mundo ficar quieto e se esforçar para ouvir, decifrar a perturbação que paira no ar.

— O quê? O que foi que disse? — pergunta o Rei Fulke, e todo bom humor desaparece de seu rosto. Agora os olhos escuros brilham com incredulidade e ultraje.

Recuo um passo e balanço a cabeça, irredutível em minha determinação, apesar do medo crescente.

— Sou a favorita do rei — anuncio, levantando o queixo e falando em um tom potente que não combina com minhas mãos trêmulas. — Apesar da minha aparência, não sou uma moeda para ser gasta.

Pensei que houvesse silêncio antes, mas agora ele é opressor. Até o vento ficou quieto do lado de fora. Olho em volta, embora não saiba o porquê. Procuro um aliado, talvez. Não tenho nenhum.

Não prevejo o golpe, até minha cabeça ser jogada para o lado direito e um estalo de dor provocar uma explosão de estrelas vermelhas em meus olhos.

Só consigo permanecer em pé depois da pancada no rosto porque as mãos dele estão fechadas nas costas do meu vestido, amassando algumas das minhas fitas entre os dedos.

Fulke me vira de frente para Midas, que já se aproxima, os convidados abrindo-lhe caminho como se fosse uma corredeira, um rio que corta a terra.

— É assim que suas montarias falam com a realeza? — Fulke questiona, e a saliva projetada pela boca furiosa atinge um lado do meu rosto enquanto ele me sacode. — Eu deveria matá-la!

— Bom, dei a você a boceta dela, não a cabeça — Midas responde com bastante frieza, ainda caminhando por entre os convidados completamente perplexos.

Meu rio de fraqueza corre pelo rosto, gotas patéticas que não mudam nada aterrissam inúteis no chão perto dos meus pés.

Sei que deveria ficar de boca fechada. Sei disso. Mas não consigo evitar, e já estou encrencada, então, por que não? Que diabos tenho a perder?

— Não valho mais do que isso? — pergunto em voz baixa. Não para Fulke, mas para Midas. Não pelo dourado em minha pele, mas pelo amor em meu coração. Isso não vale mais?

— Valor? — o Rei Midas sussurra furioso ao parar na minha frente. Seu tom é baixo, mas quem está mais perto pode ouvir, e todos se aproximam, à procura de escutar suas palavras. — Você vale mais do que todo o ouro neste castelo. Mas ainda sou seu dono, e vou gastar você como achar apropriado.

Nunca ouvi um coração se partir, mas o barulho é como o de uma rachadura se espalhando por vidro.

Mas você prometeu me manter segura. Prometeu que eu teria sempre seu coração.

Quero verbalizar isso, mas me mantenho em silêncio. Meus olhos molhados gritam a verdade dessas palavras não pronunciadas, mas meu rei não me ouve.

Midas olha para seu aliado.

— Peço desculpas, Rei Fulke. Vai ter de perdoar a inocência dela. Sempre a mimei. Ela não vai se comportar mal outra vez.

Não consigo determinar se Fulke é aplacado, porque não olho para ele. Midas se dirige aos guardas.

— Escoltem Auren aos aposentos do Rei Fulke.

— Não!

Impelida a agir, tento me libertar, mas sou arrastada por dois dos guardas de Fulke, que parecem nem precisar de esforço para isso. Espremida entre os guardas de armadura roxa, enlouqueço de raiva e de choque. Grito palavrões, xingo os dois, mas eles continuam a me segurar.

O Rei Fulke caminha na nossa frente e passamos pela porta.

— Quieta! — ele se irrita. — Ou vou surrar você com um cinto até deixar vergões na sua pele dourada.

Fecho a boca, apesar de não ter certeza de que isso vai me salvar. Eu o desafiei em público, e sei que desafiar um rei é uma atitude que nunca fica impune.

Do lado externo do salão de baile, sou arrastada através do hall de entrada, na direção da escadaria no fundo do espaço amplo. Todavia, antes de chegarmos lá, a porta principal do castelo se abre com um estrondo, e um soldado vestido com a armadura de Fulke entra correndo.

Os guardas de Midas que protegem a porta ordenam que ele pare, mas o homem os ignora quando vê Fulke e corre para seu rei.

Seu pesado manto roxo está coberto de neve e gelo, as botas são revestidas de lama congelada. Ele escorrega enquanto corre, mas não perde o equilíbrio.

— Meu rei!

Fulke para e franze a testa.

— Qual é o significado disto?

Parado em nossa frente, o soldado sujo ofega tanto que precisa se ajoelhar por um instante para recuperar o fôlego antes de conseguir falar. O escudo que protege seu peito está recoberto de gelo, o rosto vermelho tem a pele rachada pelo vento.

— De onde vem, soldado? — pergunta um dos guardas de Fulke, colocando-se diante do rei em uma atitude de defesa.

— Da fronteira do Quarto Reino, senhor — responde o recém-chegado.

O guarda franze a testa.

— Onde está Gromes?

Ele balança a cabeça em uma negativa.

— O mensageiro foi morto em ação. O general tentou enviar dois outros, mas só eu consegui subir nas costas de um dos alados da floresta e escapar, antes de sermos alvejados do céu. Voei durante todo o dia e toda a noite.

Gargalhadas estrondosas transbordam do salão de baile quando alguns convidados saem cambaleando, apalpando-se, sem dar atenção ao ambiente.

Midas se aproxima de nós um segundo depois acompanhado de seus guardas — óbvio que são seis —, inclusive Digby. Ele olha para o mensageiro de Fulke e fica imediatamente sério.

— Venha. Fale em particular, por aqui, longe dos olhos e ouvidos dos convidados — chama, acenando com a cabeça na direção da sala de correspondência, à esquerda. Tenho esperança de fugir, mas os guardas não me soltam. Em vez disso, sou levada por um corredor curto, para longe da escada, e entramos todos na sala.

O espaço contém mesas e cadeiras, e sobre as mesas há pergaminhos, velas, frascos de tinta, cera e penas para quem for escrever e enviar suas cartas.

Alguém fecha a porta, e sou confinada ali com os dois reis e dez guardas.

O mensageiro não parece mais recomposto do que quando entrou apressado no palácio. Na verdade, agora ele ofega ainda mais, os olhos vagando nervosos pela sala quando ele se posiciona atrás de uma das mesas de ouro.

— Então? — o Rei Fulke pergunta. — Quero saber por que meu mensageiro morreu e por que você foi mandado da fronteira até aqui.

As mãos do recém-chegado tremem ligeiramente. Não sei se de nervosismo ou exaustão.

— Meu rei, se eu puder lhe falar em particular...

Mas os olhos de Fulke se estreitam.

— Você é um traidor, soldado? Desertou?

O homem arregala os olhos.

— O quê? Não, senhor!

— Então explique-se. — Fulke ordena, e dá um soco na mesa que me faz dar um pulo de susto, assim como o soldado mensageiro.

A determinação surge no rosto do homem, que segura o cabo de sua espada.

— Assim que seu exército atravessou a fronteira do Quarto Reino, os homens do Rei Ravinger atacaram. Toda a sua esquadra foi dizimada, senhor.

O Rei Fulke franze a testa.

— Está enganado. Nossas tropas romperam a linha do Quarto hoje de manhã. Tomamos Cliffhelm. Nosso exército e o do Sexto saíram vitoriosos. O Quarto foi pego completamente de surpresa. As negociações já estão em andamento.

O mensageiro observa ao redor, e seu olhar se detém no estoico e inexpressivo Midas, antes de retornar a Fulke.

— Não, Majestade.

— Não? — Fulke repete, como se nunca tivesse escutado aquela palavra antes. — Como assim "não"?

— Nós... não tomamos Cliffhelm. O posto avançado de treinamento de Ravinger estava repleto de soldados. Nem ultrapassamos as muralhas, fomos atacados.

Um dos guardas de Fulke diz um palavrão, e o rei cerra os punhos junto do corpo.

— Está dizendo que toda a minha divisão foi capturada?

O mensageiro hesita.

— Sim, Majestade, e...

O Rei Fulke pega um frasco de tinta e o arremessa contra a parede. O vidro se quebra, e a tinta se espalha e escorre.

— E o quê? — ele pergunta, furioso. — Desembuche!

Tem alguma coisa errada aqui. Muito errada. Eles estavam comemorando. O plano foi vitorioso. Sei que uma ruga surge em minha testa, enquanto minha cabeça entra em ação. O que aconteceu entre a notícia da vitória e agora? Como a informação errada chegou aos reis? Ou esse soldado está mentindo? Mas caso esteja... qual é o seu objetivo?

O mensageiro aperta o cabo da espada com mais força diante da expressão fechada do rei, e não sou a única que percebe.

— O que está fazendo, soldado? — pergunta o guarda do Rei Fulke, adotando um tom carregado de suspeita e levando a mão à própria arma.

Mas o mensageiro não está prestando atenção a ele. Nem sequer está olhando para Fulke. Ele olha para Midas.

Meu corpo se encolhe com a tensão, o instinto grita que algo terrível está para acontecer, mas nem imagino o que é.

— Explique-me: como recebemos a informação de que tomamos Cliffhelm hoje de manhã, e agora você me diz que todos os meus homens estão mortos?! — Fulke rosna. — Como os homens de Ravinger conseguiram superar meus soldados e os de Midas, sem que soubéssemos?!

Os guardas de Fulke cercam o mensageiro como uma matilha de lobos farejando um traidor. Um mentiroso.

Mas estão cercando o homem errado.

O mensageiro ergue o queixo, afasta os pés, assumindo uma atitude orgulhosa, apesar de os olhos refletirem resignação.

— Eles não atacaram os homens do Rei Midas. Porque o exército de Midas não encontrou o nosso. O Exército do Sexto não se dirigiu à fronteira do Quarto. Seus soldados foram enfrentar os homens do Rei Ravinger sozinhos, e as primeiras mensagens foram mentirosas. — O olhar acusador encontra meu rei. — Midas o traiu.

13

Pelo período correspondente a uma respiração, ninguém se move. O silêncio atônito invade a sala na esteira da declaração do mensageiro. Depois, os dois grupos de guardas cerram formação em torno de seus reis.

O Rei Fulke está confuso.

— Está enganado, soldado — ele diz ao mensageiro.

— Não está.

Olho para Midas ao ouvir sua declaração ousada, mas ele se limita a encarar Fulke com uma arrogância satisfeita. A expressão de Fulke passa da confusão ao choque, depois à fúria quando ele compreende tudo.

— Você me traiu? — A voz do Rei Fulke soa como uma chicotada.

Seus guardas levam a mão à espada, ao cabo roxo com o brasão de seu reino, pingentes de gelo dentados, entalhado na empunhadura. Há poucos minutos, todos esses homens estavam bebendo e rindo juntos. Agora, a tensão se espalha e eles se encaram.

De aliados a inimigos.

— Que esta seja sua última lição de vida, Fulke — Midas responde com tom calmo, nem um pouco acuado, apesar da ameaça mortal pairando no ar. — Reis de verdade não cedem seus exércitos em troca de bocetas.

Não sei quem parece mais chocado, Fulke ou eu.

O monarca do Quinto Reino encara Midas como se o visse de verdade pela primeira vez, como se não estivesse mais ofuscado por todo o ouro, pela riqueza incomensurável.

— Você nunca teve a intenção de invadir o Quarto Reino — ele diz.

Midas dá risada. Ele de fato ri do outro rei.

— É claro que não. Todo mundo sabe que não se ataca o Quarto Reino. O Rei Ravinger dizima quem se atreve.

Os guardas de Fulke têm o ódio estampado no rosto. É uma emoção que escurece a expressão, deixa os olhos mais brilhantes.

Sinto o horror invadir minhas veias quando percebo a dimensão do que ele fez. Midas passou anos forjando um elo com Fulke. Seduzindo-o com riquezas e enchendo seus cofres, e Fulke aceitou tudo isso com ganância. Feliz.

Sempre tive a curiosidade de saber o que Midas ganhava com isso. Mas agora sei. Midas nunca enriqueceu Fulke. Estava tratando o Quinto Reino como seu cofre secundário. Fulke apenas transportava o ouro para ele, enquanto Midas ganhava tempo.

É brilhante. É brutal. E não tenho dúvida alguma de que não sairão dois reis desta sala de correspondência.

Fulke comprime os lábios, e uma gota de suor escorre pela têmpora esquerda quando ele assente — um sinal de compreensão ou de resignação, não sei. Ele não demonstra medo, só exibe um olhar frio quando as peças se encaixam.

— Seu exército jamais teria ido atacar o Quarto Reino. Você mentiu e me induziu a mandar meus soldados para a morte a fim de poder invadir o meu reino.

Os olhos de Midas transbordam satisfação. Os de Fulke endurecem com a animosidade.

De aliados a inimigos.

A gota de suor começa a cair da têmpora de Fulke, traça uma linha invisível, como a que Midas atravessou.

Não recebo nenhum aviso, e não sei qual dos reis é o primeiro a dar a ordem para atacar. Só sei que, de repente, uma batalha eclode.

Alguém me joga no chão antes que eu tenha tempo de piscar. O impacto me deixa sem ar, a queda é amortecida apenas por um tapete comum.

Roxo e dourado se chocam em uma explosão de sons metálicos.

Depois vem o vermelho em jorros violentos.

Ouço os gritos breves. As espadas se encontrando em movimentos cruéis. E a brusquidão de tudo isso funciona como um choque no cérebro, despertando lembranças enquanto passado e presente se encontram.

A luta é muito próxima e muito ruidosa, e estou deitada no chão como estive em um dia diferente, durante uma luta diferente.

Uma luta sob uma lua amarela, cujo formato era o de uma unha arranhando o céu escuro. Dez anos atrás, quando saqueadores chegaram ao pequeno povoado onde eu morava. Saqueadores fazendo o que faziam: roubando. Tomando tudo que não pertencia a eles. Dinheiro, gado, colheita... mulheres.

O som de espadas se chocando é como uma melodia macabra, trazendo de volta à minha cabeça uma canção de taverna que eu tocava na harpa.

Saquearam o povoado,
Queimaram tudo sob o céu.
Não saudaram nenhum rei,
Mas se curvam por um anel.

A letra boba toca em minha cabeça quando cubro as orelhas com as mãos. A mente vaga entre o antes e o agora, de lá para cá, e começo a rastejar para trás, em direção à parede. Se conseguir só permanecer no chão e alcançar a parede, posso me arrastar até a porta, e se chegar à porta, posso...

Um corpo cai em cima de mim, empurrando meu queixo contra o chão com tanta força, que vejo estrelas. Com o peso enorme me paralisando, demoro um momento para empurrar a pessoa para o lado, e então percebo que o homem está muito, muito morto.

Antes que possa processar a ausência da cabeça dele, sou posta em pé. Meus ouvidos apitam, a canção idiota continua a ecoar, e uma lâmina é pressionada contra a minha garganta.

— Seu filho da mãe desgraçado! — Rei Fulke grita junto da minha orelha ao me agarrar.

Gemo quando seus movimentos erráticos fazem a lâmina pressionar mais forte, e a mão instável provoca um corte superficial.

— Acha que é muito esperto. Quer me matar? — ele grunhe. — Então, vou levar sua vadia dourada comigo.

É uma sensação surreal ter a morte respirando na sua nuca. Nesse caso, a morte é Fulke. E seu hálito quente escorre por minhas costas como vinho derramado, umedecendo minha pele com um medo escorregadio. Ele aperta o cabo da adaga com tanta força, que a lâmina treme, e o tremor a faz penetrar mais fundo em minha pele, tirando sangue.

Tem oito homens caídos no chão ou em cima das mesas, sobre poças vermelhas que jorram de feridas abertas. Contemplo o sangue como se fosse só tinta, como se tudo isso fosse um pesadelo se desenrolando ao som de uma música macabra.

Mas não é.

Todos os homens de Fulke, inclusive o mensageiro, estão mortos, e também três guardas de Midas.

Os outros dois guardas de Midas estão ao lado do rei a fim de protegê-lo, empunhando espadas de ouro com a lâmina suja de sangue. O vento uiva lá fora, a chuva de gelo castiga a vidraça da janela.

Midas olha para mim com uma expressão indecifrável nos olhos, enquanto os meus devem estar arregalados de choque. Choque e horror.

Fecho os olhos com força, porque não quero ver o que acontece a seguir. Não quero ver a reação deles quando minha garganta for cortada.

Morrer. Eu vou morrer.

Assim que fecho os olhos, a lâmina pressiona, como se me encurralasse, prendesse-me, cumprisse a ameaça selvagem de Fulke de tirar minha vida. Inspiro profundamente pela última vez e encho os pulmões de ar, preparo-me, tento manter o ar dentro de mim.

Entretanto, antes que a lâmina afiada possa cortar mais fundo, o corpo de Fulke sofre um espasmo, e de repente sou puxada para o lado pelo braço, enquanto o rei cai de lado no chão, convulsionando violentamente aos meus pés. Olho para baixo e, chocada, vejo a espada que o atravessa completamente, das costas para o peito.

Viro a cabeça para a direita e vejo Digby. Digby, cuja presença na sala eu tinha até esquecido. Ele me ampara com um braço forte, o rosto respingado de sangue, a espada ausente da bainha.

Ao ouvir o terrível gorgolejo, olho novamente para baixo, para onde Fulke se contorce. Ele levantou a mão e levou-a à espada que sai de seu peito. A boca abre e fecha sem pronunciar palavra, o sangue tingindo os lábios.

O monarca agarra a lâmina, rasga as mãos em tiras ao apertá-la com força, como se quisesse estrangular a espada para obrigá-la à submissão.

E assim morre: com as duas mãos agarrando a arma de ouro, a boca contorcida como se restasse nela um palavrão, uma maldição contra todos nós.

Midas continua do outro lado da sala, entre os dois guardas, todos olhando para o Rei Fulke, cujo peito parou de se mover no último suspiro gorgolejante. Aquilo é tudo que vejo, o vermelho profundo borbulhando da ferida, lento como um xarope.

Senti primeiro os tremores. Depois a visão de túnel.

O coração bate forte com um *tum, tum, tum* — ou será que ainda é a chuva de gelo na vidraça?

Viro e escondo o rosto no colarinho de Digby. Nem me incomodo com quanto isso é desconfortável por causa da armadura. Continuo agarrada a ele, com o corpo todo tremendo.

— Obrigada, obrigada, obrigada — repito em seu peito. Ele me salvou. Meu guarda quieto e austero acabou de matar um rei para salvar minha vida.

Ouço vozes — a de Midas, um dos guardas, talvez a de Digby também. Não consigo escutar o que dizem, porém, não consigo ter interesse suficiente para me concentrar.

Meus pés fraquejam, e os olhos são inundados por explosões de luz preta. Mais vozes. Mais chuva de gelo na vidraça. Aquela canção continua tocando.

— Leve a garota para os aposentos dela — ordena Midas, ou talvez eu tenha imaginado isso.

As mãos de Digby me giram e ele me pega nos braços, deixando meu rosto apoiado no escudo que protege seu peito.

— Tem sangue em você. E em mim. — Minha voz soa distante, fraca. O sangue é uma coisa sem importância, comparado ao resto. Não sei nem por que fiz esse comentário.

Ele me leva para fora da sala, para cima.

— Preciso de um lado positivo — murmuro.

O lado positivo. Preciso de um lado positivo para me sentir firme. Para não afundar.

O lado positivo... o lado positivo: não fui estuprada nem assassinada.

Grande Divino, que lado positivo gigantesco!

Digby continua em silêncio, não dá sugestões, não que eu espere alguma. Mas os passos firmes de suas botas por alguma razão me tranquilizam, embora minha cabeça gire e os pontos escuros no meu campo de visão estejam piores.

— Você matou um rei por mim, Digby.

Ele só grunhe.

Fecho os olhos por um segundo, embalada pelo movimento de seus passos. Abro os olhos depois do que parecem ser meros segundos, mas percebo que já estou no andar mais alto do palácio, de volta ao meu quarto, e Digby está me colocando na cama.

Sento-me, apoio as mãos no colchão, os dedos agarram a coberta. Digby olha para mim mais uma vez, depois se vira e sai com passos silenciosos, fecha a porta da minha gaiola com um estalido baixo. Fico na companhia apenas das velas em meu quarto.

Esta noite eu teria sido estuprada por um rei.

Mas esse rei foi assassinado, teve o peito atravessado por uma espada a poucos centímetros de mim. Seu sangue encharcou meus chinelos.

Ainda sinto seu hálito quente na nuca. E a noite está me esmagando. Ela me esmaga por todos os lados, assim como cada parte do ocorrido pressiona a minha mente, repete-se, fragmenta-se. Ela me mostra de novo e de novo o que aconteceu, desde o momento em que acordei até agora.

Fico ali sentada por muito tempo, pensando, ouvindo a chuva de gelo e o vento, perguntando se fiz alguma coisa em uma vida passada para ofender as deusas — ou se estou tão escondida aqui no Sexto Reino, sob um manto de nuvens de neve que nunca se afasta, que as estrelas simplesmente não conseguiram me ver.

Durante uma hora, é tudo o que faço: pensar. Com o sangue de um rei morto ainda manchando os sapatos e um ferimento raso secando em meu pescoço.

14

O som de uma chave na fechadura da porta interrompe minhas reflexões. Vários passos se aproximam e criados entram na gaiola, um depois do outro. Passam por mim com passos determinados a caminho do banheiro, carregando baldes de água fumegante.

Um minuto depois, todos saem em silêncio, a gaiola é fechada novamente; em seguida, a porta do quarto.

Não me viro, não me movo, mas espero. Escuto.

Sinto a presença dele atrás de mim, observando-me, mas mantenho as costas eretas, os olhos na janela, na nevasca do lado de fora.

Finalmente, Midas se aproxima, uma silhueta escura que para na minha frente, a passos de mim.

Ele espera um pouco e, embora eu não possa ver seus olhos, sinto o caminho que percorrem, sinto quando param no corte em meu pescoço.

Midas dá três passos lentos e estende a mão para mim, e espera.

Não a pego.

— Deixe-me limpar você, Preciosa.

Meus olhos buscam seu rosto. Ainda não seguro sua mão.

O remorso é abundante em sua expressão.

— Eu sei — ele diz com voz rouca. — Eu sei, mas me deixe explicar. Deixe... Quero abraçar você. Cuidar de você. Auren, deixe-me ajudar você.

Aquela rachadura que se espalha lentamente para. Espera. Pensa.

Porque Midas já disse essas palavras para mim antes. *Deixe-me ajudar você*. Por isso as está repetindo agora? Para me lembrar?

Quando eu estava nas ruas, dormia durante o dia e perambulava à noite. Estava faminta com frequência. Sempre com medo. Tinha medo demais para comprar alguma coisa, aproximar-me de alguém. Só fazia isso quando era absolutamente necessário.

Vagava sozinha e ficava escondida. Era o único jeito de uma menina como eu se manter segura. Garantir que não ia acabar novamente na mesma situação da qual havia fugido.

Homens maus. O mundo era comandado por homens maus.

Por mais que eu tentasse me esconder, ser invisível, não conseguia. Não era.

Sabia que não deveria ficar no mesmo lugar por muito tempo. Sabia, mas estava cansada. Esgotada. Cometi um deslize. Relaxei. Sabia que era só questão de tempo até alguma coisa ruim acontecer para me punir por isso.

Os saqueadores apareceram naquela noite.

Com fogo e machados, tomaram o vilarejo onde eu estava escondida — o lugar que eu devia ter deixado dias antes.

Tomaram toda e qualquer coisa que queriam. Os camponeses que moravam lá não tiveram a menor chance, não receberam treinamento defensivo. Não tinham nem armas, exceto ancinhos e pás.

Tentei fugir. Mas era muito tarde. Tarde demais.

Retirada à força de um beco, fui jogada em uma carroça com as outras mulheres que foram arrancadas de suas camas.

Elas gritavam e choravam, mas eu permanecia em silêncio. Resignada. Sabia que era o fim para mim. Sabia que não conseguiria escapar. Não outra vez. O destino não dá segundas chances. Portanto, reuni forças e me preparei para enfrentar a vida de que tinha tentado fugir.

Foi então que ele apareceu. Midas. Como se as deusas o houvessem enviado, cavalgando um cavalo cinza e acompanhado de meia dúzia de homens.

No início, pensei que os gritos fossem só do confronto com os moradores que tentavam resistir, um esforço final de defender suas casas. Mas então vi os saqueadores caindo feridos. A carroça se abriu e as mulheres correram, soluçando de novo... lágrimas de alívio aterrorizado dessa vez.

Mas eu não tinha família com a qual me reunir, ninguém para quem correr. Voltei cambaleando para aquele beco. Meus ombros tensos se apoiaram na parede áspera de pedra. Não acreditava que tudo tinha acabado tão depressa. Não confiava nisso. Mas agradeci às estrelas mesmo assim.

Em determinado momento, os ruídos da luta cessaram. O fogo ateado aos telhados de sapé foi apagado, e a fumaça pegajosa no ar era a única coisa que aquecia meu corpo magro e castigado.

Então, uma silhueta solitária surgiu no beco. Encolhi-me contra uma pilha de caixotes até ele parar na minha frente, e então levantei a cabeça, olhei para seu rosto bonito. Ele sorriu para mim. Não um sorriso ameaçador, não um sorriso gelado e cruel. Um sorriso de verdade. Caloroso. Contemplá-lo foi suficiente para pôr fim aos meus tremores incessantes.

Ele estendeu a mão, ainda sorrindo. Agora está segura. Deixe-me ajudar você.

E eu estava. E ele me ajudou.

Daquele momento em diante, ele me manteve em segurança. Quando quis me esconder do mundo, ele me deu seu manto e um capuz. Quando tinha medo de outras pessoas, ele as mantinha afastadas. Quando me agarrava a ele, Midas me abraçava.

Quando o beijei pela primeira vez, ele correspondeu.

Agora está segura. Deixe-me ajudar você.

Eu estava farta de viver exposta e vulnerável no mundo, e ele garantiu que não tivesse mais de ser assim.

Engolindo em seco, fitei Midas enquanto nosso passado se instalava ao nosso redor, como se ele estivesse novamente me tirando daquele beco escuro, como se ele se lembrasse de onde vim. Do que fez por mim.

Ele conquistou minha confiança. Meu amor. Minha lealdade. Eu não estaria aqui, nesta gaiola dourada, se não tivesse sido assim.

— Por favor — ele pede, e me surpreende. Midas nunca pede. Não depois de ter posto uma coroa na própria cabeça.

Hesito por um momento, mas o passado é uma coisa poderosa, e por fim levanto a mão, seguro a dele e a aperto. Aquele sorriso ilumina seu rosto quando deixo que ele me ponha em pé, guie-me até o banheiro, e alguma coisa em mim se aquece ligeiramente. Meu corpo para de tremer.

Lá dentro, uma tina de ouro está cheia, com tênues colunas de vapor se desprendendo da água, que foi perfumada com óleo de azevinho.

Ele para no meio do cômodo, já iluminado por tochas nas arandelas, e banhado por uma luminosidade confortável. O espelho sobre o lavatório mostra nós dois, Midas atrás de mim.

Sinto seus dedos tocando minha coluna antes de mergulharem nas fitas — cada uma das faixas sedosas ainda me envolvendo.

Com cuidado, ele me descobre, camada por camada.

As fitas não fazem nada para ajudá-lo, mas também não o impedem, não se desprendem de suas mãos.

Ele faz tudo devagar, dedicando tempo a cada faixa, até soltar a última das fitas longas, que desce das minhas costas até o chão. Durante todo o tempo, eu o observo pelo espelho com o coração mais acelerado do que o normal.

Em seguida, ele me ajuda a tirar o vestido de montaria, e os dedos nunca se desviam, nunca atravessam nenhum tipo de limite, exceto para ajudar a me despir, mais nada.

Quando o tecido cai em torno dos meus pés, Midas sustenta meu olhar pelo espelho por um momento, antes de segurar minha mão mais uma vez e me conduzir até a banheira. Primeiro uma perna, depois a outra, e me sento, mergulho até a altura dos ombros na água quente, provocando bolhas que se misturam ao óleo que envolve minha pele.

Suspiro.

Com uma esponja na mão, Midas senta-se na banqueta ao lado da banheira, mergulhando-a na água antes de me fitar de novo.

— Posso?

Não respondo ou assinto, só levanto o queixo sutilmente, e o gesto é convite o suficiente. Ele se inclina e começa a lavar o ferimento com delicadeza, mas o ardor me faz gemer.

— Desculpe.

Suas palavras são gentis, mas firmes — assim como os movimentos com que limpa meu pescoço.

— Por qual parte? — pergunto, e minha voz treme por desuso ou emoção. Talvez as duas coisas.

A esponja é mergulhada de novo e de novo, mais água morna para lavar o sangue seco, limpar o corte.

— Não era para você ter se machucado.

Elevo as sobrancelhas ao ouvir aquilo, e uma raiva indignada se sobrepõe ao torpor das últimas horas.

— O corte no meu pescoço é o menor dos machucados — respondo, e falo sério.

Afasto-me de suas mãos e afundo na banheira, submergindo. De olhos fechados, deixo a água me envolver, pressionar a pele, deixo o calor acalmar meu corpo assim como quero que acalme meu coração dolorido.

Quando me sento de novo, respiro e apoio a cabeça na banheira, olhando pra Midas. Não disfarço a dor e a raiva, não lhe escondo nada.

Midas assente, como se aceitasse minhas afirmações silenciosas.

— Eu sei — repete, exatamente como disse no quarto. — Sei o que está pensando.

O que estou pensando não é tão ruim quanto o que estou sentindo, mas não verbalizo isso.

— Não pensei que fosse realmente fazer aquilo — confesso com tom acusador. — Por mais nervosa que estivesse, por mais que me sentisse eviscerada, parte de mim acreditava que você tinha algum plano. Que não continuaria com aquilo.

Respiro mais depressa, e a linha da água sobe e desce sobre meu peito. Minhas fitas boiam, envolvem-me com mais força outra vez, como se tentassem me impedir de ficar em pedaços.

— Confiei em você, Midas. Confiei em nós. Depois de todos esses anos, depois de tudo o que fiz...

Midas segura uma de minhas mãos e a aperta entre as dele.

— Eu nunca ia permitir que ele tocasse você.

Meus pensamentos são interrompidos.

— O quê?

— Só escute — ele diz. — Sabia que Fulke cobiçava você. Todo mundo sabia disso. Ele era um grande idiota. Teve a ousadia de pedir o que era meu.

Lembro da manhã em que Fulke fez o pedido, quando eles selaram o acordo.

— Você criou uma armadilha para ele por causa disso.

Midas inclina a cabeça.

— Eu? É isso que você pensa?

Meus lábios se enrijecem e a confusão me atravessa, nublando meus pensamentos.

— Não entendo.

Midas engancha o pé na perna da banqueta para se inclinar ainda mais em minha direção, as mãos ainda segurando a minha, as gotas de água se juntando nas palmas.

— Fulke é um mercador de tráfico humano.

O choque percorre todo o meu corpo.

— O quê?

Midas assente, sério.

— Ouvi boatos, mas tive certeza meses atrás. Quando consegui confirmar essa história, soube que alguma providência precisava ser tomada.

Tento acompanhar as palavras, fazer as conexões.

— E aí planejou um jeito de tirá-lo de cena? De matar Fulke?

Midas comprime os lábios ao ouvir meu tom de condenação.

— Seria melhor se eu o deixasse continuar vendendo a própria gente em busca de lucro?

— Não foi o que eu quis dizer.

— Auren, sou um rei, e reis têm que tomar decisões difíceis. Quando ficou evidente para mim que Fulke não era mais um aliado viável, nem mesmo uma boa pessoa, decidi agir.

— Criando uma armadilha para ele. Enganando-o. Mandando seus homens para uma matança sem sentido — acuso. — Quantos soldados dele morreram, Midas?

— O mínimo possível, só o suficiente para fazer o plano dar certo. Escarneço.

— Como se isso melhorasse alguma coisa!

— Melhor um homem morrer honrado em um campo de batalha do que uma criança ser vendida como escrava. Não concorda, Auren?

Um soco.

É isso. As palavras dele são um soco no meu estômago, no coração, na garganta. Ele me rasga por dentro com uma frase. Lembranças ameaçam vir à tona, transbordar dos meus olhos.

— Fiz isso por você, Auren — Midas fala com um tom mais baixo, com uma voz que não tem mais a nota defensiva. — Para garantir que elas não passariam pelo que você passou.

Quando uma lágrima escapa do meu olho, ele resmunga um palavrão e a enxuga.

— Desculpe. Você me conhece, sabe como funciono. Quando um plano se completa em minha cabeça, não vejo nada além dele. Não parei para considerar as consequências. Só sabia que queria eliminá-lo. Acabar com ele. Detê-lo de uma vez por todas. — Ele toca meu rosto, os olhos mergulham nos meus. — Mas escute o que vou dizer: eu nunca permitiria que ele a possuísse. Foi uma estratégia.

Minha garganta fica seca, mas pigarreio para conseguir falar.

— Por que não me contou, então? Por que não explicou tudo isso antes?

— Tive receio de que ele descobrisse de algum jeito, que você não conseguisse fingir. Eu precisava que Fulke estivesse confortável. Distraído. Você cumpriu seu papel lindamente.

Abaixo a cabeça e a movimento de um lado para o outro.

— Fiquei tão apavorada, tão magoada. Não sei se vou conseguir superar aquilo.

— Eu já disse que não pensei direito — ele insiste, e afaga meu rosto antes de abaixar a mão.

— Você matou um rei, Midas. Usou-o para atacar outro. O que vai fazer? — pergunto, mordendo o lábio e sentindo a preocupação me roer por dentro.

— Não se preocupe com isso. Tenho um plano.

Não consigo conter uma risada amarga.

— Imagino que não vai me contar qual é, assim como não me contou que estava enganando Fulke a respeito de me entregar a ele.

Midas suspira.

— Não me atrevi a falar mais. Ninguém sabe nada sobre isso, Auren. Ninguém além de você, ninguém sabia o que eu estava preparando. E tenho que desempenhar o próximo papel com o mesmo cuidado. Meticulosamente, assim como o anterior. Mas você precisa me perdoar, Preciosa. Precisa me entender.

Será? Será que entendo?

Sei que estou aliviada. A tensão crescente dentro de mim nos últimos dias se amenizou. Ele não ia deixar Fulke me possuir. Tinha um plano.

Foi frio e impensado, mas faz sentido. Midas é assim, sempre foi. Sua mente estratégica e brilhante às vezes carece de emoções. Ele é capaz de planejar e criar estratégias como um especialista, mas com frequência esquece a parte humana disso tudo.

— Fiquei com muita raiva de você.

Midas ri, e o som diminui um pouco a tensão entre nós, leva-nos um passo de volta ao que éramos, ao que deveríamos ser.

— Eu sei. Pensei que estivesse fingindo. Imaginei que confiasse em mim o suficiente, que estivesse apenas representando. Mas no salão de baile, mais cedo, você estava furiosa.

Um calor se espalha por meu rosto.

— Sim, e peço desculpas por ter desafiado você na frente de todo mundo.

— Tudo bem — ele responde com um sorriso manso.

Midas se coloca de pé, pega uma toalha de um gancho e a segura para mim. Levanto-me, acatando a orientação silenciosa, e saio da banheira, deixando que ele me enrole com a toalha.

Assim que estou seca e vestida com uma camisola, Midas me leva de volta ao quarto. As fitas úmidas se espalham atrás de mim com o cabelo, minha cabeça descansa em seu peito enquanto as mãos dele enxugam minhas costas.

Isso. Era disso que eu sentia falta. Quantas noites faz que ele não me abraça desse jeito?

Meses. Não sei quantos.

— Você me abraçava todas as noites — falo baixinho contra sua pele bronzeada, vendo o peito além da gravata solta na gola da túnica. As pernas dele estão cruzadas na altura dos tornozelos, nós dois deitados sobre os cobertores, satisfeitos com o calor um do outro.

Midas sorri contra minha cabeça.

— É verdade. Provavelmente, não é a melhor coisa para um homem recém-casado fazer.

Provavelmente não, mas eu queria assim mesmo.

— Se a rainha sentia ciúmes, o jeito de demonstrar era estranho — comento, lembrando aquele primeiro ano. — Ela te deu três montarias reais de presente de aniversário.

Lembro que fiquei chocada. Chocada e enciumada. A própria esposa esperava que ele fizesse sexo com outras mulheres. Incentivava, até. Mas não comigo.

Na primeira vez que ele dormiu com uma delas, senti-me vazia por dentro. Agora já me acostumei com isso. Ainda dói, mas entendo. Ele é um rei. O que eu de fato esperava?

Como se lesse meus pensamentos, Midas me puxa e acabo deitada em cima dele, cara a cara.

— Quando estou aqui somos só eu e você — ele diz. — Não existe mais nada fora dessa gaiola.

— Eu sei.

Os olhos castanhos encontram a marca em meu pescoço, antes de uma das mãos agarrar minha cintura.

— Você é minha.

Também sei disso.

O olhar desce por meu corpo, a mão me segura mais forte e a luxúria ferve entre nós. Minha respiração é irregular. Muito tempo. Faz muito tempo.

Esperava reencontrar esse olhar. Esperava que ele tivesse tempo para mim, para mais do que uma carícia passageira ou um sorriso distraído. Que não fosse um rei que tem de se comportar como tal, mas que fosse só Midas. Meu Midas.

— Você é minha — ele repete, e as mãos se movem, uma até a parte de trás de minha cabeça, a outra descendo até minha bunda, apertando. — Senti saudade de você. — Os lábios estão posicionados na base do meu pescoço, logo abaixo da marca da lâmina. — Você estava linda hoje à noite. Muito sexy.

Os dedos afastam um lado da camisola até a mão poder mergulhar embaixo dela, tocar minha coxa. Respiro mais depressa, suspiro em sua boca quando ele me beija em explosões rápidas.

— Também senti sua falta — respondo.

Ele se senta, mantém-me em seu colo, e me seguro em seus ombros para não perder o equilíbrio. Com olhos famintos, ele tira minha camisola e me deixa desamarrar sua calça.

— Tão bonita, Preciosa. Bonita pra cacete.

Meu coração acelera, o estômago se contrai e relaxa quando os lábios acariciam meu pescoço de novo, viajam até o queixo. E então ele está me penetrando, deixando escapar um gemido que é um sabor em minha boca, uma delícia que engulo e tento guardar.

Ele me possui assim, projetando o quadril para cima, penetrando mais fundo enquanto os braços me apertam, seguram, dizem que ele nunca vai desistir de mim. Quando gemo e fecho os olhos, sua língua entra em cena para se apoderar de mim, me governar. Ele toma, toma, e eu dou. Entrego tudo.

Meu coração flutua quando ele chupa minha língua e me penetra mais fundo, e me movo com ele, a coluna imitando uma onda enquanto trabalho para proporcionar prazer, fornecer o que ele precisa. Fazê-lo feliz.

Quando ele sai do meu corpo e derrama seu sêmen em minha barriga com um gemido, eu me deito sobre seu peito suado com um suspiro e um sorriso suave.

Mas a lágrima traiçoeira que cai de meu olho conta uma história diferente ao tocar meu lábio. Salga minha felicidade e lava meu sorriso, deixando um gosto amargo na boca.

Midas vai embora antes do amanhecer e se despede com um beijo, mas seus lábios não removem o sabor. E ali no escuro, sozinha, eu choro.

E isso, aquele soluço secreto que deixo o travesseiro sufocar, é uma verdade feia. Mas não é algo que me sinta pronta para enfrentar, ainda não.

Por isso deixo o cetim absorvê-la, depois adormeço com a honestidade escondida sob minha cabeça, banida para longe enquanto o dia nasce.

15

Observo os guardas se moverem por meu quarto, carregando o restante dos baús que enchi mais cedo.

Meu espaço parece mais vazio do que de costume. A sala de vestir tem espaços notáveis onde alguns vestidos e sapatos foram removidos e embalados. Lá fora, a noite caiu.

É quase hora de partir.

Não parece nevar agora, mas a neve nunca se ausenta por muito tempo aqui, e é por isso que estou vestida com um pesado vestido de lã com pelinhos na gola e botas forradas de pele de carneiro. Tudo é brilhante e dourado, é claro, inclusive as grossas luvas de couro.

Uso o cabelo trançado e preso junto da cabeça para que o vento não o embarace, e para que o capuz possa escondê-lo e, assim, encobrir meu rosto.

— Está na hora.

Dou as costas para a janela e vejo Digby a postos do lado de fora da gaiola. Está sério e quieto, como sempre, diferentemente do homem que atravessou um rei estrangeiro com sua espada. Não há qualquer traço de preocupação, como quando me carregou coberta de sangue por seis lances de escada. Mas gosto disso nele. Sua atitude completamente inabalada, sua firmeza.

Sem perceber, elevo uma das mãos e deslizo os dedos pela cicatriz recente em meu pescoço, que o Rei Fulke tentou cortar três semanas atrás. Digby percebe o movimento, os olhos acompanham meus dedos, e abaixo a mão no mesmo instante, na tentativa de conter essa reação nervosa que desenvolvi.

Às vezes, minha mente me obriga a reviver aquele momento em pesadelos, e acordo gritando e segurando o pescoço, convencida de que estou sufocando em meu próprio sangue.

Outras vezes, minha mente decide que é uma boa ideia imaginar o que teria acontecido se o mensageiro não houvesse aparecido, se Fulke tivesse me arrastado até o quarto dele e Midas não o houvesse detido.

Os pesadelos não me deixam dormir muito. Provavelmente, é por isso que tenho olheiras que parecem hematomas de bronze.

Queria que Midas estivesse aqui.

Três dias. Ele só pôde ficar por três dias depois do incidente, e então teve de partir para o Quinto Reino — acompanhado de um regimento de soldados. Fiquei ao seu lado na sala do trono na noite seguinte à morte de Fulke. Testemunhei o desenvolvimento do plano de Midas enquanto ele criava um relato sobre o que havia acontecido. As pessoas sabem sobre o Toque de Ouro de Midas. Mas sua língua de ouro? Para mim, esse é o verdadeiro poder do rei.

— *Fomos enganados.*

A sala estava silenciosa, os nobres reunidos observavam Midas compenetrados, enquanto ele e a rainha ocupavam seus tronos com expressões sombrias, mas determinadas, mirando os presentes.

— Meu aliado, o Rei Fulke, está morto.

Uma onda de choque percorreu o grupo, olhos arregalados e bocas abertas se espalharam pela sala.

Midas espera um instante até a notícia ser absorvida, mas não o suficiente para dar margem a sussurros.

— O Rei Fulke queria interromper a podridão que se espalhava por nossas fronteiras. Queria garantir a segurança de nossos territórios, e foi assassinado por isso.

Permaneci atrás dele, um passo à frente dos guardas, e minha presença ali tinha o propósito de anunciar uma frente unida enquanto Midas tecia seu relato.

— Ele mandou seus soldados aos limites do Quinto Reino a fim de cumprir seu dever para com o povo, mas foi enganado por um dos seus. Alguém que passou para o território inimigo. O regimento do Rei Fulke foi morto em uma batalha brutal contra os homens do Quarto, que os aguardavam. Como se isso não fosse traição suficiente, o mesmo desertor, esse traidor, voou de volta a Sinoalto para trazer uma mensagem; e assassinou seu rei, que não desconfiava de nada.

A disposição na sala se alterava, oscilava, uma maré que ia do horror à indignação.

Midas gesticulou para alguém atrás de si, e um guarda se apresentou segurando um artefato embrulhado em pano preto. A um sinal de Midas, o guarda desembrulhou o objeto e o exibiu diante de todos.

Gemidos abismados ecoaram. Não consegui nem calcular quantos. Todos estavam repugnados, mas não conseguiam desviar o olhar.

O guarda exibia a cabeça decapitada do mensageiro — o homem que não era culpado de crime algum. A cabeça brilhava dourada, a expressão macabra do momento da morte eternizada em seu estado congelado; ela jamais se deterioraria, como deveria acontecer com um corpo.

As pessoas se espantavam ante o rosto do mensageiro acusado de traição. Midas observava as pessoas.

— Isso — disse o rei, apontando para o rosto paralisado. — Esse é o tipo de podridão que se espalha a partir do Quarto Reino. Era isso que o Rei Fulke tentava conter. Não só a dizimação e o desrespeito em relação às nossas terras, mas a deslealdade. Traição contra um dos nossos reinos e seu monarca.

Ele era bom. Muito articulado. Encantava o povo. Como uma aranha tecendo uma teia, ia capturando um a um.

A cabeça foi novamente embrulhada, sem dúvida para ser exibida mais tarde nos portões, onde ficavam todos os crânios dourados de traidores. Expostos ao povo para serem alvos de cusparadas e castigados pelo vento.

— Seguirei para o Quinto Reino — Midas informou a seu povo. — Vou ajudar aquela gente em tempos de necessidade, assegurar que a terra e o povo não sofram com a perda de seu rei. Vou assumir o trono do Rei Fulke, unir nossos territórios depois de sua morte, da mesma maneira que fomos aliados enquanto ele viveu. Vou continuar mantendo nossas fronteiras em segurança. Garantir que a podridão de reinos externos não nos atinja. Até o dia em que o herdeiro dele atinja a idade legal e possa assumir o trono do pai.

Não demorou muito para a notícia da morte do Rei Fulke se espalhar como uma nevasca pesada, varrendo a terra, cobrindo todas as línguas. Midas conseguiu sair da situação como herói, dando ao povo um vilão para culpar, enquanto ele adquiria mais poder com um golpe certeiro.

E agora, mandava me buscar para me juntar a ele — mas era segredo.

Quase todo mundo pensava que eu já estava no Quinto Reino, que tinha viajado com ele. Porém, Midas não me quis por lá até ter certeza de que era seguro, por isso me deixou aqui.

Mas Midas sabia que me deixar sozinha no castelo também era um risco, então, criou um chamariz. Uma mulher viajou com sua caravana — alguém que não era tocada de ouro, mas pintada de dourado para ficar parecida comigo. Enquanto isso, eu era guardada dia e noite, e esperava. Nem os criados tinham permissão para subir ao andar dos meus aposentos. Nem a rainha foi informada de que eu ainda estava aqui.

As únicas pessoas que vi nessas últimas semanas foram os poucos guardas que Digby escolheu a dedo, aparentemente, para me proteger.

Mas agora é hora de ir. Depois de uma última espiada pela janela, dou as costas para ela, tomada por emoções confusas que reviram meu estômago. Caminho em direção a Digby, que segura a porta da gaiola aberta para eu passar, e tento não demonstrar a apreensão em meu rosto.

Quando passo pela abertura, olho para trás pela última vez, registrando todos os detalhes das coisas que tive à minha volta desde que consigo me lembrar.

É estranho, mas sou acometida por uma sensação de perda quando me viro e sigo Digby e os outros guardas que me escoltam. Minha gaiola... Contei com ela por vários anos. E me ressenti dela também, mas ainda era um paraíso seguro — um paraíso que agora deixo para trás.

Nós cinco descemos as escadas até o térreo, quietos. O castelo também está em silêncio. Quando terminamos o percurso, olho para o lado direito, para a porta fechada da sala de correspondência.

Fico pensando nos criados que foram obrigados a limpar todo o sangue. E se esses criados ainda estão vivos, ou se levaram os tapetes ensanguentados consigo para a sepultura, porque...

Não. Não pense nisso agora. Leal. Eu sou leal.

Faço um esforço para desviar o olhar da sala em questão e noto que a porta principal já está aberta para o exterior escuro, deixando entrar rajadas de ar gelado. Além da escada de pedra e do pátio, vislumbro uma procissão de carruagens e cavalos à espera de levar nosso grupo ao Quinto Reino.

Sinto um arrepio na nuca e olho para trás. Vejo a Rainha Malina no segundo andar, segurando o corrimão e me fitando. Seu rosto é inexpressivo; o cabelo branco está preso no alto da cabeça e lembra uma coroa; os olhos me observam com tamanha intensidade que faz minha garganta se contrair.

Ódio. É ódio que transborda de seus olhos quando ela me encara, quando percebe que Midas mentiu, que estive no castelo durante todo esse tempo. Que agora estou indo ao encontro dele, porque ele mandou me buscar.

No lugar dela, eu também me odiaria, provavelmente.

— Milady?

Direciono a minha atenção para a frente e percebo que os guardas já me aguardam na porta aberta, um deles segurando um grosso manto de pele para mim.

— Obrigada — murmuro, pegando-o de sua mão ao sair. Não olho para trás, todavia sinto o olhar da rainha me seguindo noite afora.

Agarro-me com mais força ao manto.

É pesado, porém macio, de tecido forrado de pele e couro para me manter aquecida nas noites brutais. Puxo o capuz sobre a cabeça ao descer a escada da frente, sentindo o calor remanescente do castelo me abandonar. Mas a tensão também começa a desaparecer.

Levanto o queixo assim que ultrapasso a porta, e meu rosto se volta para o céu.

Dez anos.

É o tempo que faz desde que estive ao ar livre pela última vez.

O vento frio passa por mim como uma correnteza preguiçosa, sussurrando em meu rosto as boas-vindas mansas. Os guardas se entreolham, movem os pés apreensivos enquanto fico ali parada, mas eu os ignoro.

Porque este momento... é meu.

Quando escolhi me esconder, eu era pouco mais do que uma menina. Vulnerável. Castigada. Amedrontada. Completamente farta do que o mundo tinha a oferecer.

Por isso me escondi em uma gaiola, e fiquei contente em fazê-lo. Depois das circunstâncias que suportara, desejei tudo isso. Aceitei as grades, até as acolhi, não para me manter lá dentro, mas para deixar os outros do lado de fora.

Mas senti saudade disto. Do ar fresco nos pulmões. Do cheiro da brisa. Do frio no rosto. Da sensação da terra sob os sapatos.

Senti muita saudade disso.

— Milady — um dos guardas diz, hesitante. — Precisamos ir.

Deixo os olhos varrerem o céu escuro sobre mim por mais um momento, as nuvens brilhando cinzentas na frente de uma lua escondida. Mas juro, por um breve segundo, vislumbro uma estrela piscando para mim.

Então pisco de volta para ela.

16

O assento da carruagem é de veludo, as paredes revestidas de madeira são forradas de couro, o chão é coberto por um tapete grosso. Tudo é luxuoso e dourado. Mas tenho certeza de que vou me sentir restringida, depois de passar todo o tempo de viagem dentro do veículo. Por ora, estou satisfeita ao contemplar através da janela e sentir o ar gelado passando pela fresta na estrutura, enquanto o cortejo se afasta do Castelo Sinoalto.

Uma dúzia de outras montarias viajam em carruagens separadas, todas elas chamadas para se juntar a Midas no Quinto Reino, enquanto os guardas a cavalo nos acompanham pela longa estrada sinuosa à beira da montanha congelada. É dolorosamente lento, mas não me incomodo com o ritmo agora. Desfruto da paz da noite, do ritmo estável dos cavalos puxando o veículo para longe da gaiola no palácio, em direção a algo novo.

À medida que nos afastamos, as nuvens ficam mais pesadas e põem fim à breve trégua do clima. A chuva cai intensa, linhas iridescentes que congelam na queda.

Mas nosso grupo segue viagem, os guardas só se cobrem com um capuz, e os cavalos estão há muito tempo adaptados ao frio do Sexto Reino, nem se importam de descer a encosta por uma trilha gelada e escorregadia no meio da noite.

Quando a carruagem derrapa em uma faixa de gelo ou sacode ao passar sobre uma pedra, meu coração salta para a garganta, mas a escolta segue em frente, e faço o possível para não pensar que estou a um tropeço de despencar da beirada da montanha.

Felizmente, guardas e cavalos progridem com competência através da neve. Vamos passar a noite inteira viajando, conforme as ordens de Midas. Vamos dormir durante o dia, dando aos batedores a melhor vantagem durante seu turno de vigilância.

Será um trajeto lento: duas semanas — uma e meia, na melhor das hipóteses, e isso se o clima ajudar. E o clima nunca ajuda. Não aqui. Definitivamente, será mais lento do que foi para Midas e seus homens. Nosso grupo não está acostumado a viajar ou se expor aos elementos fundamentais, por isso o progresso será mais lento, mais cauteloso.

Enquanto assisto à nossa descida dificílima ao longo da encosta, minha respiração embaça o vidro da janela, obrigando-me a limpar a condensação com a mão enluvada. Luvas que vão se tornar muito familiares para mim, as quais provavelmente nem vou tirar até estar protegida no interior do castelo no Quinto Reino. Uma pequena concessão, enquanto estou aqui fora neste mundo gelado, exposta.

Quando a caravana termina de descer a trilha sinuosa da montanha, a escuridão é completa. Não há nem sinal de lua ou estrelas por trás do denso telhado de nuvens; só as lamparinas penduradas nas carruagens oferecem luz para guiar o caminho.

Atravessamos a ponte de Sinoalto, esculpida do xisto escavado da montanha atrás de nós. Cascos batucam nos tijolos fortes quando atravessamos o precipício entre montanha e vale.

Do outro lado da ponte, jaz a Cidade de Sinoalto. Construída diante da Floresta dos Pinheiros Arremessadores — cujas árvores são tão altas que não se pode enxergar seu topo ao olhar para cima, e tão largas que seriam necessários vários homens de braços estendidos para abraçar um tronco. As árvores são altivas, carregadas de pinhas azuis e brancas que balançam nos galhos como dentes feitos de estalactites, pingando seiva na extremidade para se tornarem mais longas, mais afiadas.

Mas aquelas árvores com centenas de anos — talvez até milhares — oferecem à cidade proteção contra o vento proveniente das montanhas, os galhos absorvem a violência das rajadas de inverno e das nevascas brutais, servindo como escudo para as construções atrás deles.

A cidade propriamente dita é apequenada pela floresta, o contraste é quase cômico. Mesmo na escuridão, consigo notar que até a iluminação dos edifícios mais altos é completamente dominada pelas árvores que os protegem.

De repente, estou muito longe, muito isolada. Talvez só agora me dê conta de fato de que estou em um local aberto, realmente fora da minha gaiola. Sem Midas nem expectativas, sem nenhum papel a desempenhar. Estou fora do palácio, da montanha, e só quero ver isso, ver tudo. E não detrás de uma vidraça, como sempre, mas ao ar livre, cercada pelo exterior, do outro lado dela.

No momento que as rodas da carruagem rodam com facilidade pela estrada urbana pavimentada, bato com os dedos na janela. Digby cavalga ao meu lado, é claro, e olha pra mim ao ouvir as batidas. Mas não espero nem dou a ele um momento para me deter. Abro a porta com o veículo ainda em movimento, embora lento, e salto.

Digby fala um palavrão e ordena que o condutor pare a carruagem, mas é tarde demais. Já estou do lado de fora. O guarda conduz o cavalo para perto de mim, e vejo a carranca em sua face marcada pelo clima gélido. A expressão de Digby me faz sorrir.

— Já de cara feia, Dig? — brinco. — Não é um bom sinal para a nossa viagem, é?

— Volte para dentro, milady.

Digby não parece achar graça. Não mesmo. Mas é claro, isso só me faz sorrir ainda mais.

— De cara feia, que seja. — Concordo com um aceno de cabeça. — Com ou sem ela, quero esticar as pernas. Estou me sentindo confinada.

Ele estreita os olhos e me encara como quem diz: "Sério mesmo? Você viveu em uma gaiola nos últimos dez anos, e só agora se sente confinada?"

Encolho os ombros diante do desafio silencioso.

— Posso cavalgar um pouco?

Ele balança a cabeça.

— Está chovendo gelo.

— É uma chuva fraca — retruco com desdém. — Além do mais, sempre está caindo alguma coisa do céu por aqui. E também tenho um capuz, não estou com frio — garanto. — Quero sentir o ar no rosto. Só por um tempinho.

Ele continua me fitando de cima do cavalo, as sobrancelhas bem próximas uma da outra, mas aceno mostrando os edifícios da cidade, onde as pessoas circulam.

— É seguro em Sinoalto, não é?

É claro que sim, por isso perguntei.

— Muito bem — Digby responde finalmente. — Mas, se o tempo piorar, ou se você sentir muito frio, vai ter que voltar direto para a carruagem.

Assinto, tentando não parecer muito arrogante.

— Sabe cavalgar? — ele insiste, como se não estivesse convencido.

Mais um movimento rápido de cabeça para dizer que sim.

— É claro. Sou uma excelente cavaleira.

Ele me encara hesitante, enxergando além do meu sorriso, mas não me questiona mais. Na verdade, não tenho certeza de que ainda sei montar, mas acho que vamos descobrir em breve.

Digby assobia, e um cavalo branco é trazido pelas rédeas por outro guarda. Eu me aproximo do animal e noto a crina longa, o pelo comprido e bagunçado cobrindo todo o corpo.

Os cavalos do Sexto Reino foram criados especificamente para suportar o frio. Têm pelo longo e grosso no corpo todo, mais longo no peito e logo acima dos cascos. Mesmo assim, ainda são equipados com pesados cobertores de lã que protegem as costas embaixo da sela, além de grossos protetores para as patas.

Murmuro um "olá" para o cavalo quando ele olha para mim. Levanto a mão enluvada diante do focinho e o afago devagar, notando como a cauda trançada se movimenta. O emblema de Sinoalto no arreio de couro pendurado em seu pescoço enfeita o peito orgulhoso, uma brilhante peça de ouro.

Quando o cavalo cutuca minha mão com o focinho por me atrever a interromper o afago, sorrio e continuo a acariciá-lo.

— Qual é o nome dele?

— Crisp — responde o outro guarda, que usa capuz, manto e luvas combinando para se proteger do frio.

Olho nos olhos do animal.

— Ei, Crisp, ajude-me aqui, sim? — murmuro para ele antes de me aproximar da sela.

Felizmente, o cavalo não é muito alto, e consigo encaixar o pé no estribo sem dificuldade e erguer o corpo, rezando para não passar a vergonha de cair sentada no chão.

Rangendo os dentes, passo uma perna por cima da sela, e minha mão escorrega um pouco antes de eu conseguir montar. Sorrio radiante assim que me acomodo sobre Crisp, olhando satisfeita para Digby, mas descubro que todos os guardas me encaram abertamente com alguma reação que se assemelha a horror.

Meu sorriso desaparece.

— Que foi?

Digby olha para os outros com ar ameaçador.

— Mexam-se! — A ordem põe todos em movimento, e os outros cavaleiros voltam a atenção para a frente. A procissão retoma a viagem.

Olho para Digby enquanto ajeito o capuz sobre a cabeça, tentando manter a chuva gelada longe do rosto.

Digby instiga o animal e se mantém à minha direita, e fica evidente que ele não vai me contar o que aconteceu. Ergo a cabeça e encontro o olhar de outro guarda, que se aproximou para cavalgar à minha esquerda.

— Por que estão olhando para mim desse jeito? — pergunto.

O guarda me fita constrangido, com o rosto pálido tingido por um rubor que consigo ver até embaixo do capuz.

— Bem... é que as damas normalmente não se sentam com as pernas abertas.

Olho para minhas pernas afastadas sobre o cavalo.

— Ah. — Esqueci disso. Sempre cavalguei assim antes, mas não me preocupava com decoro.

Atrás de mim, em uma das carruagens que transportam as outras montarias, ouço risadinhas femininas.

— Então ela gosta de abrir as pernas, afinal — comenta uma delas. Polly. Essa voz é de Polly.

Meu rosto esquenta.

— Eu deveria...

Mas o guarda balança a cabeça.

— Assim está mais segura, e é melhor para longas distâncias. Não se incomode com elas — ele aconselha, e acena com a cabeça na direção da carruagem.

Assinto e puxo a rédea levemente para a direita, pressionando a perna esquerda contra Crisp para fazê-lo virar um pouco e seguir em frente, levando-me para longe da provocação das montarias.

O cavalo aceita a manobra com facilidade, e respiro aliviada ao constatar que lembro o que tenho de fazer. Quanto mais cavalgo, mais relaxo, nem me importo mais com eventuais comentários das outras montarias.

Vamos em frente, e desfruto do ar fresco, feliz por estar fora da carruagem. A chuva ainda cai de leve, mas estou empolgada demais com a experiência de estar ao ar livre para me importar.

Crisp se move com segurança, e seu pelo ajuda a manter meu traseiro semiaquecido. Foi bom calçar meias grossas embaixo do vestido e escolher botas forradas.

A Cidade de Sinoalto é bonita à noite, e isso me distrai da temperatura em declínio. A maior parte dos edifícios tem três andares, todos construídos com a mesma pedra cinza de que é feita a montanha.

As ruas são calçadas e ligeiramente irregulares em alguns trechos, mas gosto do som dos cascos dos cavalos sobre elas. As lamparinas criam um caminho trêmulo ao longo da rua sinuosa, e é tudo tão pitoresco, que me pego sorrindo.

Pessoas saem para nos ver, olham a procissão real com ávido interesse, mas tenho o cuidado de manter o capuz baixo para cobrir a maior parte do meu rosto e o cabelo de ouro. Até as montarias do bordel aparecem nas janelas, acenando com os seios à mostra para os guardas e jogando beijos enquanto passamos.

O guarda à minha esquerda pigarreia e olha para a frente quando uma das mulheres ronrona uma oferta generosa. Não a critico por isso. Ele é bonito, tem um rosto franco e amistoso. O tipo de rosto que sempre parece bondoso, provavelmente, mesmo quando está zangado. O cabelo é claro e os olhos são azuis e profundos como o mar, e uma linha irregular de pelos no queixo anuncia que ele não consegue ter uma barba cheia.

— Qual é o seu nome?

Ele olha para mim, e percebo que parece muito jovem. Deve ter uns vinte anos, mais ou menos.

— É Sail, senhorita.

— Sail, você parece fazer sucesso com as moças — comento, acenando com a cabeça para as montarias penduradas nas janelas, ainda tentando atrair mais a atenção dele do que de todos os outros.

O rubor rosado em seu rosto fica mais forte, e não é por causa do ar frio.

— Minha mãe me espancaria se eu desrespeitasse uma mulher a ponto de forçá-la a dormir comigo por umas moedas.

Nesse momento, decido que gosto de Sail.

— Há quem diga que esse é o único trabalho que nós, mulheres, podemos fazer para ter um salário decente e ser independentes — digo.

Sail empalidece, como se percebesse o que tinha acabado de falar e se lembrasse de repente de quem sou.

— Eu não… não quis insinuar que ser montaria não é respeitável. Tenho certeza de que muitas são respeitáveis. Ou melhor, eu só…

— Relaxa — interrompo, pondo um fim ao discurso entrecortado. Ele olha meio nervoso para as carruagens com as montarias reais, como se elas pudessem ouvir. — Se não trata as montarias com desprezo, não tenho nada a que me opor.

— É claro que não — ele insiste. — As montarias nesta cidade são mais vigorosas do que todo o exército, considerando tudo que elas têm que aturar.

Noto que algumas pessoas nas ruas não olham para aquela lascívia com luxúria, mas com uma expressão de violenta fome carnal e inveja amarga. Balanço a cabeça para concordar com ele e desvio o olhar.

— É, nisso estamos de acordo — digo.

17

A notícia da passagem do nosso grupo pela cidade se espalhou rapidamente. Logo, mais pessoas começaram a se enfileirar na rua, até haver cinco, seis filas de pessoas acenando e nos chamando com empolgação, conjecturando quem fazia parte do grupo, qual pessoa importante poderiam ver. Mantenho a cabeça baixa, as mãos enluvadas nas rédeas, sem ousar levantar o olhar ou deixar o capuz escorregar para trás.

Os guardas na frente mantêm o caminho aberto, e o cortejo prossegue mais devagar com a necessidade constante de afastar as pessoas, tirá-las da frente dos veículos. Depois de um tempo, adentramos uma rua de pedras afastada da multidão reunida, penetrando mais fundo no âmago de Sinoalto. Suspiro quando não estamos mais sob o olhar de dezenas de pessoas, as mãos relaxam nas rédeas, mas esse alívio dura pouco.

Quanto mais avançamos, mais pobre se torna o ambiente. Diante dos meus olhos, Sinoalto se transforma de uma cidade bonita e limpa em um cortiço desolador.

Observo a mudança com desconfiança, notando que até o barulho parece isolado aqui, a jovialidade existente na via principal não penetra nesta área. Aqui só existe o som de bebês chorando, homens gritando, portas batendo.

— Normalmente, ficaríamos na via principal, mas, como estamos a caminho do Quinto Reino, a estrada do sul é o caminho mais rápido para sair da cidade — murmura Sail, que agora cavalga muito mais perto de mim (ele e Digby) na estreita rua de terra batida.

As construções de ambos os lados do caminho não são mais feitas de pedra densa, mas de madeira. As estruturas não são bem-feitas, algumas são tortas e parecem cair aos pedaços; outras sucumbem sob o peso do tempo, como se a neve e o vento tentassem esmagá-las durante anos, e a natureza vencesse o homem.

Até os Pinheiros Arremessadores são mais rústicos aqui, com a casca irregular e rachada, os galhos semivazios de agulhas.

As lamparinas ao longo da rua diminuíram em número e são mais espaçadas, até que por fim desapareçam. A estrada, já sem calçamento de pedras, é constituída de lama gelada, que os cavalos levantam com os cascos.

E o cheiro... o ar não tem mais o aroma limpo, fresco e livre. Em vez disso, é mantido cativo, uma estagnação que parece aderir às fachadas dilapidadas das casas. O odor de urina e suor é tão forte que faz meus olhos arderem.

— O que é isto? — pergunto, olhando para aquela parte miserável e deprimida da cidade.

— São os barracos — responde Sail.

Mais bebês choram, mais gente discute, sombras correm por becos e cachorros farejam as esquinas, exibindo as costelas sob o pelo salpicado de gelo.

Sinoalto não parece mais tão pitoresca.

— Há quanto tempo é assim? — pergunto, sem conseguir desviar o olhar da cena.

— Sempre foi. — Sail encolhe os ombros. — Sou do lado oriental. Tem um pouco mais de espaço, mas... não é muito diferente disso — admite.

Balanço a cabeça, mirando as poças no chão que, eu sei, não são de água da chuva, mas dos baldes imundos que as pessoas esvaziam de suas janelas.

— Mas... Midas tem todo aquele ouro — falo, confusa.

Podem me considerar ingênua, mas presumi que, depois da coroação de Midas, desde que o palácio de pedra foi transformado em ouro puro, que toda a Sinoalto também tivesse se tornado uma cidade rica.

Nunca nem sequer imaginei que algumas pessoas do povo de Midas fossem pobres, nem aqui na cidade. Por que seriam? Ele tem todos os meios para lhes pagar bons salários, seja em qual serviço for. Para ele, ouro não é problema. Então, por que tanta gente vive na miséria?

— Tenho certeza de que ele usa seu ouro para outras coisas, milady — responde Sail, mas percebo como ele olha para o escudo de ouro da armadura sobre o peito, e vejo a culpa que parece invadir seus olhos azuis quando ele examina o ambiente.

Ele está em alerta, todos os guardas estão, como se esperassem o ataque de bandidos. Considerando o cenário, não duvido dessa possibilidade. Algumas pessoas parecem suficientemente desesperadas para isso.

Contudo, quando alguns guardas tiram a espada da bainha, ameaçando abertamente as pessoas miseráveis pelas quais passamos... algo aperta meu coração, uma pressão poderosa e persistente que deixa marcas.

Quando vejo crianças espiando de trás de caixotes vazios de lixo, ou quando elas nos seguem com os olhos arregalados, as roupas resumidas a pouco mais do que trapos, o rosto magro pela falta de refeições, sujo de terra... isso aumenta o aperto, aprofunda a marca.

Puxo as rédeas, manobro o cavalo com o intuito de atravessar na frente de Sail e parar ao lado da carruagem.

— Milady! — Sail exclama, e ouço Digby proferir mais um palavrão quando salto de cima de Crisp e aterrisso com mais força do que pretendia. Quase escorrego na lama gelada, mas a carruagem impede a queda. Ela ainda está andando quando abro a porta e cessa o movimento com um tranco justamente quando embarco.

— Milady, não podemos nos demorar aqui! — Sail fala atrás de mim, mas o ignoro, levanto o assento de veludo e vasculho meus pertences.

— Volte para o cavalo — Digby grunhe, e eu procuro de maneira frenética, jogando de lado echarpes e mais luvas, procurando, procurando...

— Achei.

Saio da carruagem, mas o cortejo parado no meio da rua trouxe para mais perto aqueles olhares curiosos, silhuetas escuras que se agrupam.

— Volte para o seu cavalo — Digby repete a ordem.

— Um segundo. — Não olho para ele, estou ocupada demais tentando localizar, espreitando tudo.

Lá. Do outro lado da rua, um grupo de crianças encolhidas ao lado de um poço, em meio a baldes quebrados e cordas partidas descartadas ao redor da fonte de água de aparência miserável.

Ponho-me a andar naquela direção, e ouço alguns guardas resmungando, montarias nas outras carruagens perguntando por que paramos. Depois, o som inconfundível de alguém saltando do cavalo, e passos longos e firmes atrás de mim.

Mas continuo me dirigindo ao grupo de crianças. Elas são ariscas. Assim que me veem chegando, ou talvez por verem o guarda andando atrás de mim, duas delas correm, passos ágeis que as levam para as sombras, onde desaparecem. Mas a menor delas, uma menina pequena de uns quatro anos, não sai do lugar. Fica ali na frente dos outros, encarando-me quando me ajoelho diante dela.

São doze no total, sem contar as que fugiram, todas magras e muito sujas. E os olhos, os olhos são velhos demais para a idade que têm. Os ombros caídos sugerem um cansaço que nenhuma criança deveria sentir.

— Como é seu nome?

Ela não responde, só estuda meu rosto como se vislumbrasse o brilho da pele sob o capuz.

— Você é uma princesa? — pergunta uma menina mais velha.

Sorrio e balanço a cabeça.

— Eu, não. Você é?

As crianças riem e contemplam umas às outras.

— Acha que princesas vivem nos barracos como crianças de rua?

Abaixo o capuz e lhe ofereço um sorriso conspirador.

— Princesas secretas, talvez.

Várias delas reagem com espanto.

— Você é a menina de ouro! Aquela que o rei guarda com ele.

Abro a boca para responder, mas Digby se coloca na minha frente, o corpo tenso.

— Hora de ir.

Assinto e me levanto, mas não antes de enfiar a mão na bolsa de veludo.

— Muito bem, príncipes e princesas secretos, estendam as mãos.

Sentindo o que vou fazer, todas estendem a mão aberta para mim, umas empurrando as outras.

— Nada disso — advirto.

Uma a uma, ponho uma moeda em cada mão, e elas correm assim que os dedos sujos seguram o dinheiro. Não fico ofendida ou surpresa. Quem vive na rua não fica parado. Especialmente com dinheiro ou comida nas mãos. Basta um segundo para que alguém maior e mais cruel apareça e roube tudo.

Quando chega a vez da menina pequena e quieta na frente do grupo, ponho a bolsa na mão dela, ainda com três moedas. Ela arregala os olhos, e como se o corpo soubesse o que isso significa, o estômago faz um ruído alto o bastante para concorrer com os rosnados dos vira-latas.

Levo um dedo aos lábios.

— Use uma, esconda uma e doe a outra — cochicho. É um risco... É arriscado lhe dar tanto ouro. Ora, é um risco dar qualquer quantia a essas crianças, mas tenho de acreditar que ela é esperta o bastante para se manter segura. A menina assente para mim com ar solene e depois corre tanto quanto os pezinhos permitem. Boa menina.

— Para a carruagem. Agora.

Eu me coloco de pé e encaro o guarda. Digby veste a raiva no rosto como algumas pessoas vestem um casaco: de forma pesada e sombria. Abro a boca para brincar com ele ou dizer alguma coisa engraçada, mas a fecho quando percebo que todos os guardas empunham suas espadas, encarando as pessoas que se juntaram na rua. Pessoas que me viram distribuindo moedas de ouro abertamente, dinheiro suficiente para brigar por ele. Para matar por ele.

Os homens e as mulheres de aparência aflita, faminta e desesperada se atrevem a chegar mais perto, mirando os filetes de ouro nas carruagens e a armadura refinada dos guardas, provavelmente calculando o que poderiam comprar com uma só peça.

Mas então essas pessoas voltam sua atenção a mim. Meu cabelo, meu rosto. Tarde demais, percebo que não recoloquei o capuz.

— A favorita do rei.

— É a mulher tocada de ouro.

— Ela é o bichinho dourado de Midas!

Continuam se aproximando, apesar das ordens dos guardas para que parassem, e culpa e preocupação se misturam dentro de mim. Idiota. Que burrice. A tensão no ar é palpável, como se as pessoas estivessem a um segundo de atacar, de decidir correr os riscos e enfrentar soldados armados por uma chance de ter um pouco do ouro de Midas.

Digby toca meu braço, colocando-me em ação.

— Vá.

Acato a ordem rapidamente e corro para a carruagem, enquanto as pessoas falam mais alto, chegam mais perto.

Então, um instante antes de eu alcançar o degrau da carruagem, uma delas se lança à frente, corre em minha direção. Grito quando o homem mostra os dentes, berrando sobre arrancar meus cabelos de ouro, as mãos crispadas como as garras de um falcão, prontas para capturar a presa.

Digby chega em uma fração de segundo, coloca-se entre mim e o homem transtornado. Projeta o ombro contra o estômago do homem, que cai deitado em uma poça parcialmente congelada.

— Para trás! — Digby rosna, empunhando a espada e apontando-a para a multidão como um aviso. O grupo sinistro para, mas não recua nem vai embora.

No momento que entro na carruagem, Digby está lá fechando a porta, e partimos imediatamente ao som dos guardas gritando ordens e ameaças.

Uma luta próxima me faz pular de susto, o som de punhos contra punhos, pessoas gritando ofensas para mim quando passamos, cuspindo nas carruagens e amaldiçoando o rei. Estou apavorada demais para olhar pela janela, por isso permaneço sentada e com as costas eretas, censurando-me por ter sido tão estúpida.

Sei que não é uma boa ideia exibir riqueza nas áreas pobres da cidade. Mas ver aquelas crianças... foi como me deparar com um espelho do meu passado. Eu não estava raciocinando direito.

Quando os gritos ficam mais altos, os cavalos se movem mais depressa, tanto quanto é possível na rua esburacada e lamacenta. Rezo para que ninguém ataque, imploro às deusas das estrelas para que os mantenham afastados.

Não temo por mim nem pelo que eles podem roubar. Mas não quero que os guardas sejam forçados a ferir essas pessoas. Elas já foram suficientemente machucadas.

A pobreza nesse nível é uma ferida. Uma ferida que o Rei Midas deixa espalhar e infeccionar. Esse desespero não é culpa deles, essa decisão difícil entre atacar e não atacar por comida, por um cobertor, por um remédio. É sobrevivência. Todos nós, todos, sem exceção, faríamos a mesma coisa no lugar deles, refletiríamos sobre aquele penoso "e se".

Mas, felizmente, ninguém ataca. Felizmente, os guardas devolvem as espadas às bainhas. Mas não me sinto aliviada. Tudo o que sinto é culpa. Culpa por ter balançado o alimento diante dos famintos e o retirado deles com tanta frieza.

O castelo de ouro sobre a montanha distante deve ser uma pedra no sapato dessa gente. Um lembrete constante de um horizonte que lhes é inacessível.

Queria que o sol nascesse mais cedo. Queria que minha bolsa tivesse mais moedas. Que eu pudesse ter banhado a rua em ouro. Mas sob o frio congelante da noite, sou esmagada pela impotência enquanto nosso grupo avança, sem novos incidentes, até os últimos barracos decrépitos ficarem para trás e o último rosto assombroso desaparecer de vista.

A conclusão a que chego é triste e amarga. Se até uma cidade governada por um rei de ouro é pobre desse jeito, que esperança pode haver para o restante de Orea?

18

Depois dos barracos quase destruídos, não esperava que a paisagem do lado de fora pudesse ficar pior.

Estava enganada.

Quando nos dirigimos às fronteiras da cidade, faço um esforço para tentar enxergar ao longe, além das tochas acesas do posto avançado.

— O que... — Minha pergunta não é ouvida nem concluída, mas a carruagem para com um solavanco, e ouço vozes altas.

Digby desmonta e avança a pé, e abro a porta da carruagem para poder desembarcar, ainda observando a paisagem que não consigo decifrar.

Passo pelas outras carruagens que contêm as montarias reais de Midas, e o homem bonito — Rosh — está olhando pela janela com ar intrigado.

— Está sentindo esse cheiro? — ele pergunta a alguém lá dentro. Não escuto a resposta.

Sail se aproxima de mim, e me deparo com um grande grupo de guardas falando com os soldados no posto avançado. O posto é composto apenas de uma torre de pedra e de muralhas que sobem pela montanha atrás de nós, um ponto de verificação para quem quiser entrar na cidade.

Dou mais um passo, mas Sail se coloca na minha frente.

— Vamos esperar aqui.

— O que… o que é aquilo? — pergunto, tentando enxergar além dos soldados, olhando para as silhuetas que consigo distinguir logo depois das tochas. Não enxergo direito de onde estou, mas alguma coisa me puxa para lá, impele-me a tentar ver.

Mantendo-me perto da fila de cavalos, sigo naquela direção, e Sail me acompanha. Apesar de saber que ele quer insistir em voltarmos, não posso fazê-lo, nem quando uma sensação horrível me invade, algo como uma premonição.

Quando estou a uns seis metros de distância, o cheiro me alcança. Sail o sente também, porque hesita e ameaça vomitar.

Mordo a língua e corro, e assim que alcanço os soldados reunidos, finalmente consigo enxergar. A mente junta o que olhos e nariz estão me dizendo.

Ali, bem na frente da muralha de Sinoalto, há meia dúzia de corpos pendurados em uma fileira de galhos retorcidos, provavelmente castigados pelo clima.

Os corpos são… estranhos. Repugnantes.

Não são só cadáveres. Não são cabeças douradas em estacas, anunciando ao povo a ira de Midas, caso alguém desrespeite a lei. Não, eles estão… estão…

— Apodrecidos — Sail constata com voz sombria ao meu lado, como se ouvisse meus pensamentos. — É daí que vem o cheiro. Passamos a semana toda recebendo esses presentinhos do Rei da Podridão.

Minha boca fica seca quando noto a pele arruinada. Os corpos têm mofo em alguns lugares, como se o Rei Ravinger tivesse usado seu poder para apodrecê-los como um pedaço de fruta. Tufos de pelos verdes, brancos e pretos formam crostas de mofo sobre os ferimentos fatais, como uma plumagem macabra.

Outras partes deles escureceram e murcharam, como uma casca deixada ao sol por muito tempo. E o resto deles… simplesmente desapareceu. Como se essas partes da anatomia tivessem se decomposto por completo, desintegrado-se no ar como fragmentos de pele morta e pó de ossos.

A bile se acumula no fundo do meu estômago, e cubro a boca e o nariz com a mão. Não preciso perguntar quem são. Vejo os emblemas roxos nas armaduras ainda visíveis. São soldados do Rei Fulke.

— Ele os mandou para cá e para o Quinto Reino — Sail explica sem pressa, enquanto Digby e os outros conversam vários passos distantes dos corpos putrefatos.

— Por quê?

Sail dá de ombros.

— Para mandar um aviso, acho. O Rei da Podridão quer mostrar que está furioso. E que os homens de Fulke não tiveram a menor chance.

— Mas por que mandar os corpos para cá? Não foi o exército do Rei Midas que o atacou — pontuo. Foi uma traição, é claro, mas fatos são fatos.

Sail dá de ombros de novo.

— Ele deve saber que o Rei Midas era aliado de Fulke, e que agora está sentado no trono do Quinto. Acredito que o Rei da Podridão não esteja feliz com isso.

Sou tomada pelo desconforto. Não quero nem saber como seria enfrentar a ira do Rei Ravinger frente a frente. Se ele está suficientemente bravo para mandar esses corpos apodrecidos para cá, e nem foi o exército do Sexto que atacou sua fronteira... não quero saber o que ele faria se descobrisse que foi Midas que começou tudo isso.

Lá na frente, Digby parece dar uma ordem, e alguns soldados se afastam, uns se dirigem aos corpos, enquanto os vigias retornam a seus postos. Sail e eu ficamos juntos assistindo enquanto os guardas removem os corpos podres, usando tiras de couro sobre o rosto para isolar o cheiro. Um grupo passa a cavar um grande buraco na neve e, um a um, os corpos são arrastados lá para dentro, até o último soldado ter sido colocado na vala, como sementes enterradas em um jardim pavoroso.

Os guardas trabalham juntos, jogando a neve sobre os mortos, até restar apenas um monte baixo de neve marcando o local do túmulo.

Feito isso, o que resta do cheiro de morte desaparece. Eu me arrepio e me encolho sob o manto, e é nesse momento que Digby se vira e me vê ali.

Ele vem em minha direção, e fico tensa:

— Prepare-se — resmungo para Sail.

Digby para na minha frente, e percebo que o suor cobre sua testa, apesar do frio. Ele me encara por um longo instante sem dizer nada, e preciso tentar não me inquietar sob esse olhar enquanto espero pelo sermão.

Sei que coloquei a mim mesma e a todos em perigo ali na cidade. Sei que foi uma atitude idiota e inconsequente. Sei que a decisão impulsiva de distribuir dinheiro poderia ter desencadeado eventos terríveis, mas não pensei em nada disso naquele momento. Só queria ajudar. Só queria tornar a vida daquelas crianças menos vazia, mesmo que só por um momento.

Os olhos de Digby estudam meu rosto, depois ele suspira.

— Da próxima vez, fique na carruagem.

É tudo que ele diz. Em seguida, afasta-se, caminhando em direção aos homens. Ele dá ordens, indicando a todos que é hora de retomar a viagem.

Solto o ar e vejo meu hálito se condensar diante de mim como uma nuvem. Sail me cutuca.

— Não foi tão ruim, foi?

Solto uma risadinha e balanço a cabeça, seguindo-o de volta para a minha carruagem.

— Não. Escapei sem grandes problemas.

Midas teria ficado furioso comigo por fazer uma coisa tão perigosa.

Quando chegamos à minha carruagem, Sail abre a porta para mim e dá um passo para o lado.

— Não sei se faz diferença, mas gostei do que você fez lá. — Reajo com surpresa, mas ele encolhe os ombros acanhado, constrangido com as próprias palavras ou com minha atenção. — Foi arriscado e precipitado, mas mostrou que você se importa. Que viu, que olhou. Ninguém mais teria parado por elas — ele continua, e seu tom de voz revela tudo o que preciso saber sobre quem ele é e de onde vem.

A tristeza me faz improvisar um sorriso.

— Você teria, Sail — respondo. — Você também teria parado.

Apesar de ter acabado de conhecê-lo, sei disso sem a menor dúvida. Porque esse soldado oriundo de um cortiço não é muito diferente de mim.

Sail abaixa a cabeça e eu lhe lanço um sorriso antes de entrar na carruagem, cuja porta é fechada com suavidade. Pelo menos sei que, para cada Rei da Podridão existe alguém como Sail para equilibrar o mundo.

Viajamos por cerca de mais duas horas, até Digby enfim dar a ordem de parada uma hora antes do amanhecer. Estamos bem longe das muralhas da cidade, cercados apenas por um manto branco de neve e uma cordilheira atrás de nós. Não vemos mais o castelo de ouro.

Mais perto do fogo, uma tenda feita de lona grossa e de couro é montada para mim, e o chão é coberto por tapetes de pele. Sail pisca para mim ao assumir seu posto de vigia do lado de fora, e eu entro, devoro as rações de viagem e entro no saco de dormir.

Quando a noite vai embora e o sol nasce, estou mais confortável sob cobertores dourados, com as fitas envolvendo meu corpo. As pernas e as costas estão doloridas por causa da cavalgada, mas isso não é nada comparado à dor de ver aqueles homens embolorados e pendurados ou a pobreza esmagadora de Sinoalto.

Mas... estou ao ar livre. Estou em movimento, não estagnada. Estou no mundo, vivendo nele, em vez de me esconder dele. Já é alguma coisa, pelo menos.

Não sei o que vou fazer quando chegar ao Quinto Reino. Não sei o que esperar. Foi uma noite só, e já tive de ver miséria desoladora e crueldade rançosa. Mas estou bem. Apesar de não ter a segurança da minha gaiola, o mundo não está me esmagando. Não está me quebrando.

Por ora, estou bem.

19

— Que sejam todos condenados ao inferno do Divino — resmungo quando puxo as rédeas, obrigando-me a permanecer sentada na sela.

A noite é densa e úmida, como se o ar reservasse trechos de névoa gelada, empurrando-a contra nosso corpo em meio à viagem pela paisagem congelada.

Dormi o dia todo. Devia estar descansada e pronta para seguir em frente; entretanto, sinto-me cansada e pesada como uma toalha torcida.

Ranjo os dentes quando os membros começam a tremer. Minhas pernas parecem ter um hematoma gigante dentro delas, embora haja muitos do lado de fora também. A cada vez que Crisp dá um passo, eu me encolho com o esforço, o corpo todo doendo.

Os últimos sete dias foram terríveis. Apesar de o clima ter colaborado na maior parte do tempo, ainda não é muito fácil passar todas as noites viajando no frio rigoroso do Sexto Reino.

Todas as noites, esforcei-me para reaprender a cavalgar, e meus músculos me odeiam por isso. Só consigo cavalgar por algumas horas até quase cair de cima de Crisp e ter de cambalear de volta à carruagem.

Mas não gosto de ficar presa lá dentro, por isso tento insistir. Obrigo-me a montar, cavalgar, lidar com o desgaste, porque a compensação é estar do lado de fora e desfrutar do ar fresco. Posso conversar com Sail, que está sempre pronto para cavalgar ao meu lado com um sorriso simpático e uma história. É agradável, mais agradável do que posso expressar, ter um amigo e estar livre das limitações de uma gaiola. Mesmo que congele o traseiro por isso.

Mas hoje à noite, minhas coxas e costas gritam mais cedo do que de costume, ameaçando se rebelar. Infelizmente, meu estômago também não está satisfeito. A carne seca que comi assim que acordei não me alimentou muito bem, e já estou com fome de novo. A noite vai ser longa.

— Tudo bem aí? — Sail pergunta, e sorri para mim. Ele tem pelos mais longos no rosto, agora que estamos na estrada há mais de uma semana, mas a barba ainda é irregular. E, de algum jeito, ele consegue fazê-la parecer charmosa.

— Tudo bem — minto por entre os dentes, tentando mais uma vez mudar de posição na sela e aliviar a dor das coxas e das costas. A tentativa só serve para irritar Crisp. Inclino o corpo e deslizo a mão enluvada por seu pelo branco. — Desculpe, garoto.

— Levei meses para conseguir ficar sentado em uma sela — Sail conta enquanto cavalga ao meu lado. O cavalo dele é bonito, uma égua calma de pelos brancos manchados de marrom.

— É mesmo? Seus sargentos devem ter adorado — respondo rindo.

— Toda vez que eu caía de uma daquelas porcarias, eles me faziam limpar o estrume dos estábulos. E tirar merda de cavalo de um estábulo congelado é tão ruim quanto parece.

— Que sorte a sua.

— Bem, não tínhamos cavalos nos barracos — ele responde, e não há amargura na resposta. É só um fato aberto e honesto.

— Imagino que não.

— Mas quando deixei de ter medo deles, não entrei mais em pânico e não fui mais derrubado. — Ele afaga o pescoço da égua, que responde bufando. — Sei montar muito bem, não é, belezinha? — ele diz ao animal.

Dou risada.

— Se seu sargento pudesse ver você agora...

Sail sorri e endireita as costas.

— E você? — pergunta ele, inclinando a cabeça para mim. — Já caiu do cavalo ou limpou estrume de um estábulo?

— Felizmente, não. Mas nunca diga "nunca", certo?

— Não acredito que a favorita do rei vá precisar segurar uma pá em um futuro próximo — ele retruca com um sorriso.

Sail ficaria surpreso com as coisas que fiz na vida, as coisas que tive de fazer. Mas não digo isso, pelos mesmos motivos que não conto como aprendi a cavalgar quando era mais nova. Ou quem me ensinou.

Seguimos em frente e olho de soslaio para Sail quando ele não está prestando atenção. É estranho ter um amigo.

Mais do que o desejo de sair, mais do que a ânsia por mudança, percebo quanto desejei isso, essa conexão com outra pessoa. Não uma aliança por objetivos semelhantes, nada motivado por política, pela sociedade ou mesmo por luxúria. Uma simples amizade. Só duas pessoas que gostam de conversar, que podem compartilhar histórias e dar risada, conspirando apenas em nome da diversão uma da outra.

Imagino como seria se eu amasse alguém como Sail. Acho que seria fácil se apaixonar por seu jeito, envolver-se em uma relação com alguém tão gentil e franco quanto ele. Em outra vida, talvez. Em outro corpo.

— A noite está mais fria — ele murmura, e o comentário interrompe meus pensamentos. Absorvo a paisagem.

— Está, sim — concordo, sentindo o ar gelado.

Levei um tempo para me acostumar a viajar durante a noite. No início, todas as sombras ao longe pareciam sinistras e assustadoras, mas aprendi a me concentrar apenas no rastro dos guardas à minha frente, nas lamparinas da carruagem balançando à direita e à esquerda.

O cenário não mudou muito desde que saímos de Sinoalto. Até onde os olhos podem alcançar, há colinas nevadas e rochas salientes. Há dias deixamos para trás o último aldeão solitário, e o clima realmente nos favoreceu, na maior parte do tempo, trazendo apenas uma neve fraca ou uma ocasional geada.

Crisp me sacode um pouco ao contornar uma pedra e, quando contraio as coxas para não cair, não consigo evitar um gemido de dor. Minhas pernas estão doloridas demais.

— Vá para a carruagem.

Ergo a cabeça ao ouvir a voz séria e percebo que Digby se aproximou. Está cavalgando ao meu lado. Ele se move pelo cortejo durante a noite toda, vai até a frente do grupo, volta ao fim da fileira e percorre toda a parte mediana da procissão. É atencioso, está sempre em movimento, garantindo a manutenção de um bom ritmo, da direção correta, cuidando para que todos cavalguem bem e se mantenham alertas.

— Ainda não — respondo, sorrindo para disfarçar a careta.

Ele balança a cabeça, resmunga alguma coisa.

— Tem uma tempestade se formando — Sail avisa.

— Você acha? — Olho para o céu. Tudo o que vejo são nuvens se movendo por um céu escuro, mas tocado por um reflexo, como se a lua quisesse aparecer, mas não conseguisse romper a barreira. Não é diferente de todas as outras noites, para ser sincera.

Sail bate no próprio nariz.

— Sinto o cheiro de uma boa tempestade. É um dom.

— Hum. E como é o cheiro de uma boa tempestade?

— Inferno congelado.

Dou risada.

— Meio sinistro, não acha? Além do mais, as nuvens sempre têm essa aparência.

Contudo, Sail balança a cabeça.

— Espere para ver. Acho que vai ser das terríveis.

— Quer fazer uma aposta?

Sail assente, entusiasmado, mas Digby interfere.

— Não.

Olho para ele.

— O quê? Por que não?

— Nada de apostas com a favorita do rei — Digby avisa, olhando para Sail por cima da minha cabeça.

Enrugo a testa.

— Não tem graça.

Digby encolhe os ombros.

— Também não é para ter graça, não com a favorita do rei.

— Agora está apenas sendo desagradável.

Ele olha para mim como se em sofrimento, depois estala a língua e instiga seu cavalo a avançar.

— Não se preocupe, milady — Sail diz. — Nesse caso, ele lhe fez um favor, porque teria perdido a aposta.

Rindo, contemplo o céu pesado.

— Agora está só querendo me desafiar.

Ele balança as sobrancelhas claras.

— Vamos fazer a aposta, então?

Abro a boca para responder, mas outra voz feminina nos interrompe:

— Isso é meio juvenil, não acham?

Endireito as costas ao ouvir a voz de Polly. A carruagem das montarias passa por nós, e vejo Polly com o braço para fora da janela, a cabeça loira apoiada no braço flexionado, os olhos cheios de desdém voltados para mim.

Pensei que viajar com as outras montarias reais pudesse aproximá-las de mim, suavizar a distância entre nós, mas não foi o que aconteceu. Durante a maior parte do trajeto, ficamos separadas. Não troquei mais do que um olhar rápido com as outras. Elas ficam nas carruagens ou em tendas compartilhadas, e eu fico na minha, e nenhuma delas tenta falar comigo.

Exceto Polly.

Mas não são conversas, são só demonstrações de antipatia por mim.

— Tenho certeza de que fazer apostas é o segundo passatempo preferido dos homens neste reino, e eles não acham juvenil — respondo.

— Segundo favorito? — Sail repete. — Qual é o primeiro, então?

Sorrio para ele.

— Comprar tempo com uma montaria.

Sail ri acanhado, mas Polly estraga tudo.

— E o que você sabe disso? O rei nunca monta você quando manda nos chamar. Você nem é uma montaria real de verdade. Ele só deixa você olhar. É bem triste. Você é só um troféu. Homens de sangue quente não querem uma vadia de metal frio na cama.

A vergonha me incendeia por dentro, e todos os resquícios anteriores de humor são incinerados e desaparecem no fogo feio da degradação. Uma coisa é ter de ver Midas se deitando com outras, mas ela jogar isso na minha cara, e com Sail e os outros guardas perto o bastante para ouvir...

Polly sorri para mim, visivelmente satisfeita consigo mesma.

— Não se preocupe. Vou manter o Rei Midas satisfeito.

Sail lança um olhar solidário em minha direção, mas isso só piora, e muito, a situação. Enterro os calcanhares nos flancos do cavalo e avanço. Não tento explicar a Sail o motivo da fuga quando passo por ele e pela carruagem. Seria inútil.

Ultrapasso a carruagem de Polly sem fitá-la, rangendo os dentes e sentindo o rosto queimar. Segurando as rédeas com firmeza, conduzo Crisp entre os guardas na nossa frente, sem me importar quando os cavalos deles têm de se afastar por minha causa.

Distância. Só preciso de distância.

Vou desviando de um cavalo atrás do outro, sem reduzir a velocidade, até chegar quase à frente da caravana, longe de Polly e de sua língua odiosa. Como se pudesse fugir das minhas decepções. Como se pudesse evitar minhas dores, minha vergonha, meus pensamentos sombrios que aparecem a cada vez que fecho os olhos para dormir.

Desconfio que um dia esses pensamentos insistentes não aceitarão mais ser ignorados. Vão se impor. Vão se libertar, negar-se a continuar escondidos em um travesseiro molhado de lágrimas ou entre as rachaduras de um espelho.

Cedo ou tarde, cada pensamento atormentado e cada amargura dolorosa vão transbordar e exigir que eu os encare.

Mas não hoje à noite.

Ainda não.

20

Deixo Crisp seguir em um trote mais lento, enquanto a última esperança de me aproximar das outras montarias desaparece, extingue-se como o pavio molhado de uma vela. É hora de aceitar, de ficar feliz por ter ao menos um amigo neste grupo de viagem. Um amigo, além de um guarda carrancudo e protetor que matou um rei para me salvar. Isso é muito mais do que jamais esperei ter.

Depois de minutos emburrada, sozinha e em silêncio, noto Sail se aproximar de mim, como sabia que viria.

— Ignore a Polly. Ela tem inveja, só isso.

Eu o espio de soslaio, fingindo não estar magoada, não me importar.

— Ignorar. Assim como você ignorou Frilly ontem?

Ele fica vermelho e olha para a frente.

— Quê? Não, não aconteceu nada. Ela só precisava de mais um cobertor, só isso.

— Relaxa. Estou brincando.

Sail observa ao redor, como se tivesse receio de alguém ouvir e acreditar em algo mais do que a inocente verdade. Mas entendo a preocupação, já que as montarias reais são exatamente isso — para a realeza. Não têm permissão para ficar com mais ninguém. Até uma simples fofoca pode destruir Frilly e Sail — algo que não vou permitir que aconteça.

— Tem alguma garota esperando por você em casa? — pergunto, curiosa a respeito de como é a vida dele fora do exército, quando não está usando armadura ou carregando uma espada.

Sail exibe outra vez aquele sorriso juvenil e se inclina para mim.

— Só algumas — brinca. — Três ou quatro, mas não me esperam suspirando como eu gostaria.

Dou risada.

— Ah, é? Espero que trate todas com gentileza.

— Trato todas com muita gentileza. Esse rapaz de cortiço tem alguns truques na manga.

Rio mais uma vez.

— Quer me contar alguns?

Sail abre a boca entusiasmado para responder, mas Digby reaparece do meu outro lado e interrompe a conversa com uma cara feia.

— Nada de contar seus truques para a favorita do rei — dispara, irritado. — Você quer que o Rei Midas corte sua cabeça e a transforme em ouro, menino?

Sail fica pálido e balança a cabeça.

— Não, senhor.

Suspiro e olho para meu inabalável guarda, sempre mal-humorado.

— Não seja tão desmancha-prazeres, Dig.

— Vá para a carruagem — ele ordena em tom seco.

— Não, obrigada — respondo com doçura.

Ele suspira ante minha teimosia, e sorrio por sua impaciência. Não é um jogo com bebida, de jeito nenhum, mas ainda é o máximo de diversão que tive com Digby, e ele agora fala comigo mais do que nunca. Considero isso uma grande vitória.

Seguimos em frente, e Sail me diverte com histórias de sua infância com quatro irmãos mais velhos, entretendo-me de tal modo que quase nem noto a dor nas pernas.

As nuvens passam sobre nós como um mar revolto, jogando umidade ártica no ar. Os cavalos na frente do grupo criam trilhas na neve para todos nós, mas transitar pela neve espessa a fim de abrir caminho é cansativo e difícil, mesmo para os nossos animais fortes, e Digby faz um rodízio constante entre os que vão à frente.

Com o passar das horas, a temperatura despenca, e o frio é tão intenso que entorpece até minhas coxas doloridas. Quando o vento ganha velocidade, é tão brutal que Sail nem se vangloria de ter acertado ao prever a tempestade.

Logo todos tentam se proteger, inclinando o corpo sobre o cavalo e cobrindo o rosto e a cabeça para não serem açoitados pelo frio.

Digby volta para perto de mim a galope, seu manto pesado tremulando em volta de si.

— Vá para a carruagem — diz, e desta vez é uma ordem.

Finalmente cedo, porque seria uma idiota se não tirasse proveito de poder sair do frio e do vento cortante. O céu está nos avisando, dando tempo para nos prepararmos antes de as nuvens despejarem o que trazem na barriga, e por mais que eu goste de cavalgar ao ar livre, prefiro não enfrentar uma nevasca.

Com Sail posicionado ao meu lado, manobro Crisp rapidamente para retornar novamente à carruagem. Desmonto e bato de leve em seu flanco peludo.

Lanço um olhar culpado para Sail e aponto para a carruagem.

— Tem certeza de que não pode...

Ele balança a cabeça.

— Estou bem. Nós, soldados do Sexto, somos muito resistentes. O frio nem nos incomoda — ele mente com uma piscada, apesar de sua respiração formar colunas brancas no ar. — Entre, antes que pegue um resfriado.

O condutor para e espera que eu entre e feche a porta do veículo, trêmula. A carruagem entra em movimento com um solavanco, e eu me recosto, esfregando as pernas e sacudindo as mãos, acalmando meus músculos doloridos na tentativa de, com a massagem, devolver o calor aos membros.

Espio pela janela e percebo uma piora no tempo. A luminosidade se limita às lanternas e à lua encoberta.

Em uma hora, a tempestade desaba sobre nós. Os ventos uivam, tão intensos que as janelas tremem e a carruagem balança, como se ameaçasse tombar. Sento do lado direito para ajudar no equilíbrio do veículo contra o vento.

Então começa a chover gelo, bolas que se chocam contra o teto como mil dedos batucando. É um barulho tão alto que encobre o som dos cascos dos cavalos e das rodas da carruagem, até que tudo o que existe é só um temporal de bolotas congeladas descendo do céu.

Olho para fora e começo a roer as unhas, odiando que os guardas e os cavalos tenham de passar por isso. A chuva deve ser punitiva e dolorosa a cada contato com a pele.

Felizmente, vejo que saímos da trilha e nos dirigimos a um bosque distante. Não são os gigantescos Pinheiros Arremessadores, mas as árvores são suficientes para nos proteger da tempestade, graças ao Divino.

No entanto, se eu achava que estávamos indo devagar antes, agora é dez vezes pior. Com a chuva de gelo e o vento nos castigando, demoramos quase uma hora para chegar à fronteira das árvores.

Os líderes do nosso grupo passam por baixo das primeiras árvores, quando minha carruagem é sacudida. Caio no chão com o tranco, meu corpo se choca contra o banco na frente do meu, a cabeça bate na parede.

— Merda — resmungo, esfregando a parte de trás da cabeça enquanto tento voltar ao banco. A carruagem sofre outro violento solavanco, e quase sou jogada no chão novamente, mas me seguro ao apoiar as mãos nas paredes, e consigo me manter ereta.

Ela para, de propósito ou por causa da neve densa, e então Digby aparece, abre a porta e olha para mim, verificando se estou bem.

— Está tudo bem — garanto.

— A carruagem atolou — ele explica, segurando a porta aberta.

Desço, e meus pés afundam na neve que está quase na altura dos meus joelhos.

— Está tudo bem? — Sail grita ao se aproximar, trazendo Crisp.

Tudo o que posso fazer é assentir, porque o vento cortaria a minha voz, de qualquer maneira. Uso o estribo como apoio para puxar os pés para fora da neve e, assim que monto, Sail segura as duas rédeas e conduz meu cavalo e o dele pela neve espessa, os cascos pesados abrindo caminho através da brancura.

Estreitando os olhos contra o vento, olho para trás e vejo que as outras carruagens também atolaram, todas as rodas ficaram presas em quase um metro de neve.

Os guardas correm e gritam uns com os outros, tentando soltar os cavalos e ajudar as montarias, enquanto conduzem todo mundo em direção à cobertura.

Assim que Sail e eu chegamos às árvores, sentimos imediatamente o alívio de sair da chuva de gelo. Algumas bolinhas ainda nos atingem através dos galhos, mas nada se comparado com o que enfrentamos antes.

Os guardas racham e empilham lenha, trabalhando rápido para acender uma fogueira. Quando tentam atear fogo às toras, a chama cospe e produz só fumaça; a lenha molhada se recusa a pegar fogo. Até Digby se aproximar, sério como sempre. Ele usa sua pedra e produz faíscas que incendeiam os gravetos no meio da lenha, como se a madeira não se atrevesse a desobedecer à sua ordem.

Sail me leva até onde estão os outros cavalos, uma área em que a neve foi removida para que eles tenham um lugar onde descansar, onde já há um fardo de feno à sua espera.

Eu me aproximo determinada, pronta para ajudar com Crisp, mas Sail diz que devo me sentar e tentar me manter aquecida, enquanto ele cuida dos cavalos. Aponta um dos troncos na frente do fogo cada vez mais forte, e me sento, exausta e tremendo de frio, sentindo-me gelada até a medula.

As outras montarias se aproximam devagar, sentam-se nos outros troncos em volta da fogueira e se encolhem bem próximas para criar mais calor.

Vejo os guardas empilharem lenha, montarem tendas, carregarem baús e removerem neve a fim de construir um quebra-vento, todos ocupados enquanto tremo junto da fogueira, com as mãos protegidas por luvas e estendidas para o fogo.

Os guardas empilham tijolos perto das chamas, e sei que todos serão levados assim que estiverem quentes, para serem colocados em sacos de dormir, para ajudar a aquecer os pés enquanto descansamos.

Os guardas trabalham depressa e com eficiência, surpreendendo-me com a rapidez com que terminam todas as tarefas. Logo todos estão reunidos em torno da fogueira, e há tendas espalhadas em todos os lugares em que uma brecha entre as árvores permite.

A chuva de gelo cai. Pedrinhas geladas ricocheteiam nos galhos e nos troncos, deixando madeira lascada onde tocam. O barulho que fazem é de pequenas explosões, e os galhos mais altos gemem, castigados pelo vento.

Era só uma questão de tempo até uma tempestade chegar. Foi sorte termos tido tantas noites amenas.

Observo Sail montando minha tenda à esquerda da fogueira, e me aproximo enquanto ele prende a lona em estacas no chão e estica o material.

— Quer ajuda? — ofereço, erguendo a voz para ser ouvida em meio à chuva de gelo.

Mas Digby se aproxima carregando peles enroladas.

— Não. Você não ajuda.

— Estamos a seu serviço, srta. Auren. Não o contrário — lembra Sail.

— Ótimo, porque não sei como armar uma tenda — brinco, e o faço rir.

Depois de concluída a montagem, Sail e Digby empilham com agilidade as peles no interior da barraca, e levam também minha lamparina para garantir luz e mais um pouco de calor, embora a minha seja a tenda mais próxima do fogo.

Sinto um pouco de culpa por receber tratamento especial, principalmente porque sei que os guardas e as outras montarias têm de dividir uma barraca com mais cinco ou seis pessoas, enquanto tenho uma só para mim. Por outro lado, pelo menos eles podem compartilhar calor.

Praticamente engulo minha porção da ração de viagem e água fervida, depois vou para minha barraca. Ainda temos algumas horas de noite, mas não vamos conseguir voltar à estrada por um tempo, considerando a robustez da tempestade. Quando nota que me dirijo à tenda, Sail se levanta e vai ocupar seu posto no toco de árvore ao lado da barraca, onde vai ficar de sentinela enquanto descanso. Ele segura a lona da abertura para eu poder entrar.

— Parece que perdeu a aposta, hein?

— Ah, mas nem consegui fazer a aposta, não é?

Sail ri e balança a cabeça. O fato de conseguir sempre manter o bom humor, independentemente dos eventos à sua volta, é um testemunho de seu caráter.

— Desta vez teve sorte. Na próxima vez, não vou deixar você escapar com tanta facilidade.

— Obrigada por me avisar. Boa noite.

— Boa noite, milady.

Entro na tenda, amarro as abas da abertura antes de me despir e vestir rapidamente uma camisola grossa de lã, e me encolho embaixo das cobertas de pele, deixando as botas para que sequem ao lado da lamparina.

O tijolo quente aos meus pés é um pedaço do paraíso, mas sei que esse calor não vai durar muito tempo. Não com o gelo caindo sobre a tenda, não com o vento que parece atravessar todas as camadas que me cercam.

O clima se manteve ameno por sete dias, mas agora o céu parece ter se partido em um milhão de pedaços que despencam em estilhaços.

Do lado de fora, a tempestade borbulha como um aviso.

Vou perceber tarde demais que devia tê-lo escutado.

21

A tempestade continua. Não como a Viúva do Vendaval soprando o lamento de seu desespero, mas como uma mulher desprezada despejando um inferno congelado de punição, tal qual Sail previu. Foram três dias longos e noites ainda mais longas. Chuva de gelo e neve, e depois um horrível temporal que chega em cascatas poderosas, encharcando todo o acampamento, congelando tudo o que toca.

Todos estão extremamente infelizes, até o bem-humorado Sail. Acho que o pobre Crisp está prestes a se rebelar. A fogueira apaga o tempo todo, por mais que os guardas construam abrigos de madeira para tentar impedir a ação do vento e da água.

Finalmente, eles têm de usar uma das lonas das tendas e amarrá-la bem firme entre as árvores altas para impedir que a chuva caia diretamente nas chamas. É bom para resolver o problema, mas não é tão bom para os homens que têm que dormir em acomodações ainda mais apertadas.

Ninguém pode caçar e, de qualquer maneira, não tem nenhum animal fora da toca com esse tempo, o que significa que tudo que temos para comer é carne seca e castanhas. Nada quente, nada fresco, exceto a água fervida da infinita neve derretida. Todo mundo passa a maior parte do tempo dentro das tendas, todos entediados, com frio e irritados, xingando um céu indiferente.

Até que finalmente, no quarto dia, a tempestade para.

Acordo com o som de chamas crepitando, em vez de vento, gelo ou chuva. Olho tenda afora pela primeira vez em horas e descubro que a lama desapareceu embaixo de uma nova camada de trinta centímetros de neve reluzente à iluminação cinzenta que vai enfraquecendo. Flocos leves caem do céu em uma dança preguiçosa e tranquila.

— Graças ao Divino.

A julgar pela posição do sol, eu diria que temos só mais uma hora de luz diurna.

Analiso em volta e vejo que a maioria dos homens abre caminho ou ainda lida com as carruagens atoladas, enquanto os outros afiam suas armas ou se alimentam. Mas é possível perceber que a disposição não é mais tão sombria; vários guardas brincam entre si e conversam, relaxados.

A maioria já se acostumou com a minha presença, agora que estamos viajando juntos por muitos dias, mas ainda percebo olhares curiosos e furtivos de vez em quando. No entanto, nenhum deles tenta falar comigo ou se aproximar de mim, exceto Digby e Sail. Ou Midas os preveniu de se manterem afastados, ou foi Digby. Provavelmente ambos.

Faço meu asseio na barraca e espero o anoitecer. Sei que vamos voltar à estrada assim que for possível levantar acampamento.

Lavo-me com uma jarra de água, usando um trapo frio e úmido. Viajar não tem nada de glamoroso, e sinto uma falta absurda das coisas com que fui mimada, como minha cama, meus travesseiros, minha banheira.

Pensar em ficar submersa em uma banheira de água quente me dá vontade de gemer. Em vez disso, preciso me contentar com esse rápido banho de esponja, que termino o mais depressa possível, com a pele arrepiada e batendo os dentes.

Preciso de coragem para despejar a água do jarro no cabelo, e quase grito ao sentir quanto está fria, mas consigo suportar e esfregar rapidamente a cabeça e os fios, antes de ficar com os dedos adormecidos.

Eu me visto com a pele ainda um pouco úmida, usando as fitas para trançar novamente o cabelo, antes de envolver o corpo com elas a fim de acrescentar uma camada de proteção e calor.

Quando estou vestindo a calça apertada forrada de flanela embaixo do vestido pesado, uma bandeja de comida é empurrada tenda adentro — provavelmente Digby garantindo que eu me alimente antes de voltarmos à estrada.

Pego a bandeja e me sento no saco de dormir, puxando as peles sobre o colo enquanto como. Tem uma perna inteira de carne assada e, apesar de não estar temperada, eu a devoro em segundos. A carne é quente e fresca, muito melhor do que aquela coisa seca e borrachuda que tenho consumido.

Quando terminei tudo o que havia no prato e quase o lambi, ajudo a guardar tudo que há dentro da tenda, enrolo as peles, guardo minhas roupas no baú e reduzo a intensidade da chama da lanterna.

Saio da cama e descubro que já não existe mais acampamento, e os homens de armadura jogam neve sobre a fogueira. Os cavalos já haviam sido levados e atrelados às carruagens desatoladas e consertadas, e a sombra da noite se espalha no horizonte, pronta para banhar o mundo em escuridão.

— Pronta, srta. Auren? — indaga Sail, aproximando-se por trás.

Afasto o floco de neve que cai sobre meu rosto.

— Mais do que pronta. Pensei que a tempestade não fosse acabar nunca.

— Perdemos alguns dias, e o caminho se transformou em gelo, mas a neve nova vai ajudar. E não estamos muito longe do Quinto Reino.

— Que bom — respondo, e começo a segui-lo para onde os cavalos já estão perfilados.

Digby me faz parar e me contempla com uma ruga na testa.

— Seu cabelo está molhado.

— Excelente capacidade de observação, Diggy — brinco, antes de levantar o capuz.

Mas até Sail está me fitando com ar contrariado.

— Ele tem razão. Vai pegar um resfriado.

— Vou ficar bem.

— Vai viajar na carruagem até seu cabelo secar — Digby decide.

É minha vez de enrugar a testa. Não quero ficar confinada na carruagem depois de três dias fechada na tenda.

— Prefiro cavalgar. — Digby balança a cabeça. — Fico de capuz — insisto.

Ele não responde, só me conduz até a carruagem e abre a porta, encarando-me. Obviamente, não vai se deixar convencer, e não vejo Crisp por ali, de qualquer maneira.

Suspiro, resignada.

— Está bem — resmungo. — Mas, assim que meu cabelo secar, vou cavalgar ao seu lado, e vou falar durante horas — aviso.

Não tenho certeza, mas acho que um canto de sua boca se ergue um pouquinho. Aponto para ela.

— Ah! Você quase sorriu — anuncio vitoriosa antes de olhar para Sail. — Você viu, não viu?

Ele assente, rindo.

— Definitivamente.

Digby revira os olhos e aponta o interior da carruagem com o polegar.

— Entre.

— Sim, sim — concordo, e subo na carruagem. Sail sorri para mim antes de fechar a porta, e me acomodo, apoio as costas na almofada do assento quando o grupo começa a progredir mais uma vez. Pelo menos minhas pernas e costas descansaram da longa cavalgada; não sinto mais os músculos doloridos.

Solto os cabelos da trança, espero que isso ajude a secar os fios mais depressa. Já estou maluca de tédio, e só estou aqui dentro há poucos minutos. Apoio a cabeça na parede da carruagem e fecho os olhos, ponderando quantos dias ainda temos de viagem até chegarmos ao Quinto Reino. Sei que a tempestade nos atrasou, mas não sei quanto.

O balanço suave da carruagem deve ter me feito adormecer, porque abro os olhos assustada. Olho em volta e percebo que a pequena lamparina do interior do veículo apagou.

As fitas me envolvem embaixo do casaco, fornecendo calor extra, e meu cabelo está seco. As mechas douradas caem atrás dos ombros.

Desorientada, observo a carruagem escura, incomodada por não conseguir identificar o que me acordou. Mas então percebo, o veículo parou.

Ainda está escuro lá fora, por isso sei que não estamos na estrada há muito tempo. É provável que a carruagem tenha atolado de novo, e o solavanco me despertou. Limpo a condensação da janela e espio lá fora, mas tudo o que consigo distinguir é um denso véu de escuridão.

Bato com os dedos flexionados no vidro.

— Digby? Sail?

Ninguém responde, e não escuto ninguém lá fora. Uma onda corrosiva de pânico ameaça me invadir, e levo a mão à cicatriz em meu pescoço — coisa que não faço há dias.

Chego mais perto da porta e encosto o rosto no vidro, tentando ver alguma coisa, qualquer coisa do outro lado da janela, mas só enxergo a luminosidade pálida da neve no chão. O restante é escuridão.

Seguro a maçaneta, pensando em sair e investigar, mas a porta é aberta de repente, e recuo surpresa quando a cabeça de Sail aparece na abertura.

— Grande Divino, que susto! O que está acontecendo?

— Perdão, srta. Auren — ele diz, e olha para a mão que mantenho no pescoço. Eu a abaixo rapidamente, e ele pigarreia. — Digby ordenou uma parada. O batedor viu algum movimento na neve, e ele enviou alguns homens para investigar.

— Que tipo de movimento?

— Ainda não sabemos.

Ameaço sair, mas Sail não se move e olha para mim, constrangido.

— Digby quer que você permaneça na carruagem.

É claro que ele quer, mas não suporto mais ficar aqui presa. A sensação de confinamento...

No segundo em que coloquei os pés para fora do Castelo Sinoalto, alguma coisa mudou. Como se um tampão tivesse sido removido do ralo e uma década de água — água que estava completamente contida dentro de mim — começasse a escoar. Não existe mais o esforço de manter a cabeça acima da superfície. Não tenho mais de respirar até encher os pulmões, lembrando-me de que, se eu tivesse ar, a correnteza esmagadora não me sufocaria enquanto eu me movesse na água.

Não posso voltar a isso. Mentalmente, emocionalmente, até fisicamente, pensar nisso me faz suar, e sei, simplesmente sei que não vou suportar.

É por isso que, mesmo tendo recebido ordens para permanecer no veículo, apesar da possibilidade de haver perigo lá fora, não posso continuar aqui. É muito apertado, uma lembrança muito palpável daquela eterna briga para flutuar, em vez de afundar.

Empurro Sail e salto para a escuridão.

22

Minhas botas tocam a neve com leveza quando salto da carruagem. Sail resmunga um palavrão atrás de mim, mas não reclama, não tenta me fazer voltar. Gosto disso nele.

— E os outros guardas?

Ele aponta.

— Lá na frente, em cima da colina, de onde podem ter mais visibilidade.

Assinto quando começamos a andar pela neve. Passamos pelas carruagens, e as mulheres põem a cabeça para fora pelas janelas, tentando ver o que está sucedendo. Os condutores esperam em seus lugares, impedindo que os cavalos fiquem ansiosos batendo com os cascos na neve.

Rissa é uma das que se debruçam nas janelas, mas, para minha completa surpresa, ela me chama pelo nome. Não fala comigo desde que a vi na sala do trono naquela noite, quando o Rei Fulke exigiu nossa atenção.

— O que está havendo?

— Ainda não sei — respondo com honestidade.

Seus olhos azuis estudam a paisagem escura.

— Se descobrir alguma coisa, conte para nós. — Ela volta ao interior do veículo, e Rosh e Polly começam a conversar em voz baixa.

GILD

Olho intrigada para a janela por um momento, antes de seguir adiante. Não sei se fico feliz por Rissa ter se disposto a falar comigo, ou se me ofendo com sua rispidez.

Sail olha para mim e sorri, mas não se pronuncia.

— Que foi? — pergunto.

Ele encolhe os ombros.

— Nada. Estou surpreso por você não ter pedido um livro, só isso.

— Um livro? — estranho.

— É, para jogar na cabeça dela.

Sail ri alto das próprias palavras, e fico boquiaberta antes de uma risada contrariada, constrangida escapar de mim.

— Eu queria ajudar!

Sail ri tanto, que perde o fôlego.

— Vou me lembrar de nunca pedir sua ajuda, srta. Auren.

Sorrio ante a provocação.

— Idiota.

— Essa é minha história favorita sobre você.

Passo a mão no rosto com um gemido baixinho.

— Vocês, guardas, são um bando de fofoqueiros. Todo mundo sabe?

— Sabe.

Balanço a cabeça.

— Grande Divino.

Ele para de rir aos poucos.

— Não precisa ficar com vergonha. Gosto da história.

Encaro Sail, mas ele ergue as mãos.

— Não só pelos motivos que imagina — explica. — Para ser bem franco, eu não sabia se queria essa atribuição, a de ajudar a escoltá-la até o Quinto Reino. É claro, no castelo, eu era só um sentinela do lado externo da muralha. Tedioso demais, frio o bastante para congelar as bol... hã, congelar — ele se corrige com um sorriso acanhado.

— Você pode falar "bolas" — brinco. — Não precisa ter esse cuidado ou censurar-se. Afinal, sou só uma montaria.

Mas Sail balança a cabeça.

— Definitivamente, você é mais do que isso, milady. E deveria exigir que as pessoas a tratassem de acordo com sua importância.

As palavras ditas por Sail me assustam, e o sorriso desaparece imediatamente de meu rosto quando a convicção de sua declaração coloca algo sério entre nós. Algo mais pesado, à diferença da leveza que mantemos habitualmente.

— Como eu estava dizendo — ele continua, preenchendo o silêncio constrangedor. — Eu não sabia se queria essa atribuição, mesmo que ela significasse um grande progresso. Mas nós, que fomos escolhidos por Digby, começamos a conversar. Trocar histórias. Foi quando ouvi o relato sobre você ter jogado um livro no rosto da pobre srta. Rissa. — Ele balança a cabeça com uma risadinha. — Alguns deles achavam que estava sendo só...

— Uma cadela? — sugiro.

Mais um olhar constrangido.

— Mas outros entenderam o que você tentou fazer, sabiam quanto a srta. Rissa estava cansada. Deduzimos tudo.

— E ficaram muito satisfeitos com isso, hum?

— Muito, mesmo. Mas foi assim que soube que tinha feito a escolha certa quando aceitei participar de sua escolta. Porque você não é o que algumas pessoas dizem, não é uma montaria arrogante, mimada e esnobe que fica sentada em sua torre, torcendo o nariz para todo mundo enquanto lustra a pele de ouro. — Faço uma careta para a descrição. — Não, você se importou o suficiente para tirar Rissa de uma posição difícil, mesmo correndo o risco de parecer a vilã. Fez alguma coisa, uma coisa meio rude, é verdade, e provavelmente não pensou muito bem no seu plano, mas agiu. Não ficou só olhando.

— É, fiz o nariz dela sangrar — respondo.

— Mas, por sua causa, ela pôde descansar durante o resto da noite.

— Bem, esse era o objetivo. Porém, como você disse, a execução foi meio desajeitada.

— Está vendo? — É como se ele provasse um ponto de vista. — Você é diferente. E não merece enfrentar tantas dificuldades por isso.

Eu o encaro enquanto continuamos andando pela neve e ajeito o cabelo atrás das orelhas. Estou emocionada, para ser sincera. Com as coisas que ele está dizendo, o jeito como me vê. Mas não sei como reagir. Não sou muito boa em me abrir, falar verdades de qualquer tipo. Por que seria, se durante toda minha vida me esforcei para suprimir tudo?

Sail deve perceber meu esforço e entende que estou acuada sob o peso de seus comentários, então faz o que aprendi a amar nele. Deixa o momento leve de novo, conseguindo devolver um sorriso ao meu rosto e nos levar de volta a um clima neutro e fácil de lidar.

— Mas quer um conselho? Talvez seja melhor não jogar mais livros.

— Vou me lembrar disso.

Nós dois finalmente chegamos ao topo de uma pequena colina, onde vejo todos reunidos um pouco adiante, silhuetas escuras iluminadas pelas lamparinas que eles seguram.

A maioria dos guardas permanece sobre os cavalos, mas alguns desmontaram e conversam, e quase todos fitam o horizonte distante. Encontro Digby com um grupo de guardas na frente dos demais, seu rosto voltado para a frente.

— O que estão olhando? — questiono ao me aproximar dele.

Um suspiro lento e pesado escapa do peito de Digby antes de ele olhar para Sail.

— O que a favorita do rei está fazendo fora de sua carruagem?

Nervoso, Sail coça a nuca.

— Bom, veja bem, o que aconteceu é que, hum... ela...

Eu o interrompo para evitar que se complique.

— Não é culpa dele. Eu insisti. O que está acontecendo?

Digby suspira mais uma vez, mas surpreendentemente, responde:

— Os batedores informaram que viram uma alteração na neve.

— Tipo... pegadas?

Ele balança a cabeça em uma negativa.

— Movimento, mesmo. Lá na frente. Deslocamento de neve.

— O que causaria isso?

Os homens se entreolham, e um deles replica:

— Avalanche.

Arregalo os olhos.

— Naquela montanha ali — explica outro guarda, um homem com uma barba densa cor de caramelo. Ele levanta a mão a fim de apontar na direção da montanha. — Mas estamos observando e não vimos nada. Outro batedor se deslocou até onde o movimento foi identificado para avaliar se consegue ouvir alguma coisa, identificar algum sinal de desmoronamento.

Olho para onde ele aponta, mas tudo o que vejo é o contorno preto dos picos das montanhas lá na frente. Diante de nós, à nossa volta, está a Planície Estéril. A região aberta de solo congelado entre o Quinto e o Sexto Reino, só um terreno baldio gelado que se estende por quilômetros e quilômetros.

— Uma avalanche pode nos atingir?

— Pode — Digby responde com tom sombrio.

Barba Caramelo explica:

— Temos muita neve extra e muito movimento por causa da tempestade. Uma avalanche daquela montanha atravessaria a Estéril. O terreno plano é liso, não tem nada que possa bloquear ou reduzir a velocidade da neve. Pelo contrário, ela ganharia velocidade. E nos alcançaria com facilidade.

Engulo em seco, e um nó gelado vai parar no meu estômago.

— E se esperarmos aqui e monitorarmos a situação? — Sail sugere.

— Esperamos e corremos o risco de uma exposição maior, usamos mais suprimentos — Digby começa. — Alvos fáceis que a neve vai engolir.

Barba Caramelo se manifesta de novo:

— E temos que atravessar aquele vale. É o único caminho para o Quinto Reino.

Esfrego as mãos nos braços quando o frio aumenta, expostos como estamos no topo desta colina.

— Quando o batedor volta?

Os guardas trocam um olhar carregado.

— Aí é que está. Ele já devia ter voltado.

23

Os guardas estão sérios. Incomodados. Todos se mantêm vigilantes no alto da colina, e a tensão é visível neles desde a linha dos ombros até a posição dos pés.

Ali, em cima daquela colina sem nome na última faixa do território do Sexto Reino, de repente me sinto exposta como uma árvore despida de sua casca.

Por um momento, ninguém se manifesta. Todos olham para a montanha distante, o destino do batedor. Pegadas solitárias entre nosso grupo e a montanha já começam a ser apagadas pela neve que cai.

Longos minutos passam e, apesar de esperarmos atentos, não há qualquer sinal do batedor. Ao meu lado, Digby mantém a boca contraída em uma linha firme, como se tomasse uma decisão. Ele olha para alguns soldados.

— Vocês três vêm comigo, nós vamos atrás do batedor. O restante fica com as carruagens. Estejam prontos para seguir viagem.

Os três homens assentem e vão montar em seus cavalos, e Digby olha para Sail.

— Proteja-a — ele ordena, carrancudo.

Sail o saúda batendo com o punho direito no ombro esquerdo da armadura.

— Sim, senhor.

Digby olha para mim como quem diz "comporte-se".

Para tranquilizá-lo, tento imitar a saudação de Sail, mas exagero e erro a mira, e acabo acertando um soco *bem* violento em meu próprio braço.

— Ai — resmungo, e massageio a área com uma careta de dor.

Digby suspira e olha de novo para Sail.

— Proteja-a muito.

— Ei! — reajo, indignada.

Sail quase não contém a risada divertida.

— Conte comigo, senhor.

Digby encaixa o pé no estribo e monta. Ajusto melhor o meu manto em torno do corpo.

Ele assobia, e os três homens descem a encosta a galope em direção ao caminho que o batedor desaparecido percorrera. Um deles carrega uma estaca com uma lamparina para iluminar a área.

Não sei como vão conseguir enxergar alguma coisa para procurar o batedor, mas espero que o encontrem e voltem logo. Esperar aqui é plantar uma semente de desconforto no chão que piso, e isso me enche de aflição. Ficar aqui parada, como água estagnada apodrecendo.

— Acha que vão encontrar o homem?

Sail assente, confiante.

— Vão encontrar o rastro dele.

— Mesmo nesta escuridão? — insisto, incrédula.

— Não se preocupe. — O olhar de Sail me conforta. — Digby é o melhor guarda que já conheci. É inteligente e tem bons instintos. Tenho certeza de que o batedor se perdeu, só isso. É fácil de acontecer lá embaixo.

Movo a cabeça em uma resposta afirmativa, engolindo a preocupação para não permitir que ela deslize pela língua e encontre a minha voz.

— Vamos, srta. Auren, vou levá-la de volta à carruagem. Pelo menos não estará exposta ao frio — Sail sugere.

Hesito, ainda olhando para a luz da lamparina da equipe de busca, para a luminosidade que vai ficando menor com a distância. Logo ela é o único vislumbre que consigo ter, com as sombras dos cavaleiros totalmente engolidas pela noite.

Vejo aquela luz como se fosse um dos vaga-lumes do sul de Orea, onde há boatos de que eles aparecem em estradas escuras e solitárias para levar os perdidos de volta para casa com seu brilho ultravioleta.

Desde aquela noite em que uma lâmina foi apertada contra o meu pescoço, passei a contar com a presença inabalável de Digby. Nunca falamos sobre o assunto — isso não faz o tipo dele —, mas, à noite em minha gaiola, quando acordava por causa de um pesadelo, já o via ali, de sentinela contra a parede, mesmo que faltassem horas para o início de seu turno.

Era como se Digby soubesse que eu precisava dele, como se soubesse que eu continuaria vendo aquela lâmina, aquele sangue, aquela linha entre a vida e a morte. Ele sabia, e estava ali para me proteger todas as noites, mesmo que fosse só contra fantasmas em meus sonhos.

É tolice, mas ao vê-lo desaparecer sinto uma garra deslizando por minhas costas, fazendo minhas fitas se encolherem.

— Não se preocupe — Sail repete, obviamente captando a direção dos meus pensamentos. — Eles vão voltar logo.

— E se houver um deslizamento na montanha?

Sail começa a me levar colina abaixo.

— Uma bobagem como uma avalanche não vai ser suficiente para detê-lo. Ele é teimoso demais. — E sorri para mim. — É um soldado bom demais.

— Ele é? Então, deve odiar ter de servir de babá o tempo todo — respondo com uma risada seca, tentando fingir, encobrir a preocupação.

Sail balança a cabeça.

— Ouvi dizer que foi ele que pediu.

— Sério?

— Sério.

Um sorriso distende meus lábios frios. Eu sabia que ele gostava de mim.

— Ainda vou convencer Digby a disputar comigo um jogo envolvendo bebida alcoólica.

Sail ri.

— Vai ser difícil. Nunca vi Digby rir ou relaxar. Mas, se tem alguém que pode conseguir isso, certamente é você.

— Descobriu por que paramos?

Olho para a frente e me deparo com Rissa e as outras montarias fora das carruagens, reunidas na neve.

— O batedor desapareceu. Foram procurá-lo.

Seu rosto bonito se contrai em virtude da preocupação.

— Vamos passar a noite aqui?

Sail balança a cabeça, mantendo uma das mãos no cabo da espada.

— Não, vamos continuar assim que eles voltarem. — E olha para mim. — Vamos, você está tremendo como uma folha. Entre na carruagem.

Não discuto, só o acompanho. Quando chegamos à minha carruagem, ouço o trovão. Olho para o céu e gemo.

— Outra tempestade? — A ideia de ficar presa novamente em meio a uma torrente de vento e chuva congelante não é nada animadora.

Sail enruga a testa, mas não está mirando o céu. Ele fita a montanha distante, lá na frente.

— Acho que não foi um trovão.

— Ei, o que é aquilo? — pergunta uma montaria atrás de nós, apontando para a frente.

Todas abandonam as carruagens e se reúnem em torno da base da colina, encarando o vale. Sail e eu nos juntamos a elas, examinando a paisagem, mas meus olhos são atraídos por algo distante, brilhante como um farol.

— Aquilo é... fogo? — Polly pergunta.

A luz quente parece flutuar distante, um brilho alaranjado que corta o negrume da noite como mancha em um vidro.

— Não pode ser a lamparina do batedor? — alguém sugere.

— Não. — Sail balança a cabeça. — Está muito longe... e é grande demais para ser uma lamparina.

Todavia, assim que ele diz que é "grande demais", o fogo se fragmenta em dezenas de focos menores. As chamas se espalham, ondulando e mudando de forma, até desenharem uma linha através da planície de neve, uma linha tão longa que preciso me esforçar muito para enxergá-la à direita e à esquerda.

— Mas o que em nome do Divino... — começo.

O barulho se repete. Um estrondo de trovão ao longe. O tipo de som tão baixo que quase não se ouve, mas é possível senti-lo. E não vem das nuvens.

Atrás da estranha linha de luz do fogo, na base da montanha, a neve se move. Cai. Como fumaça que se ergue, uma névoa branca se espalha, encobrindo as bolas de luz por um momento, enquanto a neve na base da montanha se movimenta.

— Ai, Divino, é uma avalanche! — grita uma das mulheres. Duas outras berram em pânico, e algumas se viram para correr.

Mas eu contemplo aquilo, fascinada, enquanto as sombras que pensei serem a base da montanha se rompem. Elas se rompem e passam a seguir os pontinhos de fogo. Aquelas formas escuras, aquelas luzes, elas se movem muito depressa, vêm em nossa direção. O barulho ecoa no ar outra vez, e todo o meu corpo fica tenso.

— Não é uma avalanche — Sail murmura ao meu lado.

O medo aumenta, ganha densidade como um nevoeiro, domina minha respiração.

— Puta merda Divina — um guarda blasfema. — Piratas da neve!

Uma piscada. Uma inspiração. Um momento isolado para absorver a informação, digerir as palavras. E então o caos.

Antes que eu consiga imaginar as implicações da situação, Sail me segura pelo braço e me arrasta dali, não para nem quando tropeço na neve alta. Não me deixa reduzir a velocidade.

Seu rosto empalideceu, e agora é dominado pelo pânico. Muito, muito pânico.

— Vamos!

Ele corre para as carruagens me puxando consigo. Meus pés tentam acompanhá-lo, as pernas se esforçam em meio à neve, afundam até a metade das canelas, as saias ficam pesadas e molhadas.

Devagar. A impressão é de que estamos indo muito devagar, apesar de eu ir tão depressa quanto posso.

Os homens gritam ordens, palavras em que não consigo me concentrar o suficiente para compreender. Sail continua me puxando para a frente, enquanto as outras mulheres correm conosco, tropeçando e gritando.

Piratas da neve. Estamos prestes a ser atacados por piratas da neve.

Já ouvi falar deles, mas sempre foram uma história distante, nada que jamais tenha imaginado testemunhar pessoalmente. Eles vagam por aqui pela Estéril, vigiam o Porto Quebra-Mar, pilham importações, espionam rotas mercantes, roubam tudo o que podem.

Eles chamam a si mesmos de Invasores Rubros, mantêm o rosto sempre coberto por balaclavas vermelho-sangue. Ouvi Midas reclamar sobre carregamentos roubados, sem dúvida obra deles. Mas ninguém jamais mencionou o perigo de nós sermos rastreados por piratas da neve. Eles atacam navios e grandes cargas. Não caravanas de viajantes.

Sail e eu corremos tanto quanto é possível e, quando alcançamos minha carruagem, o ar é sacudido por mais uma explosão. Desta vez, um novo som acompanha o trovão. Sail e eu paramos para ouvir e, ofegantes, olhamos para trás, aguçando os ouvidos.

É alto. Profundo. Instável.

— O que é isso? — pergunta uma montaria, e mais delas se refugiam nas carruagens.

O barulho aumenta. Irregular, mas constante, um monte deles, não mais um retumbar isolado. Uma fração de segundo mais tarde, percebo que são vozes. Centenas de vozes erguidas ao mesmo tempo em um grito de guerra. E soam cada vez mais alto — mais alto e mais próximo.

— Temos que ir! Agora! — Sail grita para os outros soldados, que já montaram, puxam rédeas ou ajudam mais montarias a entrar nas carruagens, apressando-as.

— Vá, vá! — Sail ordena, quase arrancando a porta para me deixar entrar. Ele bate a porta assim que entro e a trava, e meu coração dispara, acompanhando o ritmo do grito de guerra que ecoa pela terra estéril.

— Cadê a porra do condutor? — ouço Sail gritar. Mais gritos, mais montarias passam correndo. Mais guardas montando em seus cavalos.

— Merda!

Pela janela, vejo Sail abandonar o cavalo e correr para a minha carruagem, saltar para o assento do condutor.

— Vamos! Sigam para o desfiladeiro! Protejam a favorita do rei!

Um segundo depois, o estalar de rédeas corta o ar como uma árvore rachando no meio do tronco. A carruagem arranca, quase me arremessa longe quando avança pela neve. Sail faz os cavalos correrem tanto quanto podem. Sou jogada de um lado para o outro, escorrego pelo assento. Só escuto o retumbar dos cascos dos cavalos na correria, mas as rodas rangem pelo esforço de girar na neve profunda.

Guardas montados se aproximam e cercam minha carruagem, viajam dos dois lados para defendê-la, para me defender. Os mantos dourados tremulam atrás deles, os capuzes são jogados para trás, e mal consigo ver os rostos que agora são sombras de medo. Pela janela à esquerda, consigo ver uma das carruagens das montarias correndo junto à nossa, mas não encontro as outras enquanto avançamos em alta velocidade.

Tento focar adiante, determinar a que distância estamos do desfiladeiro da montanha e se temos alguma esperança de chegar lá, mas desanimo ao analisar a distância de verdade. É muito longe. Estamos muito longe.

Gritos soam. Minha cabeça vira para a esquerda e para a direita, de uma janela para a outra; contudo, a cada vez que me viro para olhar, parece que outro guarda desapareceu, engolido pela noite.

Flocos de neve passam pela janela. Diminuem a visibilidade e fica ainda pior quando a carruagem sofre um solavanco, que faz a lamparina do lado de fora se chocar contra a parede e apagar.

Agora estou cercada pela horrível escuridão, correndo muito, ouvindo os gritos de guerra que se tornaram suficientemente altos para abafar o som dos cascos dos cavalos, das rodas e do estalar das rédeas. O barulho aumenta, independentemente da direção em que Sail nos conduz, de quanto os cavalos correm.

Eles vêm em nossa direção. Como se estivessem esperando. Como se soubessem.

O medo me consome. A visão afunila, a respiração fica errática.

Sinto as fitas se desenrolarem de minha cintura. Todas, duas dúzias delas soltas e sinuosas sobre meu colo, como serpentes se encolhendo, assumindo a defensiva. Quando minhas mãos tremem, elas deslizam entre meus dedos, escorregam pelas palmas, envolvem os polegares. Sedosas, fecham-se e se contorcem, como um amigo afagando minhas mãos para me proporcionar conforto.

Afago-as de volta.

Barulho. Tudo é barulhento. E está perto. A carruagem inteira sacode com a velocidade, com o vento, com o som. Lá fora, alguma coisa se quebra. Alguém grita. Um cavalo relincha. O vento refuga.

Além da janela, aquelas bolas de fogo estão chegando. Velozes... elas se aproximam a uma velocidade impossível.

Atrás delas há sombras pesadas que mal consigo vislumbrar, mas aquelas luzes ardem vermelhas, um brilho de alerta, um presságio do qual não consigo desviar o olhar.

Uma das rodas da carruagem se choca contra algo duro e me atira para cima. Só não caio porque minhas fitas se estendem, protegem meu corpo do choque contra as paredes.

Sail grita alguma coisa que não entendo, e um segundo depois o veículo faz uma curva fechada à esquerda. As rodas sobem, o chão continua onde está. Um grito agudo escapa de minha boca quando colidimos contra o solo e capotamos.

Por uma fração de segundo, a gravidade desaparece. Uma pausa na queda, meu corpo sem peso, flutuando como se fosse suspenso por fios invisíveis.

Em seguida, aquela flutuação mansa, aquela bolsa de ar me abandona com um movimento violento. A carruagem capota, e desta vez nem as fitas me protegem do impacto.

Estou rolando. Sou arremessada, rolo como uma bola de neve em uma encosta lisa, ganhando peso, velocidade, sem esperança de uma parada suave, sem chance de controle. Só a constatação sinistra de que estou nas garras dessa queda, e só o impacto pode interrompê-la.

Assim como uma boneca de pano, vou de um lado para o outro, e sou atingida em todas as partes do corpo. Por um momento, tenho medo de que as cambalhotas nunca cessem, de ficar presa na queda, para sempre girando no escuro, sem esperança de fim.

Cacos de vidro voam, madeira se quebra, frisos de ouro se partem. Então, com uma última cambalhota, a carruagem geme e tromba de lado contra um monte de neve, e minha cabeça encontra a parede com um estalo pavoroso.

Sinto uma explosão de dor, um desabrochar daquele vermelho, daquele fogo carmim queimando por trás dos olhos que enxergam cada vez menos. Então perco os sentidos, o som daquelas vozes ainda ali como uma presença turva infectando o ar e me envolvendo por completo.

24

Raios de um sol há muito esquecido tocam meus olhos, reflexos dourados que acariciam as pálpebras fechadas. Suspiro em meu sono, a alegria surgindo de repente, a nostalgia me tocando. Viro o rosto na direção daquele calor luminoso, mas não consigo identificá-lo, não o sinto completamente.

Ocorre outro contato acetinado na testa, e consigo abrir os olhos, mas sou surpreendida por uma explosão de dor. Pisco ao sentir a pulsação que se espalha pelo crânio, e duas das minhas fitas se afastam do rosto e descem para os braços, acariciando-os como se fossem as próximas coisas que pretendessem despertar.

Não são raios de sol, então, mas minhas fitas persistentes, protetoras. A luminosidade reconfortante só existia na minha cabeça.

Gemendo, sento-me para avaliar onde estou, e então tudo retorna. O corpo todo enrijece quando volto ao presente e me deparo com o interior da carruagem imóvel, quebrada, caída de lado.

A neve que entra pela janela quebrada se acumula sob mim e já entorpece minhas pernas. Consigo puxar os pés para baixo de mim, e vou adequando os olhos à escuridão para me levantar. A porta está acima de mim; aos poucos consigo ficar em pé e erguer a mão à procura da maçaneta.

Quando a seguro, identifico o som de luta do lado de fora. O inconfundível estalar de espadas, grunhidos guturais dos feridos, gritos das mulheres. Isso tudo me acovarda por um segundo, o barulho me faz querer me encolher e tampar os ouvidos.

Mas me obrigo a continuar em pé, apesar de os joelhos tremerem, apesar da tontura que faz a cabeça girar. Resisto a tudo, porque não posso desmaiar de novo. Não posso me acovardar nem me esconder.

Sail está lá fora. Os outros guardas, as outras montarias... Seguro a maçaneta com mais força para me equilibrar e passo a cabeça pela moldura da janela. Só um pouco, o suficiente para espiar lá fora.

Tudo que vejo, no entanto, é um homem subindo na carruagem, e o movimento é marcado por um barulho alto. Volto para dentro e bato a cabeça, já dolorida, no batente da janela, como se tivesse alguma chance de me esconder. Mas antes que eu consiga recuar, o homem aparece na janela, um par de olhos me encontra e as mãos agarram meus braços, me puxando para cima.

Grito e esperneio, mas ele me levanta como se eu não pesasse nada, como se a minha resistência não o incomodasse. O homem me tira da carruagem, os dedos apertam meus braços com brutalidade, e minha cintura raspa nos cacos de vidro que ficaram na janela quebrada.

Assim que me põe em pé em cima da carruagem, ele me agarra e joga para baixo sem nenhum cuidado.

Não tenho tempo nem de respirar fundo antes de cair de cabeça e mergulhar em um monte de neve. Bato em uma pedra escondida sob o manto branco. Meu ombro e minha boca se chocam contra uma lateral afiada, e sinto imediatamente o gosto de sangue, enquanto me encolho de dor.

Zonza, ouço o homem pular da carruagem atrás de mim, e ele me puxa pelas costas do casaco e me põe em pé. O tecido aperta meu pescoço.

À luz velada e etérea de uma lua encoberta, vejo um dos cavalos morto na neve, ainda atrelado à carruagem quebrada. O outro conseguiu escapar do arreio e fugiu.

Não vejo Sail.

Dedos envoltos em grossas bandagens brancas seguram meu queixo e viram meu rosto, me obrigando a encarar o homem que me capturou. A primeira coisa que noto é que ele está vestido com pele branca dos pés à cabeça. Confunde-se com a passagem que nos cerca, exceto pelo pano vermelho-sangue sobre o rosto — do famoso bando dos Invasores Rubros.

— O que temos aqui? — A voz dele é abafada, mas áspera, como se a laringe tivesse congelado há muito tempo neste mundo frio. Uma garganta gelada, palavras que vêm à tona como estilhaços de gelo.

— Saia de perto dela!

Olho de repente para a esquerda e vejo Sail sendo trazido sob a mira de uma faca por mais três piratas. A armadura de ouro e o manto sumiram. Ele foi despido até do uniforme, e usa apenas uma túnica fina e uma calça comprida. O rosto está inchado e machucado, e um fio de sangue coagulou sobre a testa — um ferimento provocado pelo acidente com a carruagem ou pela luta contra os Invasores Rubros.

O pirata que me segura ri da resistência de Sail, mas os dois que o seguram pelos braços o controlam com um soco no estômago, obrigando-o a se curvar para a frente. Sail tosse, respira com dificuldade, e gotas de sangue caem na neve a seus pés.

— Agora vamos dar uma olhada nesta aqui — anuncia o homem que me segura, antes de empurrar meu capuz para trás.

No momento em que descobre minha cabeça, o pirata segura meu queixo novamente e vira meu rosto para a luz pálida. Ele arregala os olhos ao ver meu cabelo, a pele, os olhos. Não sei quanto consegue enxergar, mas parece que viu o suficiente.

— Olha só isso aqui.

Meu estômago se contrai, o medo enrijece as fitas imobilizadas pela pressão em minhas costas.

— Ela tem a cara toda pintada.

Fico surpresa, mas não me atrevo a demonstrar alívio. Não me atrevo a falar.

O pirata que segura Sail lambe os lábios.

— Hum. Ela é bonita. O Capitão Fane vai querer ver a garota.

O homem grunhe e solta meu queixo.

— Vocês três, levem os dois — diz, antes de enfiar os dedos na boca e emitir um assobio ensurdecedor. — Vou dar um jeito de tirar a carruagem daqui.

Um dos outros deixa escapar uma risada abafada.

— Boa sorte. Essa coisa é pesada demais. Olha todo o ouro que tem nela!

— Sim, é pesada o suficiente para valer um bom dinheiro — responde o pirata.

Ouço um movimento atrás de mim e vejo mais Invasores Rubros se aproximando, respondendo ao chamado do assobio. O primeiro pirata me solta, mas me entrega a outro. As mãos seguram meus braços com brutalidade e me arrastam dali, apesar de eu tentar protestar. Sail e eu somos levados encosta acima, e a carruagem quebrada fica para trás.

Sail mantém os olhos cravados em mim, ignorando como os dois piratas o dominam, debatendo-se não por ele, mas para tentar chegar mais perto de mim, como se quisesse servir de escudo, me proteger.

— Nem pense em tentar alguma coisa — um dos piratas avisa, mantendo a faca contra um lado do corpo de Sail.

As lágrimas que inundam meus olhos são frias. Muito, muito frias.

— Sinto muito, milady — Sail lamenta, e encontro derrota e raiva em seus olhos.

Além da armadura, os piratas também pegaram seu capacete. Com o medo estampado no rosto, ele parece ainda mais pálido do que de costume. Só os hematomas e o sangue proporcionam alguma cor ao rosto. O terror sombrio que ele tenta conter é muito diferente da conhecida jovialidade, da gentileza franca que normalmente se vê em seus traços.

— Não é sua culpa, Sail — respondo em voz baixa, tentando ignorar a forma como o pirata à minha direita aperta meu braço, usando tanta força que prejudica a circulação. Meu corpo quer tremer de pavor, mas contenho o impulso como a mão que pressiona uma ferida hemorrágica. Suprimo o sentimento. Sufoco-o.

— É, sim. — A voz de Sail oscila, e meu coração se parte com o som daquela confissão trêmula. A rachadura se alarga quando observo a garganta dele se mover, como se tentasse engolir o pânico, seguir em frente, apesar das circunstâncias.

Tudo em que consigo pensar são as histórias que ele me contou quando cavalgávamos lado a lado nas longas noites. Sobre os quatro irmãos mais velhos, que corriam descalços e livres pelos cortiços de Sinoalto. Sobre a mãe rígida, mas amorosa, que os punha para fora de casa com o cabo de uma vassoura e uma cara feia, mas andava a noite toda sozinha procurando por eles quando um dos filhos não voltava na hora do jantar.

Ele não merece isso. Conseguiu progredir dos barracos para o alojamento militar, para a guarda pessoal da favorita do rei, tudo sem uma moeda no bolso. Ele é a pessoa mais gentil que já conheci, e não merece ser empurrado encosta acima por um pirata sem nome.

Sail olha para mim, e vejo o olho roxo ficando mais escuro e inchado a cada segundo. Ele parece torturado. Não por si mesmo, mas por mim. O pomo de adão está em movimento de novo.

— Eu devia cuidar da sua segurança. Proteger você...

— E protegeu — respondo com firmeza, interrompendo-o. Não vou deixar que se culpe por isso. — Não tinha mais nada que pudesse fazer.

— Muito bem, calem a boca os dois, ou vou amordaçar vocês. — O pirata que está me segurando me sacode para dar ênfase ao aviso, e me deixa mole, apesar de eu tentar manter minha coluna dura como aço.

Os olhos azuis de Sail brilham de raiva quando ele vê o pirata me tratando com tanta violência, mas balanço a cabeça assinalando que ele não deve reagir, não deve brigar.

Ficamos em silêncio quando nos empurram para seguirmos em frente. A cicatriz no meu pescoço pulsa como uma premonição dolorida. Um pessimismo físico, como se ela soubesse que minha vida está novamente sob a ameaça de uma lâmina.

Minhas fitas querem envolver o pescoço, proteger a área vulnerável, mas as mantenho abaixadas, recolhidas em torno do corpo.

Atrás de nós, o desfiladeiro da montanha é um cenário ameaçador. Uivos de vento brotam daquele vão entre os picos, empurrando-nos para ainda mais longe. Dou as costas para o contorno escuro, odiando ver sua boca aberta debochando de nós, escancarada como que para gargalhar.

Muito longe. Longe demais. Nossa única chance de escapar, e nunca tivemos uma chance real de chegar lá. Até as montanhas sabem disso.

O vento risonho continua soprando.

25

Sail e eu somos arrastados encosta acima. Deixamos rastros pesados, longos, e a neve profunda ameaça nos derrubar a cada passo. Mas os Invasores Rubros se movem com facilidade, como se pernas afundadas até as canelas e passos forçados não representassem nenhuma dificuldade para eles.

Só algumas dezenas de passos, mas o esforço necessário para cada um deles e a mão do pirata apertando meu braço, arrastando-me, são suficientes para me fazer chegar ofegante ao fim da subida.

Estou ocupada demais recuperando o fôlego para assimilar de imediato a imagem. Todavia, quando consigo observar o território plano lá embaixo, meus olhos se arregalam. Ouço Sail inspirar mais forte ao meu lado.

O vazio desapareceu, não há mais a paisagem plana e branca pela qual a Estéril é conhecida. Ela foi invadida.

Há três grandes navios piratas feitos de madeira branca lá embaixo. Estão sobre bancos de neve, como navios atracados em um porto marítimo, mas não têm velas. Ondas e vento em geral movimentam um barco no mar, mas estes aqui são como imensos trenós, movidos não por vento, maré ou remos, mas por uma força inteiramente diferente.

— Garras-de-fogo — Sail diz com uma mistura de espanto e admiração ao meu lado.

Olho para os felinos brancos lá embaixo. São enormes. Têm três metros de altura pelo menos, com presas curvas que ultrapassam a mandíbula inferior e terminam em forma de pás, usadas para raspar neve e gelo.

Mas a parte mais impressionante deles, além do tamanho, é o fogo em torno das patas. Alguns têm chamas acesas, outros não, alguns têm as quatro patas incandescentes, enquanto em outros só uma queima, como se tivessem um pé na porta do inferno.

Isso explica as bolas de fogo que vimos ao longe.

Quando um dos Invasores Rubros levanta o chicote e o estala sobre uma fileira dessas criaturas para fazê-las puxar o navio, um rugido fabuloso é emitido por toda a fila, uma demonstração unificada de ferocidade. O barulho corta o ar e penetra o solo, fazendo meus pés vibrarem.

Isso explica o trovão.

— Pensei que os garras-de-fogo fossem um mito — comento.

O pirata ao meu lado dá risada.

— Estão mais para pesadelo — intervém. Mesmo que o seu rosto esteja coberto, posso perceber que está sorrindo. — Um movimento da pata, e eles matam um homem... ou uma mulher.

Olho para ele e tento não estremecer.

— Ou morre pelo ferimento das garras de lâmina ou é torrado pelas chamas. Nenhum dos dois é um jeito muito bom de partir.

Não quero nem chegar perto daquelas coisas. Infelizmente, os piratas nos puxam pelo outro lado da colina, agora descendo, levando-nos para perto das criaturas, dos navios e das centenas de piratas lá embaixo.

Olho e assimilo tudo o que posso, à procura de rostos conhecidos, esperando vê-los e, ao mesmo tempo, torcendo para não os ver. Quando nos aproximamos, percebo sinais de luta, mais cavalos mortos, outra carruagem sendo desmontada e feita em pedaços, cada milímetro de ouro removido e transportado para os navios.

Os piratas trabalham de maneira metódica, saqueando tudo, todos os baús e cortinas do veículo.

Os cavalos sobreviventes também são levados para um dos navios menores, os cascos batucando na madeira da rampa de embarque, a maioria olhando com nervosismo para os garras-de-fogo. Crisp é um deles. Eu o reconheço pela cauda, pelo fio de ouro que trancei nela.

Os piratas invadem todos os espaços, removem montarias que reagem aos gritos, vasculham nossos pertences. Enfrentam e debocham de nossos guardas, em número infinitamente menor. Cada um deles usa o mesmo traje de pele branca, o mesmo tecido vermelho cobrindo rosto e cabeça, deixando apenas os olhos expostos.

As chamas das patas de fogo dos felinos iluminam a cena, projetam uma luminosidade escarlate e trêmula, piorando tudo ainda mais. Desvio os olhos de um dos navios e vislumbro o sangue pela neve branca — tão escuro que parece preto. Então, noto os guardas imóveis descartados no chão.

Ao meu lado, Sail fica imóvel. Silencioso. O medo se espalha por meu peito como fumaça ácida, queima meus olhos, polui o coração.

Para todos os lugares que olho, encontro guardas mortos ou capturados sendo despidos de tudo, menos das roupas íntimas. Os que estão vivos foram surrados e estão ensanguentados, tremendo de frio, até com as botas roubadas; as roupas e a armadura jogadas em uma pilha a ser distribuída entre os navios.

Mordo a língua com tanta força, que sinto o gosto de cobre na boca. Eu a mantenho ali entre os dentes, mordendo-a repetidas vezes.

Quando nos aproximamos dos navios, o calor das fileiras de garras-de-fogo ameniza o frio rigoroso da noite, mas não me aquece. Não oferece conforto algum.

Analiso os guardas, olho entre os piratas, mas não identifico o rosto que procuro. Não vejo Digby.

Um pirata nos avista e se aproxima.

— Outra montaria? — pergunta, olhando-me de cima. — Levem-na para lá. — E acena com a cabeça para a esquerda. Olho naquela direção e vejo as montarias ali enfileiradas, vigiadas por um grupo de piratas dizendo obscenidades, tocando nelas. Rosh, o rapaz, leva uma pancada nos joelhos. Os piratas debocham dele, cospem nele. Vejo que ele mantém a cabeça loira abaixada.

Observo o outro lado.

— Sail. — Mas me calo, porque já estão me levando, enquanto os piratas que o imobilizam o levam em outra direção.

— Vai ficar tudo bem — ele promete, mas, mesmo no meu estado de choque, ouço a mentira trêmula em seus lábios.

— Sail! — O nome dele é um grito. O pânico se expande, explode de repente. — Sail! — grito de novo, lutando contra o homem que me segura.

Nada. Meus esforços não dão resultado. Mesmo que eu conseguisse escapar dele, há outras centenas para me pegar.

— Está tudo bem — Sail responde com a voz tensa, o rosto em agonia. — Está tudo bem, está tudo bem.

A resposta repetida é como uma súplica.

Sou levada para longe dele, e Sail desaparece do meu campo de visão quando me empurram para um grupo de doze montarias. Sou posta em fila com elas na frente do navio maior, com dezenas de garras-de-fogo atrás de nós. As patas vermelhas arrancando vapor da neve, uma névoa que tinge o solo de vermelho.

Quando sou deixada atrás das outras montarias na fila, olho para a frente, dou as costas para o navio e vejo Sail ser levado e jogado de joelhos na neve ao lado dos outros guardas ainda vivos.

O pirata que o conduz desfere um chute violento contra suas costelas, garantindo que ele vai continuar abaixado. Mesmo tossindo e envolvendo o corpo com os braços, Sail mantém a cabeça erguida, os olhos em mim. Como se quisesse ter certeza de que não vai me perder, ou para me mostrar que não estou sozinha.

Ao ouvir um choramingo, olho para a esquerda e vejo Polly tremendo ao meu lado, o rosto sardento lavado pelas lágrimas. Ela chora tanto que tem dificuldade para respirar, o vestido está rasgado em várias partes, o corpete em pedaços. Apesar de tentar segurar as partes com as mãos trêmulas para se manter coberta, o estrago é tão grande que ela tem os seios quase nus.

A raiva cresce dentro de mim, raiva e também desespero. Removo rapidamente o casaco e o coloco sobre os ombros dela para ajudá-la a se cobrir. Polly se encolhe quando a toco e tenta empurrar minha mão, mas, quando vê que sou eu, desiste de brigar.

— O que está fazendo? — pergunta, agora sem o habitual tom de deboche.

Ignoro o questionamento, seguro seu braço e o enfio na manga do meu casaco, depois a ajudo com o outro braço. Abotoo o casaco, mas minhas mãos tremem tanto que tenho de fazer várias tentativas antes de fechar o primeiro botão.

Coberta, ela olha para mim, e vejo uma linha desenhada em seu rosto, um sinal deixado por uma bofetada.

— Obrigada — ela murmura.

Aceno com a cabeça, sentindo o ar frio me atingir com mais violência, mas o lado positivo? Ainda tenho o pesado manto de lã, o vestido e a calça apertada.

Um olhar para os guardas despidos é suficiente para me fazer tremer por eles. Se não saírem logo do frio, podem sofrer uma hipotermia e correr o risco de ferimentos graves por congelamento.

— O que vão fazer com a gente? — pergunto, vendo que os piratas continuam a trabalhar. Alguns nos vigiam, impedindo que saiamos dali, mas, além de chorar e sussurrar, nenhuma montaria se atreve a tentar alguma coisa.

Há algumas mulheres na fila entre mim e Rissa, mas eu a vejo falando em voz baixa com a garota a seu lado. Ela é uma das montarias mais jovens e chegou há pouco tempo, ainda não sei seu nome. É pequena e de aparência frágil, tem cabelo preto e sedoso e olhos amendoados, e neste momento parece petrificada. Rissa vê que estou olhando, mas sua expressão é sombria, apesar da forma como segura a mão da menina para oferecer conforto.

Ao meu lado, Polly solta uma gargalhada amarga.

— O que acha? — pergunta. — São piratas. Os Invasores Rubros são famosos pela selvageria e pela brutalidade. Ninguém mais conseguiria sobreviver aqui na Estéril. Vão usar a gente, depois vender, assim como fazem com tudo o que roubam. Se tivermos sorte.

Meu corpo todo treme, e levanto a mão para tocar a cicatriz. Fiquei apavorada naquela noite com o Rei Fulke. Mas isso? Isso é um novo nível de medo. É uma forma diferente de cativeiro.

Só preciso olhar uma vez para esses piratas para ter certeza de que nenhuma de nós quer ser levada para dentro daqueles navios.

Mas com os selvagens garras-de-fogo atrás de nós e os piratas ferozes à nossa volta, não temos aonde ir. Nenhum lugar onde nos escondermos. Uma voz sarcástica dentro de mim alega que a culpa é minha. Eu nunca devia ter desejado sair da segurança da minha gaiola. Sou uma idiota.

Aos poucos, dou-me conta de que estamos em uma situação sem saída. Enxergo tudo com nitidez enquanto ficamos ali tremendo de frio. A neve não parou de cair, os flocos ainda descem do céu, lentos e delicados, pousando sobre nossos ombros trêmulos. Mais um fardo para carregarmos nas costas.

Não sei quanto tempo passamos ali.

Os piratas trabalham para tirar tudo o que tínhamos. As pilhas são distribuídas, os objetos são recolhidos e, um a um, todos são levados para os navios, até o último pedaço de carne seca e salgada.

Os guardas seminus, ainda ajoelhados na neve, estão ficando cansados, e dois deles caem, não conseguem mais se manter eretos. Os outros tentam cutucá-los e animá-los, incentivá-los a se levantar. Um se recupera.

O outro, não.

Sail começou a bater os dentes há algum tempo; mesmo a muitos metros dele, consigo perceber que seus lábios ficaram azulados. A calça fina ficou molhada desde que ele foi obrigado a se ajoelhar.

Gelo se formou sobre a testa e as têmporas dele onde o nervosismo produziu gotas de suor. Apesar das ondas de calor projetadas pelos garras-de-fogo atrás de nós, o frio intenso drena nossas forças e castiga o espírito. No meio de tudo isso, Sail continua me fitando, um olhar firme que nunca se desvia. Quando meu corpo treme, ele se mantém firme. Quando meus lábios tremem, ele distende os dele em um sorriso triste. Quando uma lágrima desce por meu rosto frio, ele assente, ainda falando comigo, mesmo sem usar palavras.

Você está bem, você está bem.

Ele me protege, me anima com aqueles bondosos olhos azuis.

Por isso não desvio o olhar dele quando outro de nossos guardas desaba. Não desvio o olhar quando um garra-de-fogo ruge, tão perto que juro que vai rasgar minhas costas. Não desvio o olhar quando uma das mulheres chora e suplica. Seus gritos ecoam como o gelo se partindo.

Não desvio o olhar.

Então, alguém aparece. A rampa do navio maior é baixada, e botas pesadas pisam firme na madeira branca. Cada passo provoca um pulo do meu coração, e só quando os escuto bem atrás de mim me permito, finalmente, desviar os olhos do rosto de Sail.

Os Invasores Rubros ficam parados quando o homem se detém ao pé da rampa, todos os piratas olham para ele. Olho de lado, vejo que ele se veste com a mesma pele branca e cobre o rosto com o mesmo pano vermelho usado por todos os outros, mas noto o horrível chapéu de pirata sobre sua cabeça, um chapéu vermelho-escuro como ferrugem, como se o couro tivesse sido mergulhado em sangue. Uma pena preta enfeita o chapéu, uma marca de morte, e é isso que me diz para quem estou olhando.

É o capitão dos Invasores Rubros.

26

O capitão dos piratas é recebido por um homem que o encontra ao pé da rampa.

— Como estamos, Quarter?

— É a melhor operação que já fizemos, capitão. O ouro nessa carga? Estava certo, é de Midas.

Mesmo com o pano vermelho sobre o rosto, consigo ouvir cada palavra, notar o brilho empolgado nos olhos desse homem, o tal Quarter.

— Hum — responde o capitão, deixando os olhos varrerem a neve. Ele vê os guardas ajoelhados e se aproxima deles. — Já despiram os homens?

Quarter o segue, rindo.

— Armaduras de ouro. Até a ponteira das botas é de ouro.

O capitão esfrega as mãos, mas não é para aquecê-las. É a reação de satisfação de um patife.

— Excelente.

— Os cavalos também são bons. Já levamos para dentro do navio — Quarter continua.

O capitão move a cabeça em sinal de aprovação, e finalmente se vira para nós.

— Tudo isso de mulheres?

— Prostitutas, ao que parece.

A notícia desperta o interesse do capitão. Ele se aproxima para inspecionar a fila, as botas esmagando a neve, o olhar atento avaliando cada centímetro de nós.

— Hum, não são só prostitutas — ele diz, pegando entre os dedos o vestido de uma das mulheres. Ela treme, abaixa a cabeça, mira a neve. — As roupas são boas demais para serem meretrizes comuns. — Ele olha para Quarter e, apesar de manter o rosto coberto, sei que estampa um sorriso. — São as montarias reais de Midas.

Quarter arregala os olhos e deixa escapar um assobio baixo.

— Puta merda. Ouviram isso, Rubros? — ele pergunta aos piratas reunidos. — Hoje à noite vamos meter nas montarias da realeza!

Um rugido de aprovação se levanta do grupo como uma matilha uivando para a lua em júbilo transtornado. Polly choraminga ao meu lado.

O capitão percorre a fila de mulheres, examinando cada uma com toda a atenção. Quando chega em Polly, ela treme tanto que receio que desmaie. Quando a vê usando o casaco de pele, ele acena impaciente.

Quarter se aproxima, segura os dois lados do casaco e puxa, arrancando os botões e rasgando a frente. Polly deixa escapar um grito agudo, tenta fechar o casaco, mas outro pirata se aproxima e puxa os braços dela para trás, imobilizando-a. Agora que está imobilizada, o capitão afasta os dois lados do casaco para inspecionar seu corpo.

— Belas tetas. Midas tem bom gosto, pelo menos. — Seus olhos sobem lentamente dos seios até o rosto de Polly. — Olhe para mim, menina.

Mas Polly mantém os olhos fechados e balança a cabeça em uma resposta negativa, mantendo o queixo abaixado e os ombros curvos.

Os olhos escuros do capitão se estreitam.

— Hum, essas montarias reais são um pouco metidas, não são, Quarter? — ele resmunga.

O grandalhão, que deve ser o braço direito do capitão, concorda balançando a cabeça.

— Sim, mas podemos ensinar pra elas um pouco de educação, capitão.

Quarter se adianta e agarra Polly pelos cabelos loiros, arrancando dela um grito ao puxar sua cabeça para trás, obrigando-a a abrir os olhos. — Você não é mais uma montaria real, garota. Se o Capitão Fane quer que olhe para ele, você vai olhar. Entendeu?

Polly choraminga e de repente revira os olhos, seu corpo todo amolece e ela desmaia. Os três piratas a deixam cair, e o corpo delicado desaba na neve. Nenhum deles se dá ao trabalho de levantá-la.

Capitão Fane estala a língua em desaprovação.

— Fraca. Vamos ter que treiná-las.

Minhas mãos tremem dentro dos bolsos do vestido.

Acima de mim, a noite é um cobertor sufocante, que se mantém sobre nós e me mantém refém. Lá atrás, bem longe, o desfiladeiro da montanha é uma boca aberta, uma divisão gigantesca que nos teria levado à fronteira, rumo ao Quinto Reino.

Muito longe. Estávamos muito longe.

O que vai acontecer quando nosso grupo não chegar ao Quinto? Quanto tempo vai demorar até Midas mandar batedores para nos procurar? Será que ele vai conseguir me encontrar? Será tarde demais?

A culpa queima ácida e quente em meu estômago, ondas malignas que tentam subir pelo peito. Trata-se de um castigo? Os deuses e as deusas debocham da minha urgência de sair da gaiola de Midas? Talvez isso seja uma represália do destino, prova de que eu devia ter ficado satisfeita com o que tinha, e ser grata por isso.

O capitão pirata para na minha frente. Levanto a cabeça até meus olhos encontrarem seu rosto. É um rosto frio e cruel. Pele branca. Bandana vermelha. Olhos castanhos. Eu nunca devia ter deixado de olhar para Sail. Devia ter ficado lá, naquele olhar, onde era seguro.

O capitão faz a mesma avaliação quase entediada que fez com as outras, mas de repente para. Observa com mais atenção.

Meu coração dispara.

Ele estala os dedos sem desviar o olhar de mim.

— Luz.

— Luz! Tragam luz para o capitão! — Quarter berra, e eu me encolho.

Ouço passos rápidos, um tilintar de vidro e metal. Mas não consigo deixar de fitar o capitão. Estou paralisada de medo, paralisada como se ele mantivesse uma das mãos no meu pescoço. Alguém se aproxima às pressas com uma tocha, a chama amarela chiando sob a neve, o centro dela de um tom vermelho ferido, como se a tivessem acendido nas patas daquelas bestas infernais.

Capitão Fane pega a tocha e a aproxima de mim, aproxima tanto que o calor é quase doloroso em minhas bochechas douradas. Ele deixa a luz brilhar em meu rosto, nas roupas tecidas com fios de ouro. Ilumina o couro cintilante de minhas botas. Os reflexos em meu cabelo.

Os olhos castanhos não são mais distantes ou desinteressados. Há surpresa neles — surpresa e, depois, triunfo.

É o triunfo que faz meu queixo tremer.

Fane entrega a tocha para Quarter segurar, que a pega no mesmo instante. Depois o capitão estende a mão, segura meu cabelo embaraçado e aproxima as mechas da luz. Ele as solta depois de segundos, e então agarra minha mão. Tira a luva, estuda os dedos, a palma e as unhas. A pele cintila à luz do fogo.

— Não pode ser — ele resmunga, antes de erguer a mão e puxar o pano que cobre seu rosto, colocando a bandana em torno do pescoço como um cachecol. É mais jovem do que eu tinha imaginado a princípio, deve ter uns trinta e poucos anos.

Para meu desgosto, o capitão levanta minha mão e lambe a pele abaixo do polegar. Repugnada, tento puxá-la, mas ele a segura e esfrega o local lambido, como se quisesse testar se o ouro ia sair.

Tinta. O outro pirata pensou que eu estivesse coberta de tinta. O capitão deve ter percebido que não.

Um sorriso lento e assustador se espalha por seu rosto. Um rosto desnudo diante dos meus olhos, com uma boca onde faltam alguns dentes, substituídos pela mesma madeira branca do navio. A barba curta e loira cresce apenas na região do queixo, enfeitada com contas vermelhas nas pontas.

Um furo largo na orelha esquerda, um tampão de madeira pintado de vermelho preenchendo o buraco. Não quero nem pensar na possibilidade de ela ter sido encharcada de sangue.

Minha boca seca ante aquele sorriso e o jeito como ele me contempla. É o tipo de olhar que diz a uma mulher tudo o que ela precisa saber sobre que tipo de homem a domina. Se tivesse ar suficiente nos pulmões, eu gritaria. Mas estou seca, vazia. A única coisa que resta em meu peito é aquela culpa fumegante e um aperto gelado de terror.

Sem aviso prévio, o capitão segura meu pulso e me puxa para a frente. Tropeço com o movimento inesperado, mas ele se vira e eleva minha mão bem alto acima da cabeça como uma exibição de vitória, como se eu fosse um prêmio a ser exposto.

— Rubros! Vejam o tesouro que desenterramos! — Sua voz retumba pela Estéril como um tambor. — Encontramos a puta dourada de Midas!

27

Uma onda de espanto parece perpassar os piratas ante a revelação do Capitão Fane.

Primeiro, há um silêncio perplexo. Sinto centenas de olhos em mim, analisando-me, antes de a estupefação dar lugar a outra coisa. Algo pior.

Gritos ecoam, mais altos do que os rugidos dos garras-de-fogo. Pulo de susto, tento soltar minha mão, mas o capitão apenas segura meu pulso com mais força.

Ele me contempla com uma expressão eufórica.

— Olhem para ela. Até o vestido é de ouro. O cabelo também. — Ele solta minha mão para pegar parte do meu cabelo, fechando a mão em torno das mechas. — O bichinho de estimação dourado de Sinoalto.

O capitão encara seus homens ainda segurando meu cabelo.

— Pegamos a favorita de Midas. — Os piratas riem, satisfeitos, imensamente satisfeitos consigo mesmos.

— Ele vai pagar a vocês — disparo, por fim recuperando a voz, embora baixa e fraca. O capitão solta meu cabelo, e sinto o couro cabeludo pulsar no ritmo do meu coração acelerado. — Os guardas, as montarias... eu... ele vai pagar o resgate que você quiser. Só não machuque nenhum de nós.

O Capitão Fane ri.

— Ah, não vou pedir resgate por você. Posso conseguir um preço muito mais alto em outro lugar.

As palavras dele abrem um buraco em meu estômago, um buraco escuro e sem fundo.

— Vou guardar esta aqui até vendê-la pela maior oferta. Podem anunciar.

— Sim, capitão — Quarter responde. — A favorita do Rei Midas? Muita gente vai querer.

— As outras podem ser divididas para divertir os homens, porque eles trabalharam duro — ele ordena ao seu braço direito. Os piratas que estão perto o bastante para ouvir urram em comemoração. As montarias choram. Capitão Fane olha para Polly, ainda caída na neve e inconsciente. — E ponha as mulheres para trabalhar, para ganharem o sustento. Elas precisam deixar de ser molengas.

— Considere feito, capitão.

O capitão acena com a cabeça, e seus olhos exibem um brilho maldoso quando se voltam para mim.

— Vou gostar de manter a prisioneira dourada de Midas na minha cabine.

Meu corpo, que já estava trêmulo, começa a tremer ainda mais, o queixo vibra. Já posso sentir a dor que ele pretende causar, a força com que pretende me atacar. Está bem ali, nos olhos dele.

A mão agarra meu seio, os dedos beliscam, o toque causa repulsa. Tento empurrá-lo, mas ele ri e aperta com mais força.

— É, vou gostar de domar esta aqui. A porra da favorita de Midas. — O Capitão Fane ri, como se não acreditasse na própria sorte. — Queria poder ver a cara do bastardo quando descobrir que a peguei, usei e vendi.

Lágrimas inundam meus olhos, turvam o mundo, afogam meu peito. Não consigo respirar. Não consigo nem sentir os membros. Isso não está acontecendo. É um pesadelo. Vou acordar. Só preciso acordar.

Os dedos do Capitão Fane me apertam, me beliscam e me fazem chorar alto.

— Hum, barulhenta também. Gosto disso.

Ele começa a puxar a gola do meu vestido, arranha meu peito, mas uma voz grita atrás dele:

— Não toque nela, caralho!

O capitão para. Abaixa a mão. Devagar, observa ao redor.

— Quem disse isso?

Um dos piratas de aproxima de Sail, que continua ajoelhado.

— Este aqui, capitão.

Olho para Sail bem na hora que o pirata chuta as costas dele com violência.

Meu guarda cai de cara na neve. O Capitão Fane se aproxima dele, e o pânico se manifesta, impetuoso e vindo do próprio ar, e me domina de imediato.

— Como é seu nome? — pergunta o capitão ao parar diante dele.

Sail tenta se ajoelhar de novo, contrai a mandíbula ao olhar para cima, desafiador e machucado.

— Sail.

Ao ouvir a resposta, o capitão joga a cabeça para trás e ri.

— Rubros, ouviram isso? Finalmente temos uma vela para os nossos navios sem vela. Sabiam que Sail significa vela? — A gargalhada dos homens se espalha pela planície gelada. Chamas escarlates tremulam na noite negra. — Muito bem, Sail. Tem alguma coisa a dizer? Deve ter, já que gritou como um gato no cio. — Os piratas gargalham mais uma vez, e o rosto pálido de Sail provavelmente teria ficado corado se suas bochechas já não estivessem vermelhas e rachadas de frio.

Mas ele não se acovarda. Encara o capitão com a expressão dominada pelo ódio. A Estéril fica em silêncio, todos os olhos acompanham a cena.

Não fale nada. Não fale nada, Sail.

Mas Sail não fica em silêncio.

— Eu disse para não tocar nela — ele repete com tom irado. Alguma coisa envolve meu coração e o aperta.

O Capitão Fane ri como se achasse tudo divertido.

— Olhem, Rubros. Temos um corajoso aqui. Uma raridade no exército de Midas. — Os piratas riem. Os outros guardas ajoelhados ficam de cabeça baixa, atingidos pela neve que cai e também por humilhação e crueldade.

Mas Sail mantém o olhar firme e cerra os punhos.

— Ela é a favorita do rei. Ele vai pagar bem por ela, se a devolver ilesa. Apesar do que você acredita, Midas vai pagar muito mais por ela do que qualquer outra pessoa. Ele é o único com meios para isso.

— Sim, o rei com o toque de ouro. — A voz do Capitão Fane revela uma entonação amarga e cortante quando ele pronuncia o nome de Midas. Ódio. Tem ódio na voz dele. E talvez inveja. — Talvez seja hora de o rei aprender uma lição — ele resmunga. — Hora de mostrar que existe alguma coisa que ele não pode comprar. Na verdade, talvez eu até fique com ela, só para garantir.

Sail abre a boca, mas fica em silêncio quando o capitão se abaixa e se curva até estar frente a frente com ele, olhos castanhos diante de olhos azuis. Crueldade e bondade.

Seus dedos deslizam pela neve, recolhendo de maneira preguiçosa uma porção na mão descoberta, empilhando-a com movimentos entediados.

— Agora escute e preste muita atenção — começa o Capitão Fane em voz baixa, mas audível. — Vou foder a garota. Onde e como eu quiser — ele declara tranquilamente, como se estivesse falando sobre o clima. — Vou usá-la e domá-la — continua, sem dar importância à fúria que faz Sail tremer.

Um soluço rasga minha garganta e passa pelos lábios.

— Vou cortar aquele cabelo lindo e mandar para Midas em uma caixa bem bonita, porque vai ser divertido atormentar o rei. Talvez corte até uns fios da xereca dourada.

O Capitão Fane levanta a mão cheia de neve e a joga sobre a cabeça de Sail com um tapa, fazendo meu guarda reagir ao frio. Fragmentos gelados escorregam por seu rosto e caem sobre a calça já molhada.

O capitão pega mais neve.

— E depois que me cansar dela, sei lá quando isso vai acontecer, vou vender a garota para quem pagar mais por ela. Mas isso não vai acontecer nas próximas semanas. Talvez meses.

Outro punhado de neve é jogado sobre a cabeça de Sail. Alguns flocos ficam grudados no cabelo, outros escorregam pelas costas da camisa e encharcam seu dorso estremecido. Enquanto isso, o Capitão Fane observa a expressão de Sail como um gato brincando com um rato, e os Invasores Rubros assistem a tudo, as bandanas vermelhas como sorrisos escancarados, ensanguentados.

— Ela não vai passar de uma casca dourada cheia de porra quando eu me cansar. — Sail demonstra sentir dor e treme tanto que nem mesmo os dentes conseguem parar de bater uns contra os outros, fazendo barulho. Meu coração bate forte e rápido, como se quisesse sair do peito, descer por um túnel e se esconder no fundo de um poço.

O capitão recolhe outra pilha de neve com a mão, um movimento constante, metódico.

— Mas você não vai se incomodar com nada disso. Sabe por quê? — pergunta, despejando mais neve sobre a camisa do meu guarda, meu amigo.

Sail abaixa a cabeça como se a humilhação gelada se tornasse insustentável.

Lentamente, como se esperasse apenas por essa rendição forçada, o capitão fica em pé. Limpa a neve das mãos. Meu coração continua disparado. Bate contra as costelas, em súplica.

— Você não vai se importar — o Capitão Fane continua olhando para baixo, para ele — porque vai estar morto.

Uma marreta castiga meu peito. Um único momento, só o tempo de uma piscada. O tempo de olhar.

Os olhos de Sail de repente encontram novamente os meus, profundos e azuis como um oceano que ele nunca viu. E esse olhar continua falando. O aceno de cabeça continua prometendo.

Está tudo bem, está tudo bem.

Mas não está tudo bem. De jeito nenhum. Porque antes de esse aceno de cabeça terminar, o capitão tira uma faca da bainha em sua cintura e a enterra no peito de Sail.

Bem no coração.

— Não!

Corro antes de tomar a decisão consciente de fazê-lo. Mas não dou nem três passos antes de alguém me conter, um par de braços poderosos que envolve minha cintura.

Grito, em uma fúria horrível que rasga minha garganta, um barulho sobrenatural que corta o ar, esvazia a noite, atravessa o desfiladeiro da montanha e amaldiçoa as estrelas encobertas.

Meu grito faz os cavalos nervosos relincharem e os garras-de-fogo sibilarem. Abafa os berros da Viúva do Vendaval e culpa o destino. Mesmo quando a mão cobre minha boca para me fazer calar, o som se projeta como se pudesse rasgar o mundo e quebrar o céu.

O sangue se espalha pelo peito de Sail, encharcando a túnica de algodão como uma flor vermelha desabrochando. Lágrimas quentes transbordam de meus olhos, uma atrás da outra, formando trilhas incontroláveis e congelando meu rosto.

A mão se afasta quando caio no chão e engatinho na direção dele. Não sinto o frio do gelo em contato com a minha pele. Mas o nome de Sail se derrama de meus lábios muitas, muitas vezes, enquanto o tempo parece parar e inalar o ar com um suspiro estupefato.

Seus olhos azuis continuam em mim, mas piscam, piscam. Descem para a lâmina. Para o vermelho.

Estendo a mão justamente quando seu corpo se dobra para a frente, bem no instante em que ele cai.

Mesmo com minhas mãos em seus ombros, Sail cai. Tudo o que consigo fazer é girá-lo, virar seu rosto para o céu.

De sua boca escorre vida vermelha, a respiração é afogada. Os lábios azuis combinam com os olhos chorosos.

Meu coração se despedaça. Ele me contempla, minhas lágrimas caem sobre as dele. Soluço. Ele sofre um espasmo.

— Está tudo bem, está tudo bem — digo, chorando. Minto por ele, tal qual ele fez por mim.

E ele assente antes de dar o último suspiro.

28

Meu coração desacelera. Para de bater forte. Cai derrotado, tão quieto e parado quanto o peito de Sail.

O sangue desenha uma linha a partir de sua boca aberta, por trás da orelha, até formar uma pequena poça na neve.

Atrás de mim, à minha volta, os Invasores Rubros se movem, falam, dão risada. Eu os ignoro e toco o rosto frio de Sail.

— Embarquem a garota.

Minhas mãos deslizam pela face de Sail quando alguém me põe em pé. Tento continuar contemplando-o, prolongar nosso olhar, mas sou puxada para longe dele. Os olhos de Sail não me seguem. Permanecem imóveis, sem piscar, enquanto a neve cai pesada sobre os cílios loiros.

Desta vez, quando o barulho do trovão sacode o ar, realmente é das nuvens. Olho para cima ao ser levada para um dos navios, noto o tremor que se move pelo céu.

Quando sou levada para a rampa do maior dos navios, o vento sopra forte, os raios cortam o céu e uma tempestade desaba com um rugido.

A neve mansa e leve desaparece, e em seu lugar cai um dilúvio punitivo, uma chuva gelada que é como estacas de gelo. Ela nos surra como se as nuvens estivessem furiosas, como se me emprestassem lágrimas vingativas pelo que aconteceu embaixo delas.

Mas nem o temporal de gelo consegue perfurar a dor lancinante em meu coração. Porque meu amigo — meu bondoso e divertido guarda — está morto.

Sail está morto.

Só porque tentou proteger-me. Defender-me. Apoiar-me.

Cortante. É uma tristeza cortante.

Quando vejo os piratas chutando o corpo de Sail com frieza e crueldade, perco a cabeça. Começo a me debater, espernear e gritar. Mas Quarter se aproxima e segura meu queixo com força, aperta a ponto de tornar o contato uma ameaça.

— Pare com isso.

O pirata atrás de mim segura meus braços com mais firmeza, obrigando-me a ficar quieta. Um rosnado furioso sai de dentro de mim, um ruído que nem parece humano, e encaro Quarter com ódio — muito ódio, por todos os Invasores Rubros, mas pelo capitão deles em especial.

Fitando-me, Quarter põe a mão no bolso e tira dali um pano imundo que enfia em minha boca, um pano tão grosso que não consigo nem tentar morder seus dedos.

— Quieta — ele se irrita, e empurra o pano mais fundo, até eu ameaçar vomitar.

Sou empurrada até o alto da rampa e jogada no convés do navio. Meu corpo já dolorido se choca contra a madeira, e quase sufoco com o tecido enfiado em minha boca.

Tiro a mordaça ofensiva, tusso e engasgo com a respiração ao jogá-la longe. Antes que eu consiga me levantar, as outras montarias são empurradas para perto de mim, e somos todas amontoadas no convés, como mais uma pilha do saque dos piratas.

Quando uma mão aparece diante do meu rosto, olho para cima e me deparo com Rissa acima de mim. Por um momento, observo distraída a mão aberta.

— Então? — ela diz com tom impaciente.

Seguro sua mão e ela me põe em pé, depois me solta. Começo a resmungar um "obrigada", mas sou empurrada para o lado.

Viro, então, e vejo uma das outras montarias, Mist, rosnando para mim. Seu cabelo preto está emaranhado, seus olhos estão vermelhos e inchados.

— Cuidado — ela resmunga, limpando com a manga do vestido o local onde encostei nela.

Talvez seja porque acabei de ver meu amigo ser assassinado na minha frente, talvez seja por estar com os nervos em frangalhos ou porque acabamos de nos tornar prisioneiras de piratas famosos pela brutalidade, mas a fúria me toma de assalto e não consigo me controlar.

Minhas fitas, todas as 24 dos dois lados da coluna, de cima a baixo, se desenrolam. Os olhos dela registram a confusão provocada pelo movimento — confusão e choque quando elas se projetam para a frente e a empurram.

Ela é jogada para trás, derruba outras montarias e até alguns piratas. Grita ao cair no chão, mas se levanta em um instante, não para me interrogar sobre as fitas ou como as movimentei, mas para atacar.

Seus dedos estão crispados como garras, eu me preparo para reagir, mas Rissa se coloca entre nós antes que Mist consiga avançar contra mim.

— Nada de brigas — Rissa ordena, impaciente, olhando para nós duas. — Ou esqueceram onde estamos?

Solto o ar com um sopro e as fitas relaxam atrás de mim, mas Mist ainda não foi de fato impedida. Ela me encara por cima do ombro de Rissa, e a intensidade do ódio naquela expressão me abala.

Pensei que a agressão de antes fosse só descontrole emocional, consequência de circunstâncias estressantes. Mas isso... a expressão no rosto dela não se trata disso. Não é desequilíbrio o que está fazendo Mist se comportar com essa agressividade. Esse olhar comunica algo pessoal.

— Estamos aqui por culpa dela! — Mist dispara.

Irritada, enrugo a testa.

— Do que está falando? Como isso pode ser minha culpa?

Mist olha para as outras montarias assustadas reunidas à nossa volta.

— Vocês ouviram. "Protejam a favorita do rei." — Ela sufoca uma risadinha feia e sem humor.

Fico parada. Essas palavras... Sail disse isso quando os piratas da neve nos cercaram. Eu não havia ponderado sobre o que as outras montarias pensariam disso.

— No fim das contas, os guardas não iam proteger a gente. Era só ela. Midas sempre a mantém segura. Até nesta maldita viagem ela recebeu tratamento especial, não foi? Não percorremos longos trajetos durante a noite, porque não queríamos cansar a favorita do rei. Não comemos mais rações, porque tínhamos de deixar mais para a favorita do rei. Não fomos mais depressa, porque a favorita do rei quer cavalgar um maldito cavalo em que nem deveria estar! É tudo ela! O tempo todo.

Sinto os olhos das outras montarias se movendo para mim como um anzol na ponta de uma linha.

— E aí, quando tudo desandou, o que eles fizeram? Protegeram ela. Tentaram dar um jeito de ela escapar, porque nós, todas as outras, não somos importantes. Somos descartáveis. Substituíveis. — Mist soluça agora, e seus ombros delicados tremem. — E agora estamos aqui capturadas, e o que acham que vai acontecer com a gente?

Rosh tenta segurar o braço dela com delicadeza, acalmá-la, mas ela o empurra, encara-me com aquele fogo, aquele ódio, me queima com o olhar.

— Destruição. É isso que vai acontecer. Vamos ser destruídas. Até nos tornarmos nada. Escravas para serem usadas, depois mercadoria para ser vendida. Mas o rei virá por causa dela. Vai negociar por causa dela. Vai salvar sua favorita. Mas não nós. — Mist balança a cabeça em uma negativa, e mais lágrimas amarguradas caem. — Não nós.

Minha culpa anterior era como um vapor, mas agora ela se tornou uma ferida aberta que me rasga as entranhas.

Todas as outras montarias continuam me encarando à medida que absorvem as palavras de Mist, mas permaneço ali parada, em silêncio, com a boca seca e a ferida doendo.

O que há para dizer? Do ponto de vista dela, de todas, Mist tem razão. Talvez não por minha culpa, mas é uma verdade deplorável mesmo assim.

Como eu teria me sentido ouvindo aquela ordem, "protejam a favorita do rei", se fosse uma delas?

— Agora chega, silêncio — determina Rissa, interferindo mais uma vez, na tentativa de amenizar a situação. — Independentemente de tudo isso, não podemos correr o risco de atrair mais atenção negativa do que já vamos receber.

Seus lábios normalmente sedutores estão comprimidos em uma linha dura e firme, as mechas loiras se espalham sobre o vestido respingado de sangue que não é dela.

Rissa fita as montarias, suas iguais, suas amigas.

— Somos profissionais. Não somos montarias de cortiços, mas as escolhidas do Rei Midas. Para enfrentarmos tudo isso, vamos ter que representar, e sabemos como fazer isso. Sabemos como trabalhar no quarto.

As montarias se aproximam mais, formam um círculo no meio do navio, de costas para mim, a forasteira. A isolada. Fico isolada delas até mesmo agora, quando estamos na mesma situação aterrorizante. Mas é compreensível que sempre tenham me odiado, mantido-me afastada. Quem pode criticá-las?

Viro de costas para elas, para a exclusão, meus passos me levam até a beirada do convés, onde agarro a grade a ponto de o nó dos dedos empalidecer.

No momento, a única pessoa com quem quero falar, a única pessoa que poderia me fazer sentir melhor está morta na neve com o coração perfurado. Meu único amigo. Morto, por minha causa.

Observo a área lá embaixo, examinando os corpos que os piratas deixaram espalhados. Abandonados na Estéril para serem sepultados pelas nuvens e pelo vento.

Ao meu lado, os Invasores Rubros subiram a rampa, e a encaixam em seu lugar junto à parede do navio justamente quando soa uma trombeta, indicando que vamos partir. Lá embaixo, os garras-de-fogo rosnam e sibilam, e as vibrações dos rosnados fazem tremer as tábuas sob meus pés.

Entretanto, meus olhos continuam voltados para a paisagem lá embaixo, mirando, procurando. *Onde ele está, onde ele está?*

Verifico novamente minha posição em relação ao navio, mas enrugo a testa, porque não o vejo. Vejo os outros guardas caídos, mas não ele.

Quando a embarcação entra em movimento, deslizando com lentidão pelo solo gelado e liso, meu olhar se torna aflito, confuso. Lá. Ele devia estar ali. Vejo o sangue, vejo o local onde aconteceu, onde meu coração ficou vazio. Mas não vejo Sail.

Minhas mãos apertam a grade e continuo à procura, mas não o encontro. É como se ele tivesse se levantado e ido embora. Só que é impossível. Porém não o vejo, ele não está lá, e eu...

As gargalhadas estrondosas dos piratas atraem meu olhar para a proa do navio, iluminada pelo vermelho das lamparinas penduradas. Mas não devia ter olhado. Não devia.

Um grito sufocado escapa de mim quando cubro a boca com a mão. Os piratas estão reunidos, rindo por trás de suas máscaras vermelhas, mas a bandana não abafa a crueldade.

E Sail... não consegui vê-lo no chão, não por ter me enganado quanto ao local em que ele estava nem por ele ter revivido milagrosamente, mas porque o levaram para o navio.

Meus olhos cheios de horror estão arregalados, cravados no lugar onde eles o penduraram. Amarraram seu corpo sem vida na frente da embarcação, contra um poste de madeira manchado.

Cordas o envolvem, forçando seu corpo a permanecer ereto no mastro. Os olhos vazios estão abertos, olhando para a frente, para o nada, mas aquele olhar era para mim, um olhar que ele ofereceu junto de seu último suspiro.

Alguém grita:

— Nosso navio finalmente tem uma vela!

Não sei quem diz isso. Talvez o capitão. Talvez outra pessoa. Não sei, porque meus ouvidos rugem de maneira tão estrondosa que não ouço nada. Meus olhos turvaram, não enxergo nada.

— Será que ele vai tremular ao vento? — outro pirata brinca. As gargalhadas debochadas são tão altas quanto o trovão, tão altas quanto os chicotes contra as bestas que nos puxam em meio a rugidos.

O navio desliza adiante, cortando as ondas dos montes de neve, deixando para trás os guardas mortos de Sinoalto em sua vigília.

E o corpo de Sail, degradado e exposto ao escárnio, vai pendurado como uma carranca entalhada na proa, o sangue já congelado em seu peito. Mas os olhos de oceano não se fecham. Embora também não vejam mais nada.

Eu me viro e vomito nas tábuas de madeira alvejada.

29

Eles nos deixam sozinhas. Durante uma hora, talvez duas, enquanto estão ocupados com o trabalho, seguindo algum tipo de orientação invisível que parecem usar para saber aonde ir neste mundo escuro, congelado.

Tem muita gritaria e correria enquanto os piratas seguem adiante, levados pelos garras-de-fogo, nosso navio guiando os outros dois que viajam atrás de nós.

Logo começamos a voar.

Deslizando pela terra gelada e estéril, os navios avançam em alta velocidade. Tiram proveito da força dos animais que correm como lobos puxando um trenó, estalando chicotes até alcançarmos uma velocidade tão vertiginosa que tudo o que os navios precisam é do solo liso para manter o progresso.

Os três navios piratas correm pelo território branco sob a chuva de gelo, que castiga nosso rosto ao vento. Os cascos de madeira lisa deslizam como uma força incessante, levantando neve de ambos os lados como se fossem ondas quebrando.

Mesmo com o vento sacudindo meus cabelos e a chuva encharcando meu vestido, ainda estou em pé, agarrada à grade e mirando o corpo de Sail na proa.

Aquela raiva, a primeira faísca que se acendeu quando minhas fitas se desenrolaram para empurrar Mist, reaparece e ganha força.

A tristeza estupefata pela morte de Sail era fria. Mas isto é quente e vermelho — tão vermelho quanto o pano sobre o rosto do Capitão Fane.

Meus olhos o encontram na popa, gritando ordens e orientações. A pena negra em seu chapéu é empurrada para trás pelo vigor do vento, e há um brilho em sua cintura, vindo da faca ali embainhada.

É naquela faca que me concentro, é para ela que olho quando finalmente solto a grade, os dedos contraídos em uma cãibra, ainda sem a luva que o capitão arrancou para me tocar.

Não me importa se é noite alta, se a noite traz sombras pesadas que subjugam minha alma. Não me importa se as nuvens despejam tormenta. Não me importa se sou uma única mulher contra um navio repleto de homens. Não me importa se sou vulnerável, se estou caminhando sozinha em direção ao capitão.

Porque Sail era meu amigo. E não está tudo bem.

As fitas me seguem tal qual uma cauda, meus passos ganham segurança, a coluna fica mais ereta. Um mantra ecoa em minha cabeça quando me lembro do último e confortante olhar de Sail.

Não está tudo bem, não está tudo bem.

Ninguém me detém, então sigo andando; ninguém nem sequer me observa. Essa é toda a importância que tenho para eles — eu e todas as montarias deixadas no convés. Um fato que se tornou óbvio desde que fomos deixadas sem supervisão. Abandonadas para passar frio no convés, amedrontadas.

Todavia, não vou fazer isso. Não com Sail pendurado daquele jeito. Suponho que cada pessoa tem seus limites, e este é o meu.

É fácil, muito fácil atravessar o navio. Caminhar sem ninguém sequer olhar em minha direção. Tal é a arrogância desses homens, fazem pouco caso das mulheres. E esse vai ser também o fim deles.

Passo por ganchos de armas, passo por rolos de corda, passo por piratas carregando os produtos saqueados, e desvio de tudo isso. Até percorrer todo o caminho para a popa. E parar bem atrás do capitão.

Minhas 24 fitas se movem como tentáculos. Brotam da pele de cima a baixo da coluna vertebral em perfeita simetria. Faixas de cetim de três centímetros de largura se levantam dos dois lados das costas, da base da nuca até as covinhas sobre as nádegas.

Longas, são como cobras para dar o bote. O alvo não é o capitão, mas Sail, e as cordas que o prendem ao mastro.

Algumas montarias no centro do navio me notam e espreitam ao redor com nervosismo, outras se adiantam um pouco a fim de enxergar melhor em meio à chuva carregada pelo vento.

Estou parada na base do mastro de madeira olhando para cima, direcionando, movendo cada fita com determinação. Mesmo molhadas e pesadas por causa da chuva, elas desfazem os nós com habilidade. Quando não é suficiente, endurecem as laterais, deixam de ser cetim macio e enrijecem, afiadas como lâminas. Seda dourada luta contra corda trançada, rasgando e arrancando, cortando em tiras como se não fossem nada.

— Ei!

Ignoro o grito que chama a atenção dos piratas, ignoro-os quando enfim me veem, percebem o que estou fazendo. Minhas fitas continuam cortando, puxando. Quando o primeiro pirata me alcança e puxa meu braço, uma fita já está ali para interceptá-lo. Ela ataca, corta seu braço, atravessa as peles grossas como se fossem finas como pétalas.

Um grito abafado de surpresa escapa quando ele cambaleia para trás e me solta, levando a mão ao ferimento, mas não presto atenção ao homem. Continuo atenta ali em cima, concentrada no corpo de Sail.

Para baixo. Quero trazê-lo para baixo.

Minhas fitas trabalham com ferocidade, dirigidas por um simples pensamento e movidas pela raiva tão incandescente quanto as chamas de um garra-de-fogo, apesar de estarem encharcadas e pesadas.

Uma a uma, as amarras caem do corpo de Sail, até alguém me agarrar por trás e me girar.

Fico frente a frente com o Capitão Fane, cujos olhos castanhos queimam e o rosto está descoberto.

— Que merda pensa que está fazendo? — ele rosna.

As mãos apertam meus braços com tanta força que os dedos beliscam a pele, apesar das mangas que me cobrem. Eu o empurro, mas minhas mãos não produzem efeito algum nele. O capitão nem percebe, porque está ocupado demais olhando atrás de mim, para cima.

Para o local onde minhas fitas cortam as últimas cordas.

O capitão arregala os olhos.

— Merd...

Antes que ele consiga terminar o palavrão, o corpo de Sail cai.

Cai em cima de nós, carne fria e músculos enrijecidos nos derrubando, arrancando-me das mãos do capitão.

Caio toda torta, com as pernas de Sail sobre meu tronco. Ouço passos vindo em nossa direção, vozes gritando em meio ao vento forte.

Rolo de baixo do corpo de Sail e estendo as fitas novamente para envolver o cadáver. Elas dão voltas e voltas, até ele estar enrolado do pescoço ao quadril, e então o puxo. O corpo é pesado e nós dois estamos ensopados, mas as fitas puxam com toda a força, recusam-se a desistir. Centímetro por centímetro, elas o arrastam pelo convés cheio de poças.

O esforço se concentra em minha coluna, os músculos das costas queimam a cada movimento, já exaustos. Mas não tenho tempo para ir mais devagar, não posso descansar entre um esforço e outro, porque os Invasores Rubros se aproximam de mim, e o capitão mostra os dentes, o rosto contorcido por uma raiva cruel enquanto puxo o corpo de Sail para a beirada do navio.

— Alto! — grita o Capitão Fane. Não para mim, mas para os homens que ele comanda. — Eu cuido dela.

O medo me envolve, mas não o deixo transparecer em meu rosto, não deixo que interfira em meus passos.

Porque não me importo. Não me importo se o capitão tem uma promessa de punição estampada no rosto ao caminhar em minha direção. Não me incomodo com o que ele vai fazer comigo por causa disso. Porque ele matou meu amigo. Ele o matou, e não pude impedi-lo.

Mas isso posso impedir. Posso impedir os Invasores Rubros de desonrarem o corpo de Sail. E vou fazê-lo.

Ao ranger os dentes, com suor e chuva gelada escorrendo pelas têmporas, eu o puxo. Deixo duas fitas soltas, preparadas dos dois lados do corpo, prontas para atacar qualquer um que se aproximar ou tentar me fazer parar.

Mas os piratas recuam por ordem do Capitão Fane, então, sou só eu. Só eu arrastando o corpo de Sail com lentidão — muita lentidão —, enquanto o capitão marcha em minha direção, os punhos cerrados e os olhos enlouquecidos.

Minhas costas se chocam contra a grade do navio, e não perco tempo, abaixo-me e encaixo as mãos sob os braços de Sail. Puxo com toda a força, as fitas se esforçando comigo enquanto tentamos levantá-lo.

Ele é pesado. Muito pesado.

Meu corpo cai contra a grade, a respiração ofegante rasga meu peito, o vento e a chuva me impedem de respirar, de enxergar. Meu corpo está congelado, os dedos estão escorregadios e entorpecidos.

Esse esgotamento e essa exaustão são consequência do meu sedentarismo. Fui muito inútil, muito passiva durante todos esses anos na gaiola. As fitas escorregam em torno do corpo de Sail.

Fraca, sou muito fraca.

Meus olhos dourados encontram as montarias de um lado do convés, encolhidas em um círculo apertado, como se assim pudessem se proteger do clima e do mundo.

— Me ajudem — imploro.

Olho para Polly, que conseguiu vestir meu casaco de ouro de novo e tenta se proteger da chuva com a pele dourada. Mas ela continua parada, imóvel, indisponível.

— Por favor — imploro, desta vez para Rissa. Mas ela também não se mexe. Talvez Rosh... Ele vira o rosto assim que lhe dirijo a atenção.

Forasteira. Mesmo quando estou tentando ajudar um dos nossos guardas, um guarda que foi bom para cada um e todos eles, sou a forasteira. Estou sozinha. O Capitão Fane ri.

— Nem suas companheiras putas vão ajudar. — A voz dele transborda satisfação.

Fungo, tento me controlar, não desistir. Sail não havia desistido, nem por um segundo. *Não posso fazer menos do que isso por ele.*

Eu vou conseguir.

Tento novamente, as fitas se contraem, puxam a pele das minhas costas, como agulhas de costura atravessando os músculos.

O Capitão Fane dá mais um passo em minha direção. Está perto de mim, mas não o suficiente para ser atingido pelas fitas. Ele as estuda, observa como se enrolam, como puxam. Os olhos maldosos se iluminam, um sorriso torto exibe os poucos dentes de madeira.

— Olhem pra isso, Rubros. Uma fantoche pra foder. E já vem com as próprias cordas.

Risadas me cercam. São risadas horríveis, mas as palavras deles são piores.

Bloqueio tudo isso, aperto os dentes com tanta força que o músculo da mandíbula dói. Em meio às risadas, consigo fazer um esforço maior e elevo, por fim, o corpo de Sail.

Minhas costas parecem pegar fogo, apesar de lavadas pela chuva e pelo suor, mas é quase o suficiente... está quase acabando...

O capitão sorri, um sorriso cruel diante do meu esforço. Devo parecer patética puxando um guarda quase cinquenta quilos mais pesado do que eu, completamente ensopada.

— Está tentando pular do barco e usar seu guarda morto como trenó? — pergunta o capitão, e alguns piratas atrás dele dão risada.

Ele abre os braços e gira, mostrando a área desolada à nossa volta.

— Odeio dar essa notícia, mas estamos no meio da Estéril, sua vadia idiota. Você não vai a lugar algum.

Meu corpo treme, as fitas se contraem. Mas não desisto. Não tão cedo.

O capitão dá mais um passo, testa meus limites, me encara e espera uma oportunidade.

Tomo uma decisão repentina e uso as duas últimas fitas para envolver o corpo de Sail, ficando indefesa ante os avanços do capitão. Tudo isso vai ser inútil se eu não for até o fim.

As duas últimas fitas me dão a força extra de que preciso.

O Capitão Fane avança sobre mim, mas é tarde demais, porque já joguei o corpo de Sail por cima da grade do navio. As fitas se desenrolam e o entregam à gravidade, e ele cai.

Cai, cai, cai, aterrissa lá embaixo em um monte de neve.

Eu me debruço na grade para olhar, o peito arfando, os olhos vertendo lágrimas de gelo na chuva quando o navio segue em frente.

Um segundo e o capitão está ali, segurando minhas fitas com uma força cruel. Ele as amassa na mão, puxa com força, e arqueio as costas por causa da dor.

— Vadia idiota. Todo esse esforço, e você fracassou. Não conseguiu nem pular.

Ele me puxa para longe da grade e me arrasta, mas está enganado. Não tentei fugir. Nunca tive a intenção de pular. Não sobreviveria à queda, de qualquer maneira, e, mesmo que conseguisse, eles iriam me pegar.

Não, eu consegui fazer exatamente o que pretendia. Tirei Sail daqui. Deste navio, de perto desses piratas.

Seu túmulo vai ser um monte de neve no meio da Estéril, mas é melhor do que a outra alternativa. Não podia deixá-lo pendurado nem por mais um segundo.

Sou puxada rapidamente com brutalidade pelo convés, na direção dos aposentos do capitão, para a punição prometida por seus olhos.

— Você não pode mais desrespeitar o corpo dele — retruco com audácia. O lado positivo. Esse é o único lado positivo que tenho para me apegar agora, por mais inútil e vazio que seja.

A raiva provocada pelo comentário faz o Capitão Fane segurar minhas fitas com mais força ainda. Elas estão cansadas, molhadas e murchas, esmagadas na mão dele e drenadas de força, como eu.

— Muito bem — ele fala com a boca em meu pescoço enquanto me arrasta. — Então, acho que vou desrespeitar só o seu.

30

Se minhas pobres fitas não estivessem amassadas e apertadas na mão do Capitão Fane como papel molhado, se não estivessem tão exaustas e encharcadas de água, eu poderia soltá-las e me defender. Talvez conseguisse lutar.

Infelizmente, ele as segura com firmeza, puxa com tanta força que os músculos e a pele queimam a cada movimento. Se ele puxar com um pouco mais de força, sinto que vai arrancá-las das minhas costas, como se arrancasse um dedo ou um olho.

Tento sem sucesso fazer com que elas se livrem das mãos dele, mas estão muito amassadas, molhadas, cansadas. Gastei toda a pouca força que tinha para tirar o corpo de Sail deste maldito barco.

Mas consegui, pelo menos.

Faço uma promessa a mim mesma ali, naquele momento. Se conseguir sobreviver a isso de algum jeito, se os Invasores Rubros não me destruírem por completo, não vou mais viver estagnada. Não vou mais me permitir ser tão fraca e inepta.

Eu devia saber, depois da infância que tive, depois de todas as coisas que enfrentei. Devia saber que não podia me tornar tão acomodada ou lânguida. Se pudesse voltar atrás, daria uma boa sacudida em mim mesma. Eu me tornei Cifra, aquele pássaro fêmea de ouro maciço eternamente em seu poleiro. Cortei minhas próprias asas, fiquei em cima do poleiro sem disposição.

Então, se eu superar isso, se sobreviver, juro para mim mesma que não vou deixar isso se repetir. Não vou ficar parada, permitindo que os homens me esmaguem com suas mãos.

Com a cicatriz no pescoço como uma lembrança nítida, eu me fortaleço, torno-me uma rocha de determinação. A linha cicatrizada formiga, e minha mente invoca Digby.

Os Invasores Rubros mataram o batedor que viu sua movimentação? Digby e os outros seguiram o batedor para a morte sem se darem conta disso?

Não sei, e não me atrevo a perguntar. Em parte porque, se Digby e os outros ainda estiverem em segurança em algum lugar, não os quero delatar ao capitão. Mas outro motivo, mais sombrio, é que não suporto a ideia de ouvir que os piratas os mataram. Ainda não. Ainda não posso enfrentar isso.

Por enquanto, minha cabeça precisa pensar que Digby está lá fora, vivo e respirando. Talvez ele encontre Sail naquele túmulo de neve fofa e acrescente alguma homenagem à sepultura, alguma coisa para ficar com ele neste lugar remoto, enquanto seu espírito segue para o grande Depois.

É um pensamento agradável, de qualquer maneira.

O capitão me arrasta até o fundo do navio, ainda me segurando com força. Sou levada por uma escada de cinco degraus, do convés principal aos aposentos do capitão, mais elevados. A parede não tem enfeites, exceto por uma faixa vermelha na porta, um toldo curto que se projeta da empena no alto.

Meu rosto é empurrado contra a porta fechada, uma das faces pressionada na madeira branca e envelhecida, com farpas que ameaçam perfurar a pele.

Ele me segura ali com o antebraço esmagando minhas costas, uma das mãos ainda segurando minhas fitas de cetim como a coleira de um cachorro. Com a outra mão, ele tira uma chave do bolso e a introduz na fechadura da porta.

Começo a me debater, mas estou cansada. No entanto, sei que não quero entrar. No momento que passar pela soleira, coisas vão acontecer — coisas ruins.

— Fique quieta, ou só vai tornar isso pior para você — ele se irrita.

É claro que isso só faz eu me empenhar ainda mais na tentativa de escapar, mas ele empurra o quadril contra mim, usa as pernas para me imobilizar, de forma que eu não tenha aonde ir, nenhum espaço para me mexer. Quero gritar diante de tanto desamparo, mas engulo o impulso. Não há tempo para isso, não tenho tempo para desmoronar.

Ele abre a porta com um clique e guarda a chave no bolso novamente. Mas, antes de poder girar a maçaneta, Quarter chama sua atenção.

— Capitão! Temos um falcão!

O Capitão Fane olha para trás e me mantém pressionada contra a porta. Não consigo vê-lo, mas ouço Quarter descendo a escada.

— Venha, capitão — Quarter insiste ao parar do nosso lado.

Pelo canto do olho, vejo um grande falcão marrom-claro com um bico preto pousado no braço de Quarter, as garras cravadas na pele.

O capitão pega um pequeno tubo de metal da perna da ave e o desenrola, tomando o cuidado de mantê-lo sob o toldo, protegendo-o da chuva torrencial. É um pedaço de papel que parece pequeno, de início, mas vai se alongando à medida que é desenrolado. Tudo que consigo ver é um garrancho preto, mas o capitão enruga a testa enquanto lê, a água pingando da barba enfeitada com contas.

O Capitão Fane resmunga alguma coisa que não consigo entender, depois empurra o papel e o tubo contra o peito de Quarter.

— Temos que responder? — Quarter pergunta.

— Não. Eles estarão aqui antes que o falcão possa levar a resposta, de qualquer maneira.

Quarter olha intrigado para o capitão antes de devolver o tubo vazio à perna da ave. Assim que o tubo é preso, o falcão levanta voo, corta o lençol de chuva e desaparece sem nenhum som.

— Quem vai chegar aqui? — Quarter pergunta.

Em vez de responder, o Capitão Fane estende a mão.

— Quero sua faixa.

Quarter estranha, mas depois de um momento começa a soltar a faixa branca que envolve seu tronco embaixo das peles.

O Capitão Fane me espreita. Sem proferir uma palavra, amarra minhas fitas em volta do tronco, e as aperta tanto que ranjo os dentes de dor. Ele dá várias voltas com elas, até enrolar todo seu comprimento em volta do meu corpo, e depois prende todas as pontas em um nó tão apertado, que não consigo movê-las de jeito nenhum.

— Leve as montarias para a cozinha e ponha todas para trabalhar. O cozinheiro tem que preparar um jantar para ser servido em uma hora. Vamos ter visitas.

Ele estende a mão de novo, e Quarter entrega a faixa. O capitão me envolve com ela, tão apertada quanto as fitas, e também a amarra. Outro artifício para manter as fitas imóveis.

O capitão me gira e se abaixa para encarar os meus olhos. Sua expressão é furiosa, severa.

— Se qualquer uma das montarias desobedecer ou tentar alguma coisa... quero que seja despida, surrada e jogada do barco.

Quarter assente, mas é em mim que foca sua atenção. Mesmo com o rosto coberto pelo tecido vermelho, sei que sorri.

— Sim, capitão.

Com mais um olhar prolongado em minha direção, o Capitão Fane me empurra para Quarter e se afasta em direção à frente do navio, gritando ordens a respeito de uma mudança de curso.

— Muito bem, venha. E nem pense em fazer nada com essas suas cordinhas de fantoche, ou corto essas coisas das suas costas.

A pele ao longo da minha coluna fica tensa, como se as fitas ouvissem a ameaça.

Quarter segura meu braço e me leva de volta ao convés principal, diretamente para o grupo das montarias.

— Muito bem, vadias! Venham comigo!

Ele nem espera para verificar se foi ouvido e já segue para uma escada no meio do navio, descendo ao convés inferior. Ouço passos atrás de nós quando Quarter e eu descemos a escada barulhenta. Passamos por um corredor estreito e continuamos para a parte de trás do navio, onde entramos em uma cozinha que cheira a batatas e fumaça.

Pelo menos saímos da tempestade e a cozinha é quente, graças ao fogão de ferro e às chamas que ardem ali dentro. Paredes e chão são constituídos da mesma madeira branca usada em todos os outros lugares, mas aqui ela é manchada, escura de fuligem em alguns trechos, com respingos antigos de comida em outros.

O cozinheiro está na frente do fogão, o único pirata dentre todos os que já vi que não veste a mesma pele branca que os demais. Ele usa apenas um colete simples e uma calça de couro branco, exibindo os braços fortes e cheios de tatuagens malfeitas. É encorpado e baixo, tem um queixo torto que se projeta para um dos lados e a testa baixa, tão baixa que me pergunto como ele consegue enxergar alguma coisa acima da panela cujo conteúdo está mexendo.

Seu rosto avermelhado fica ainda mais sério quando nos vê entrar.

— Para que diabos essas mulheres vieram à minha cozinha?

— Ordens do capitão, cozinheiro — responde Quarter. — Parece que vamos receber visitas. Precisamos de uma refeição servida no convés. — Ele acena com a cabeça na direção da porta, onde estamos reunidas. — Elas vão ajudar.

O cozinheiro profere uma sequência de palavrões, mas Quarter não se incomoda.

— O capitão quer a comida pronta em uma hora. — O cozinheiro faz um gesto grosseiro, mas começa a pegar latas dos armários.

Outro pirata aparece e se encosta à parede, segurando uma adaga em uma mão enquanto olha para nós. Um cão de guarda para nos vigiar e atacar, se necessário.

Quarter olha para nós.

— Vou avisar desde já. O cozinheiro é o filho da mãe mais cruel de todos nós. Levar uma surra e ser jogada para fora do navio vai ser a menor das suas preocupações, se fizerem besteira por aqui.

Com essas adoráveis palavras de despedida, Quarter passa por nós e sai.

O cozinheiro olha para nós e limpa o rosto suado com um pano.

— Então? Que merda estão esperando? Vou ferver a porra da mão de vocês se não começarem a trabalhar. Esta comida não vai se preparar sozinha.

Fico tão tensa quanto as outras, mas Rissa se adianta, assumindo a liderança mais uma vez, e as outras a seguem.

Fico na parte de trás do grupo, tentando não me encolher a cada vez que o cozinheiro grita ou joga comida em nossa direção. Corremos para fazer tudo o que ele manda, mesmo batendo os dentes, com as roupas e os cabelos ensopados. Quando uma das montarias deixa sem querer uma poça de água no chão, ele a chuta e a obriga a enxugar tudo com um paninho inútil.

Durante todo o tempo em que corto, mexo e bato, com o cozinheiro rosnando e o pirata vigiando, tento soltar as fitas, tento desfazer os nós pouco a pouco sem ninguém perceber.

Não sei quem mandou o falcão mensageiro para o capitão ou quem está vindo para cá, mas sei que as opções são ruins. Ninguém muito bom viria jantar com os Invasores Rubros.

Entretanto, seja quem for, sou grata pela interrupção. Não fosse por aquela mensagem, agora eu estaria nas garras do capitão. Pensar no assunto me provoca um arrepio.

Sei que o alívio é temporário, porém. Passageiro. Sei que antes de esta noite longa e horrível chegar ao fim, estarei novamente nas garras do capitão. Portanto, tudo o que posso fazer é tentar soltar minhas fitas e torcer para não ser pega.

31

Quarter não estava exagerando quando disse que o cozinheiro era um filho da mãe cruel. O único tipo de orientação que recebemos são panelas sendo arremessadas contra nós quando não nos movemos rápido o suficiente, ou um rosnado se nos atrevemos a fazer uma pergunta.

Todas corremos pela cozinha estreita como baratas tontas, misturando ingredientes de acordo com instruções como "vá fazer a porra dos biscoitos", apesar de nenhuma de nós jamais ter trabalhado em uma cozinha e não ter a menor ideia de como preparar nada.

A cozinha fica quente e úmida com o vapor e a fumaça, e o suor se mistura à água da chuva em nossos corpos já molhados. É desconfortável, para dizer o mínimo, mas o cozinheiro não permite que ninguém diminua o ritmo, e ninguém se atreve a parecer preguiçosa.

Toda essa hora é febril e repleta de ansiedade, e é como se fizéssemos comida o suficiente para alimentar todo o navio duas vezes. Quando a embarcação para de repente, o único aviso que recebemos é o rugido retumbante dos garras-de-fogo, que precede o solavanco.

Todo mundo fica imóvel quando sente a repentina freada do navio, mas mal temos tempo para nos orientar antes de o cozinheiro gritar para começarmos a levar pratos e talheres para o convés.

Saímos carregando pratos e canecas, seguindo nosso cão de guarda, que indica o caminho. Ao chegarmos lá em cima, descubro que a tempestade passou, deixando para trás apenas um vento teimoso.

Seguimos o pirata por áreas empoçadas no convés, até a porta localizada à direita e no fundo do navio, além dos aposentos do capitão. Lá dentro há uma pequena sala de jantar, um espaço lotado de fileiras de mesas de madeira e bancos acoplados. Quase não sobra espaço para andar entre as mesas, mas transitamos nos corredores andando de lado e distribuindo com agilidade os utensílios.

De algum modo, vou parar ao lado de Mist, e o olhar dela em minha direção é cortante o suficiente para rasgar a pele. Ela bate com os pratos na minha frente, demonstrando que não pretende ficar perto de mim por mais tempo do que o necessário.

Ela me empurra com o cotovelo para sair dali, e as outras montarias me encaram à medida que Mist se afasta. Com um suspiro, pego a pilha de pratos que ela deixou e os distribuo na mesa. Sou a última a terminar, as outras já estão saindo para voltar à cozinha e pegar a comida. Sigo vários metros atrás delas, e o pirata que nos vigia ri quando passo por ele.

Ainda não consegui desfazer um único nó das fitas. Além de apertadas, ainda estão úmidas, e isso torna a tarefa muito mais difícil.

A frustração me faz comprimir a boca em uma linha fina, mas essa frustração se dissipa quando chego ao convés principal e noto que as montarias pararam de repente na minha frente. E também que há algo... diferente.

Levo um momento para perceber que é o silêncio.

O barulho constante de gritos e rosnados, o som dos navios deslizando pela Estéril sob a chuva de gelo e o vento cortante, tudo desapareceu. Silêncio. Contorno as montarias, espremendo-me para passar pelo grupo e pela grade a fim de enxergar melhor, verificar o que provocou aquela quietude.

Quando consigo abrir caminho, meus olhos registram a cena. Todos os Invasores Rubros estão reunidos no meio do navio, e cada um deles contempla a rampa de embarque, agora abaixada.

O Capitão Fane está no centro, ainda com a bandana vermelha abaixada, envolvendo o pescoço, mas com o chapéu de pirata na cabeça. Quarter está um pouco atrás e à direita dele, com a mão no cabo da espada.

A tensão — daquele tipo específico que acompanha a antecipação — é comum a todos. E é ainda mais premente e incessante do que o vento, nos mantendo imóveis e silenciosos. Meu coração começa a bater acelerado, nervoso, mesmo sem eu ter a menor ideia do que nos espera.

Mas alguma coisa... alguma coisa vai acontecer.

Olho em volta e confirmo que ninguém está olhando para mim, todos estão muito atentos ao que o capitão está esperando, ou quem lhe enviou aquele falcão mensageiro. Até o pirata cão de guarda está parado do outro lado do grupo de montarias, observando a rampa. Não posso desperdiçar a distração.

Espremida entre a grade do navio e as costas das montarias, viro ligeiramente o corpo. Ainda estou com frio e úmida, mas o tempo na cozinha me secou um pouco, e agora o vento, embora frio, sacode meu cabelo e o vestido, secando-me ainda mais.

Tirando proveito da distração, concentro-me novamente nas fitas, na tentativa de desfazer as voltas. As pontas fazem um esforço para se mover, uma tentativa fraca e cansada. O Capitão Fane as amarrou com tanta força, que cada puxão dói, assim como apertar um hematoma.

Assumo o risco de levar uma das mãos às costas e tentar encaixá-la sob a faixa de Quarter. O tecido é grosso, mas um pouco elástico, e consigo enfiar a mão embaixo dele e encontrar as fitas embaralhadas.

Com uma espiada rápida, inclino ainda mais as costas para a grade, tentando não chamar atenção ao levar o outro braço para trás. Os dedos se encontram, e tateio o nó maior e mais frouxo. Ao manter o rosto cuidadosamente inexpressivo, a cabeça voltada na mesma direção que todo mundo, começo a desfazer as voltas, pedindo ao Divino que ninguém olhe para mim.

Todavia, em meio à tensão pesada da espera, alguma coisa muda. Alguma coisa interrompe o silêncio. O som de passos pesados começa a ecoar na rampa de madeira. Um par, dois, depois mais, todos andando em sincronia quase perfeita, subindo a rampa, passos que vão ficando mais altos conforme se aproximam.

Tap, tap, tap.

Os Invasores Rubros ficam tensos, e o capitão pirata se estica, fica um pouco mais alto. Começo a puxar com mais força, impelida pela sensação de perigo iminente, esforçando-me de maneira quase frenética para me desamarrar.

Acompanhando os passos, ouço armaduras de metal chacoalhando como a cauda de serpentes do deserto. E onde há malhas e escudos, espadas e adagas não estão muito longe.

Continuo tentando me desamarrar, mas me esforço para deixar pelo menos uma volta frouxa o bastante para poder puxá-la de verdade. Meu coração dispara no ritmo dos passos.

Preciso me libertar, preciso desfazer esses nós, preciso...

Uma dúzia de soldados aparece no alto da rampa, marcham diretamente navio adentro, dois a dois. Eles param na frente do Capitão Fane em uma formação formidável que se expande como uma pirâmide.

É uma imagem imponente. Armaduras pretas, escuras como carvão, calças de couro marrom e tiras que cruzam o peito. Bainhas de ônix presas à cintura, o cabo das espadas feito de casca de árvores mortas torcida de um jeito perverso. Cabeças cobertas por capacetes, posturas ameaçadoras, e minha boca fica seca diante da visão.

Porque ali, entalhado no meio dos peitorais pretos, entre as tiras de couro, vejo o emblema de seu reino. Aquela árvore deformada, retorcida, com raízes espinhosas e despida de todas as folhas, quatro galhos tortos projetados como as garras do diabo.

Esses são os soldados do Quarto Reino, os soldados do Rei da Podridão.

E estão muito longe de suas fronteiras.

Minhas mãos param sobre as fitas e meus olhos se arregalam. O exército do Rei Ravinger é o mais temido de todos os seis reinos. Ouvi muitas histórias sobre sua ferocidade no campo de batalha. Descubro que desejo recuar, como se fosse possível desaparecer nas sombras, embora meus pés estejam congelados no lugar.

Ninguém fala. Ninguém se mexe. Mesmo com os doze soldados ali de prontidão, o Capitão Fane espera, embora eu não saiba o quê.

Enrugo a testa em uma pergunta silenciosa, até ouvir os passos de uma pessoa só.

O décimo terceiro homem sobe a rampa e passa entre os soldados, que se mantêm enfileirados dos dois lados dele como muros de tijolos. Ele é alto; sua presença é imponente, chama atenção. Mas, apesar de usar a mesma armadura negra e roupas de couro marrom que os outros, há nele uma diferença muito marcada.

— Aquilo ali são... espinhos?

Ouço o sussurro de uma montaria à minha direita. Escuto murmúrios de "amaldiçoado" e "mau". Escuto as explicações delas sobre como o Rei Ravinger o criou a partir de despojos apodrecidos, transformando seu corpo em algo antinatural com um propósito: comandar seu exército.

Mas estão enganadas.

O comandante com espinhos salientes nas costas e nos braços não é amaldiçoado. O homem que está diante do grupo, e é tão alto que o Capitão Fane tem de olhar para cima para encará-lo, não é o resultado dos poderes do Rei Ravinger em uma perversão de seu corpo.

Não, o homem ali em pé, cujo corpo exala ameaça, é uma coisa, e uma única coisa.

Feérico.

32

Nem sempre foram seis reinos em Orea. Houve um tempo em que eram sete.

Mil anos atrás, o Sétimo Reino governava na fronteira do mundo. Além dos Pinheiros Arremessadores, além da montanha congelada de Sinoalto, muito além da Estéril e até do Mar Ártico.

Bem lá no fim, tão distante que até o sol e a lua só flutuavam sobre seu horizonte. Tão distante que a terra plana terminava em um precipício sem nada lá embaixo. O Sétimo Reino vivia em um cinza perpétuo, sem luz, nem escuridão, nem além. Mas foi lá que encontraram a ponte.

Lemúria. A ponte que levava a lugar nenhum.

A ponte era só uma faixa de terra cinzenta e vazia que se estendia sobre a fronteira do mundo, muito além do que os olhos podiam ver. Aquela faixa de terra seguia em frente, sem nada abaixo ou em volta dela, nada exceto o vácuo escuro e invisível.

Diziam que, se alguém pisasse fora daquela ponte, cairia para sempre, e nem os deuses e as deusas poderiam encontrá-lo para impedir a morte.

Mas os monarcas do Sétimo Reino eram estudiosos. Não acreditavam em mitos ou histórias sobre o desconhecido. Então, mandaram soldados e exploradores à ponte de Lemúria a fim de descobrir o que existia além dela, saber aonde a ponte levava.

Durante anos, centenas de oreanos viajaram à ponte e nunca mais foram vistos. Muitos acreditavam que aquela era uma empreitada inútil, da qual os monarcas deveriam desistir. Uma missão suicida. Uma tarefa logo designada a ladrões e devedores. Uma façanha que nunca levava a nada.

Até que, um dia, uma mulher atravessou a ponte de volta.

Não era soldado, exploradora ou estudiosa, nem uma ladra. Não foi enviada por monarcas. Era uma clandestina. Uma órfã cujo pai tinha ido à ponte para nunca mais voltar.

Aos dez anos, ela passou pelos guardas que permaneciam no início da ponte e correu em silêncio, determinada, para procurar o pai naquele vácuo.

Ninguém nunca soube. Ninguém nunca viu.

Ela andou através do tempo e do espaço, combatendo a loucura, a fome e a sede. Quando todos os outros sucumbiam e se jogavam da ponte, ela seguia em frente. Quando todos os homens de Orea fracassaram, ela obteve êxito.

Saira Turley fez o que nenhuma outra pessoa tinha feito: atravessou a ponte de Lemúria e voltou para contar a história.

Mas não voltou sozinha.

Porque a ponte, aquela estrada estreita para o nada, levava a um novo mundo. Um mundo de magia.

Saira podia não ter encontrado o pai, mas encontrou Annwyn — o território no reino além.

O reino dos feéricos.

Saira caiu através de seu solo e pousou em seu céu. "Pássaro" foi como a chamaram. Pássaro de asa quebrada.

Um grupo de feéricos a acolheu, cuidou dela, e a menina ficou fascinada com essas pessoas e seu poder impressionante. Encontrou uma nova família no paraíso mágico e construiu uma vida lá.

Mas seu coração estava sempre em Orea, o lugar onde sua mãe estava enterrada, onde tinha boas lembranças do pai.

Quando completou dezenove anos, Saira se apaixonou por um feérico — o Príncipe de Lydia. Dizem que o amor dos dois era mais profundo do que todos os mares de Annwyn, que se fazia música com a canção de seus corações.

Antes de se casarem, o príncipe deu a ela um presente de casamento.

Ele não podia trazer de volta o pai dela, mas podia levá-la para casa de novo. Então, o príncipe a levou à ponte de Lemúria mais uma vez, no limite de seu céu cintilante, e saltou.

Através do espaço e do tempo, ele encontrou o fio que conectava seus reinos por meio daquela ponte sobre o vácuo. Com seus grandes poderes, puxou-a para mais perto de Annwyn, para o reino feérico, para que Saira voltasse para casa, para Orea, sempre que quisesse.

Orea e Annwyn se tornaram reinos irmãos. Quando feéricos e oreanos se uniram, houve uma celebração para todos os sete reinos.

Depois dessa grande união, Lemúria deixou de ser um interminável caminho sobre o vácuo e rumo à morte, e se tornou uma ponte de verdade entre os reinos, uma travessia de poucos minutos.

Durante centenas de anos, nós coexistimos. Convivemos. É de lá que ainda vem a magia oreana — dessa mistura com os feéricos. Mas ano a ano, essa magia morre um pouco, porque nenhum feérico vem para cá. E oreanos não atravessam mais a ponte para Annwyn. A travessia não é percorrida há trezentos anos.

Porque os feéricos traíram Orea.

Um novo monarca subiu ao poder logo depois de Saira Turley e seu príncipe terem dado o último suspiro. Um rei que falava contra coabitar com os oreanos, contra se misturar com seres inferiores. Ele arrebentou o fio que o marido de Saira amarrara com amor, destruindo a ponte e separando os reinos com um só golpe.

O Sétimo Reino, vulnerável ali na fronteira do mundo, foi engolido inteiro pela força do corte mágico. A terra e as pessoas nunca mais foram vistas. E a ponte de Lemúria caiu naquele vácuo, desabou no nada.

Portanto, Orea deve aos feéricos a magia que ainda existe aqui. Mas esse é um presente amargo, temperado com traição.

Porque não existe mais Sétimo Reino. Não há aliança pacífica. Não tem ponte para Annwyn. Não há mais feéricos.

Ou é nisso que as pessoas acreditam.

33

Tambores.

Sinto meu coração bater como tambores nas veias, muito alto, muito rápido, muito forte.

Sempre pensei que as histórias do comandante, inclusive os relatos escritos na biblioteca de Sinoalto, fossem exageros. Dramatizações para enfatizar o terror de sua presença e justificar a covardia das pessoas quando corriam de medo dele.

O comandante — que as pessoas chamam de Degola por sua predisposição a literalmente degolar a cabeça do corpo dos soldados — tornou-se uma lenda moderna, alguém a ser temido, tal qual o próprio Rei da Podridão. Mas eu não esperava que o Comandante Degola fosse tão assustador, na verdade.

É claro, havia boatos de que ele era feérico — mais feérico do que qualquer outro oreano. Mas achava que era só isso. Boatos. Fofocas. Invenções. Mais exageros espalhados, provavelmente pelo próprio Rei Ravinger, para fazer seu comandante parecer mais assustador.

Mas agora que o vejo por conta própria, posso afirmar que ele não é só mais um oreano com uma linhagem de sangue de magia enfraquecida, herança de distantes ancestrais feéricos.

Ele é mais do que isso.

Os espinhos são a prova. Muitos relatos escritos fazem parecer que eram só parte de sua armadura, outra invenção dramática. Mas posso dizer que não são. Os espinhos, a estatura, a presença ameaçadora: tudo é real.

Não sei o que pensar disso.

É como se meus olhos não conseguissem se desviar dele, e me pego contando os espinhos pretos que descem por sua coluna. A partir da região entre as omoplatas até a parte inferior das costas são seis deles, decrescendo em tamanho de cima para baixo. São curvos, em um arco ligeiramente descendente, atravessam a armadura e refletem com seu brilho feroz o vermelho incandescente das lamparinas.

Os espinhos na parte externa dos antebraços são muito mais curtos, mas não parecem menos afiados e mortais: quatro pontas a partir da região acima do pulso até pouco antes da curva do cotovelo.

Estou aterrorizada demais para tentar imaginar sua aparência sem o capacete. Há descrições de chifres na testa ou cicatrizes horrendas rasgando o rosto. Há quem afirme que ele tem presas, enquanto outros registros escritos juram que ele é capaz de matar uma pessoa apenas ao encará-la com seus olhos vermelhos e ardentes.

Não quero descobrir se tem alguma verdade nisso.

Mas o que quero saber é por que ele está aqui, na Estéril, para encontrar os Invasores Rubros.

— Capitão Fane — retumba uma voz baixa, profunda. As montarias ao meu lado ficam tensas com o som.

— Comandante Degola — responde o capitão com uma leve inclinação de cabeça. — É uma surpresa vê-lo tão longe do Quarto. Sua mensagem foi inesperada.

— Hum.

A tentativa do Capitão Fane de obter informações é infrutífera, mas ele não desiste.

— Ouvimos dizer que houve problemas nas suas fronteiras.

— Não passou de um aborrecimento. Mas o rei não tolera ataques em seu território.

— É claro que não. Nenhum líder de verdade os tolera.

Quase engasgo com a adulação evidente do Capitão Fane.

— Como estão a Estéril e o Porto Quebra-Mar? Suponho que a pirataria ainda é lucrativa.

O capitão sorri.

— Não posso reclamar.

— Não costuma passar tão perto do norte durante o outono.

Não é uma pergunta, mas até eu entendo sua exigência por informações.

O Capitão Fane troca um olhar rápido com Quarter antes de responder:

— Recebemos uma dica. Por isso viemos tão longe, e felizmente valeu a pena. Mas logo voltaremos às docas.

Minhas mãos, ainda congeladas sobre as fitas, caem junto do corpo.

Recebemos uma dica.

Uma dica? Para vir até aqui? Intrigada, espreito o capitão, como se encará-lo com a firmeza suficiente pudesse me dar respostas.

— Interessante — responde o Comandante Degola. Ele mexe os braços, e os espinhos refletem a luz escarlate, atraindo o olhar do capitão. — E essa dica tem a ver com a dúzia de falcões mensageiros que você enviou duas horas atrás?

O Capitão Fane fica tenso.

— Como sabe disso?

Em vez de responder, o comandante levanta a mão fechada. Ele a abre e deixa cair no convés um pedaço de papel enrolado. Atrás dele, seus soldados também fazem o mesmo gesto e deixam cair outros onze pedaços de papel.

A expressão do capitão agora é de ultraje. Ele abre e fecha a boca, parecendo um peixe fora d'água.

— O quê... Como...

O comandante joga uma bolsa para cima, e Quarter a pega antes que ela caia.

— Compensação. Pelos falcões.

Quarter e o Capitão Fane fitam o comandante, completamente surpresos.

— Você interceptou todas as minhas mensagens? — o capitão pergunta com um tom furioso.

O comandante inclina a cabeça de lado.

— Interceptei.

O Capitão Fane contrai a mandíbula e range os dentes de madeira.

— E gostaria de me dizer o porquê? Isso é um ato de animosidade, comandante. Meus Rubros já mataram por muito menos.

A ameaça não afeta o comandante ou os soldados atrás dele. Pelo contrário, são os Rubros que parecem nervosos, trocam olhares entre si como se temessem uma luta contra os soldados do Quarto.

— Não há necessidade de derramamento de sangue entre nós — o comandante responde sem se alterar, sem perder a calma. — Na verdade, vou ajudar você.

— Como? — o capitão se irrita.

O Comandante Degola dá um passo à frente. Um passo, uma coisa tão sem importância, mas a ameaça da redução de espaço entre ambos faz o capitão levar a mão ao cabo da faca — a mesma que ele usou para rasgar o coração de Sail.

— Sei que estava ansioso demais para escrever para possíveis compradores, se gabar do produto do saque. Mas vou melhorar as coisas para você, Fane, e facilitá-las também. — A voz dele não é mais alta do que antes, mas, por alguma razão, eu me encolho ao ouvi-la. Mordo o lábio em uma reação preocupada. — Você tem a caravana de Midas. Eu compro todos.

O Capitão Fane se surpreende.

— Você? Por quê?

Apesar de ele ainda estar de capacete, tenho a impressão de que o comandante sorri.

— Isso é entre Midas e Ravinger.

Meu estômago se torce como um saca-rolhas, como se quisesse abrir um buraco e afundar nele. Ouço o gemido de uma das montarias, um som que transborda medo.

Uma coisa é ser roubada pelos piratas cruéis. Outra coisa inteiramente diferente é ser comprada pelo comandante do Rei da Podridão.

O homem é famoso pela frieza no campo de batalha, e todo o exército é uma força brutal que nunca foi derrotada.

E agora ele nos quer. *Isso é entre Midas e Ravinger.*

Com essa explicação vaga, não tenho nenhuma dúvida sobre o motivo da presença do Comandante Degola aqui na Estéril, sobre a razão de ele estar propondo este negócio. O Rei Ravinger enviou seu exército para confrontar Midas. E acabamos de cair na palma da mão dele.

O Capitão Fane e Quarter se entreolham, um olhar carregado e cheio de consideração. Quando encara novamente o comandante, ele solta o cabo da faca.

— Como sei que leu em todas as minhas cartas — ele começa a falar com tom contrariado —, tenho as putas reais de Midas, mais alguns soldados que sobreviveram. O plano era levá-los para o litoral para serem divididos e vendidos.

O comandante por fim desvia o olhar do capitão. Vira a cabeça, e juro, *sinto* seus olhos pousarem diretamente em mim. Paro de respirar sob aquele escrutínio, como uma mosca presa no visgo. Estou encurralada, incapaz de me mover, incapaz de fugir. Meu coração dispara.

Mas então ele continua a varredura visual, segue virando a cabeça, os olhos escondidos passando pelo grupo de montarias com atenção e tédio. Finalmente consigo soltar o ar pela boca, uma mosca se libertando da armadilha pegajosa.

— Como eu disse, vou poupar você do trabalho — declara o Comandante Degola, encarando o capitão mais uma vez. — Vou comprar todos eles. E os cavalos também, mas pode ficar com as armaduras de ouro. Eles não vão precisar disso.

O Capitão Fane estreita os olhos, como se a quantidade de informação que o comandante tem despertasse sua desconfiança.

— Vai ser um valor muito alto. Eu contava com diversas ofertas.

— Tenho certeza de que podemos chegar a um acordo — o comandante afirma com segurança.

— Meus homens esperavam ter pelo menos umas duas semanas de diversão com nossos prêmios, antes que eu as vendesse.

A torção no meu estômago se intensifica. O Capitão Fane não tem vergonha, reclama porque ele e seus homens não vão poder se divertir conosco se ele nos vender agora mesmo. A ideia, o aviltamento disso, me faz sentir a bile queimando na garganta, tão quente que quero respirar fogo e incinerá-lo.

— Como eu disse, acho que podemos chegar a um acordo, Fane.

Silêncio. O vento é a única coisa que se move ou faz barulho. Todo mundo os observa: montarias, piratas, soldados. Todos os olhos estão voltados para o comandante e o capitão, esperando para ver o que vai acontecer.

Acima de nós, a noite continua, o breu e o vazio de sempre. Fico pensando se ela vai clarear em algum momento ou se estou condenada a viver cercada por essas sombras para sempre, ir de uma circunstância ruim a outra pior.

Finalmente, o Capitão Fane assente.

— Muito bem, então. Acho que é hora da refeição. Sempre digo que um acordo é melhor quando regado a vinho e comida.

O comandante acena com a cabeça e levanta um braço.

— Então vamos, capitão, e pode me contar tudo sobre o que aconteceu esta noite. Estou certo de que vamos ter muito sobre o que conversar.

O Capitão Fane sorri.

— Sim. Quando Midas descobrir que você e seu rei estão com os homens e as putas dele, vai perder a cabeça.

Uma risada sombria e rouca ecoa por trás do capacete preto, e meus braços ficam arrepiados.

— Estou contando com isso, capitão.

34

Já vi raposas em um galinheiro antes. Assustando as pobres aves, correndo atrás delas quando elas estavam só tentando fazer seu trabalho e botar ovos. As raposas as atormentavam, tentavam fazê-las voar. Já vi um galinheiro inteiro ser destruído em uma explosão de penas, barulho e medo.

Este jantar é muito parecido com isso.

Os Invasores Rubros são as raposas, debochando e apalpando, na tentativa de ver se conseguem fazer uma montaria fugir correndo, em pânico.

Mas não são só raposas nesse jantar. Temos lobos também.

Os doze soldados do Comandante Degola ocupam um banco inteiro na sala de jantar. Estão sentados juntos, espremidos, ombro a ombro, sombrios, ameaçadores e grandes demais para o espaço. Tiraram o capacete para comer, mas estão em silêncio. Observadores. Lobos vigilantes em meio à turba.

— Você, não.

Sou parada pelo cão de guarda antes de entrar na sala de jantar carregando duas jarras de vinho.

— O quê?

Ele olha para Rissa atrás de mim.

— Você leva as jarras.

Rissa arqueia a sobrancelha loira.

— Já estou carregando a bandeja — responde.

— E eu tenho cara de quem se importa? Falei para levar as jarras.

Rissa comprime os lábios, mas olha para mim e acena com a cabeça para a bandeja repleta de biscoitos duros.

— Ponha aqui.

Ajeito os biscoitos o melhor que posso de um lado e acomodo as jarras. Assim que termino, Rissa passa por nós levando sua carga consideravelmente mais pesada para a sala de jantar, onde o restante das montarias já serve a comida, algumas puxadas para um colo, outras suportando mãos que se esgueiram para baixo das saias.

Fico do lado externo da porta, fitando o pirata.

— O que devo fazer?

Meu cão de guarda se apoia à parede e puxa a faca, usando a ponta para limpar embaixo das unhas.

— Não sei. O capitão só disse que você não pode entrar lá enquanto os homens do Quarto estiverem aqui.

A compreensão chega como uma manhã fria.

— O capitão não quer que o comandante me veja.

O pirata sorri e continua limpando as unhas nojentas.

Olho para a sala iluminada e ouço o estranho silêncio do navio parado. De onde estou, consigo ver os soldados do Quarto no banco mais próximo à porta. O Capitão Fane e o Comandante Degola estão na frente da sala, sentados em uma mesa pequena para duas pessoas de onde podem observar os longos bancos, de costas para mim.

O comandante está sem capacete, no entanto não consigo ver seu rosto daqui. Mas posso eliminar os chifres. Tudo que vejo é cabelo preto, grosso e curto no alto da cabeça.

— Vou buscar mais coisas na cozinha — aviso, virando-me a fim de me afastar.

Infelizmente, meu cão de guarda me segue, e não tenho uma chance de escapar — não que eu esperasse que fosse tão fácil.

Quando retorno à cozinha, mal passo pela porta e alguma coisa voa na direção do meu rosto. Eu me abaixo e escuto o barulho do pano molhado se chocando contra a parede, bem atrás de onde estaria meu rosto.

— Comece a limpeza — o cozinheiro ordena do lado oposto da cozinha.

Engulo um suspiro, tiro a luva que ainda me restava e a guardo no bolso do vestido. Pego o pano molhado e começo a esfregar o longo balcão, trabalhando disfarçadamente nas fitas enquanto faço a limpeza.

Finalmente, com as costas curvadas e o suor molhando a nuca, consigo desfazer um nó. Meu coração dispara com a pequena, mas valiosa vitória. Arrisco um vislumbre para trás, mas os dois piratas não olham para mim. O cozinheiro está ocupado demais jantando sozinho em um canto, e meu cão de guarda agora cutuca os dentes com a mesma faca com que limpou as unhas.

Olho para a frente e continuo limpando, continuo desmanchando os nós. Persistência. Só preciso de persistência.

Estou quase no fim da limpeza quando Polly entra com o rosto vermelho e os olhos brilhando.

— Eles querem mais cerveja — anuncia sem entonação, com a voz esgotada.

— E acha que eu sou o quê, uma serviçal? — O cozinheiro grita para ela. — Vá buscar essa merda, então.

Polly parece confusa, por isso endireito o corpo e jogo o pano no balcão.

— Por aqui — falo para ela, e mostro o caminho.

Ela me segue até a despensa, onde mostro o barril e as jarras restantes. Sinto seu olhar em mim, as questões vibrando.

— Pode usar aquelas suas coisas? Para machucar os homens? Fugir? — Sua pergunta não é mais do que um murmúrio, segredos falados com um suspiro, mas sei a que ela se refere.

Não me atrevo a espiar ali atrás para ver se os piratas nos observam.

— Não. O capitão as amarrou. Ainda não consegui soltá-las.

Ela solta o ar pelo nariz, um som baixo de desapontamento, a esperança indo embora.

— Preciso levar mais cerveja, isto é pouco — pontua, e retoma o tom de voz normal, agora que tem os braços cheios de jarras. — Pode levar as outras duas?

Hesito por um momento, mas depois concordo e encho mais duas jarras. Juntas, levamos a cerveja sob o olhar fixo do cozinheiro, seguidas pelo cão de guarda.

Quando estamos do lado de fora da sala de jantar, eu paro.

— Estou proibida de entrar.

Polly me encara com um suspiro frustrado.

— Tudo bem. Vou mandar alguém vir buscar as jarras.

Ela inspira profundamente antes de entrar, tentando manter a cabeça erguida, tentando exibir um sorriso relaxado. Praticamente não se abala quando um deles dá um tapa em seu traseiro quando ela se debruça para servir a cerveja. Encenação. É tudo encenação.

A sala é barulhenta, sinal de que os piratas já beberam muito e comeram bem. Vejo Polly se aproximar de Rissa e falar alguma coisa no ouvido dela ao passar. Rissa olha para mim antes de correr para pegar as jarras.

— Eles bebem muito — comento em voz baixa ao entregá-las.

— Bom para nós — ela murmura com uma piscada. — Se conseguirmos deixar esses homens bem bêbados, alguns podem apagar. Menos um filho da mãe com que se preocupar hoje à noite.

Ela se vira com um sorriso sedutor no rosto, pronta para agradar aos piratas, pronta para comandar a sala com toda a sua habilidade para sair dali ilesa.

Como ela mesma disse às outras mais cedo, são profissionais, e isso aparece em cada sorriso, cada brincadeira, cada movimento do quadril. Gazelas forçadas a satisfazer o predador. Provocá-los para que olhem, apreciem. Convencê-los a não causar dano, não morder.

Espero que funcione.

Minha visão da sala é bloqueada por um rosto furioso que aparece na minha frente. O cabelo negro de Mist está sem vida, ou por causa da chuva de antes, ou por alguma atenção que ela recebeu lá dentro.

— Típico — ela fala com uma risada amarga. — A favorita não precisa nem servir, assim como todas nós.

— Estou proib...

— Me poupe — ela me interrompe em voz alta. — Pode pelo menos levar esses pratos sujos para a cozinha, ou é boa demais para isso?

— Entendo sua raiva, de verdade — começo a falar. — Mas, em vez de ser tão desagradável comigo, guarde sua energia para eles. — E indico os soldados silenciosos.

— Como se você se importasse.

Eu me importo, é claro, mas ela não vai acreditar em mim, independente do que eu disser.

Mist joga os pratos sujos em meus braços e volta para dentro da sala. Levo a carga para a cozinha, onde passo a hora seguinte na frente de um balde de água fria e quase sem espuma, esfregando cada prato.

Uma a uma, as montarias chegam, trazendo mais coisas para lavar até minhas costas doerem, e minhas mãos estarem enrugadas. No entanto, uso bem meu tempo. Descarrego a frustração nos pratos que esfrego, enquanto as fitas continuam desfazendo os nós, soltando-os centímetro a centímetro com bastante lentidão. Uso a faixa a meu favor, escondendo cada movimento delas.

Continuo. Tudo o que posso fazer é continuar.

Quando por fim termino de lavar, o cão de guarda me segura pelo braço.

— Venha, quero ir lá em cima ver o que está acontecendo.

Limpo as mãos molhadas e congeladas na frente do vestido, e tropeço em algumas coisas na tentativa de acompanhar o ritmo dos passos do guarda impaciente. É evidente que ele está cansado de ser minha babá.

— Fique ao meu lado e mantenha a boca fechada, entendeu?

Respondo que sim com a cabeça e subo ao lado dele para o convés principal, onde encontro todas as montarias perfiladas.

Logo, todas terão desaparecido. Vão embora com os homens do Quarto, e vou permanecer aqui. Vou ficar presa, uma cativa sem grades, mas não menos cativa.

Não sei o que é pior. Lobos ou raposas. Piratas impiedosos ou soldados inimigos.

Queria que Midas estivesse aqui.

Esse pensamento me invade de um jeito tão violento, que lágrimas inundam meus olhos. Daria qualquer coisa para vê-lo agora. Para que ele aparecesse, nos resgatasse, me protegesse mais uma vez. Da mesma maneira que ele me salvou dos saqueadores tantos anos atrás. Meu salvador nômade. Meu rei protetor.

Mas Midas não está aqui.

Ele não vem, porque nem imagina que estou com problemas. E, quando descobrir, vai ser tarde demais. Muito, muito tarde.

35

Minhas mãos se torcem na frente do corpo, tão emaranhadas quanto os nós em minhas costas.

Isso é uma bifurcação, aberta no convés de um navio pirata. Não sei qual destino é pior ou qual grupo é mais brutal.

Melhor o mal conhecido, mas e quando os males são sempre novos? Sempre estranhos que chegam inesperadamente para me levar embora?

Se Midas não vem me resgatar, não tenho esperança de escapar dos piratas ou dos soldados. E para onde iria, se fugisse? Estamos no meio da Estéril congelada, no meio de quilômetros de gelo ártico. Eu poderia perambular sozinha durante dias, perder-me no vento encoberto de branco ou ser castigada por uma nevasca e nunca mais encontrar meu caminho.

Mas talvez fosse melhor. Talvez fosse uma bênção cair nos bancos de neve e nunca mais acordar. Um abraço mais suave do que o que esses homens pretendem, disso tenho certeza.

Apesar de não saber qual dos perseguidores é pior, a ideia de ser separada de todos que conheço me enche de pânico. Apesar de as montarias não gostarem de mim — algumas podem até me odiar —, pelo menos são uma parte lá de casa. Um lembrete da segurança.

Um nó especialmente grande em minhas costas provoca uma pontada de dor em uma das fitas, mas contenho o tremor e continuo trabalhando ali no convés. Sozinha. Vou ficar aqui e ser usada pelo capitão, completamente sozinha. Se conseguir soltar minhas fitas, posso ter uma chance. Talvez o suficiente para ganhar algum tempo.

Perto do centro do navio, o Capitão Fane e o comandante conversam compenetrados, o comandante novamente com seu capacete preto.

Eles continuam dialogando por certo tempo — negociando, pelo jeito — até que, por fim, o capitão assente. Chegaram a um acordo. Da mesma maneira que um pacto anterior foi feito — um pacto entre dois reis.

Homens negociando em nome de mulheres nunca é um bom negócio para as mulheres.

Vejo o comandante mover a cabeça em um aceno positivo, e um dos soldados se aproxima carregando um baú. O Capitão Fane o abre, seus olhos brilham e a boca se abre diante da abundância de moedas lá dentro.

Ele sorri, a boca distendida em satisfação maldosa.

— Bem, negócio fechado. — O Capitão Fane puxa o baú, mas o soldado não o solta. O Capitão Fane olha para o comandante. — Algum problema?

— Vou tomar posse do que é meu agora.

O capitão concorda.

— É claro. Quarter o levará aos outros navios. Lá, você vai encontrar os homens e os cavalos de Midas.

O comandante assente, e o soldado por fim solta o baú. O capitão o segura com um grunhido, antes de passá-lo com agilidade para dois de seus piratas, que o levam dali.

— Aproveite o resto da noite, comandante. Mande recomendações minhas ao seu rei. — O capitão se despede com um toque no chapéu.

— Um momento, Fane.

O capitão para, vira para trás. Os piratas que levam o baú também param. Paro de torcer as mãos.

— O valor acertado entre nós é para toda a gente de Midas — anuncia o comandante.

O capitão pisca, enruga a testa. Fica confuso por uma fração de segundo, mas eu sei. Sei um momento antes de o comandante virar a cabeça coberta pelo capacete em minha direção, olhando-me através das pessoas reunidas na minha frente, como se o tempo todo tivesse consciência da minha presença ali.

Ele levanta a luva da armadura e aponta o dedo para mim. Meu coração congela no peito.

— Isso inclui ela.

O Capitão Fane fica de queixo caído quando a compreensão o invade como uma onda impiedosa.

— Não — começa com um vigoroso movimento de cabeça, a pena preta balançando no topo do chapéu. — Ela não está à venda. Nunca esteve, porque vou ficar com ela. Você comprou todas as outras.

O Comandante Degola abaixa a mão e encara o capitão. Mesmo de longe, sinto sua insatisfação.

— Eu disse todas, Fane, e estou falando sério. — Aquela voz firme e incisiva é tão cortante quanto o frio da Estéril. — Pensou mesmo que eu lhe daria um baú cheio de ouro por algumas montarias, uns garanhões da neve e soldados meio mortos? — Ele balança a cabeça. — Não. A favorita de Midas também vem conosco.

Meu peito fica apertado, imóvel, como se o peso daquele baú de moedas tivesse sido jogado em cima de mim. O ritmo de tambor volta ao meu coração com força total, reverberando nos ouvidos.

O Capitão Fane cerra os punhos, seus olhos queimam.

— E se eu recusar essa condição?

Uma risada fria e cruel brota do comandante. É o tipo de som que se escuta antes de ser torturado por um maluco. A risada de um vilão de sangue frio.

— Se recusar, não vai gostar das consequências. Mas a escolha é sua, é claro.

Um tique nervoso aparece no queixo do capitão quando ele estuda os soldados em posição de sentido, firmes. Apesar de haver muito mais piratas, sinto que isso não tem importância.

— Como soube a respeito dela? Não a mencionei em nenhuma das mensagens que mandei.

— Você tem suas dicas, eu tenho as minhas.

Não faço ideia do significado dessa resposta enigmática, mas minhas mãos passam a suar.

Quarter comenta algo no ouvido do capitão, mas ele afasta o homem com uma expressão furiosa. Os dois líderes se encaram.

Se eu achava o clima apreensivo antes, agora a tensão é incomparável. Até os soldados de Degola parecem mais rígidos, como se estivessem prontos para o início de uma batalha. Olho para um e outro, mordendo a boca de preocupação.

Não sei com quem ia preferir ficar, se tivesse escolha. Seria melhor ser deixada com os depravados Invasores Rubros ou ser vendida para o assustador comandante do exército de Ravinger? Estou entre o mar e o rochedo.

Finalmente, o Capitão Fane responde:

— Muito bem. — Sua voz é amarga, como uma reprimenda. E assim, do nada, sou jogada para um lado da bifurcação. Meu destino é selado.

— Quarter, deixe que eles inspecionem primeiro os soldados e os cavalos, verifique se correspondem ao gosto do comandante — dispara o Capitão Fane, que continua: — Depois volte para a inspeção das montarias, para que elas não fiquem esperando na neve. — E olha para o capitão. — Não vai querer que sua mercadoria congele antes mesmo de sair da Estéril.

O comandante não se pronuncia.

Quarter pigarreia e se adianta.

— Muito bem, vou levá-los aos outros navios, se estiver pronto para ir.

O comandante faz uma pausa. Olha para as montarias, e para mim.

— Certo — concorda, contrariado. — Capitão, meus soldados e eu partiremos em uma hora. — Ele se vira e desce a rampa, seguido por seis de seus soldados. Os outros seis continuam no mesmo lugar, as mãos unidas diante do corpo, cabeça erguida e olhos voltados para frente, vigilantes.

O Capitão Fane endurece ainda mais a linha da boca, mas olha para seus homens.

— Ponham o baú em meus aposentos.

Os dois saem imediatamente levando a arca de moedas para cumprir suas ordens.

O capitão observa as montarias, um olhar que se demora mais naquelas que mantêm os olhos baixos, ainda com o vestido rasgado, tremendo nas roupas úmidas.

Ele se dirige a dois de seus homens na ponta da fila:

— Ponham as putas na sala de jantar até o comandante voltar para pegá-las. Não precisamos de nenhuma delas se jogando do barco para não ter que ir com ele. O homem já pagou, não vou devolver nenhuma moeda daquele ouro.

Não tenho certeza, mas acho que ouço um dos soldados rir baixinho.

— Sim, capitão.

As montarias caminham rumo à cozinha atrás dos Rubros. Sigo o rebanho de cabeça baixa, imersa em pensamentos. Estou quase na sala de jantar quando meu braço é agarrado, e o de Rissa também, ao meu lado.

— Silêncio. — O Capitão Fane pronuncia a palavra como se estalasse um chicote.

As montarias perto de nós se viram para ver o que se passa, porém, quando encontram o olhar do capitão, voltam-se rapidamente para a frente. Sem emitir qualquer som, Rissa e eu somos tiradas do grupo e levadas para os aposentos do capitão. Estamos perdidas no meio da confusão, por isso os soldados não percebem — ou talvez só não se importem.

As batidas de meu coração se tornam irregulares, meus pés tropeçam um no outro. Minha pele é coberta por um suor frio que me deixa gelada no mesmo instante.

— Degola pode pensar que é muito esperto, mas maldito seja eu se não me divertir com vocês antes de serem levadas — resmunga o Capitão Fane.

O terror me rasga ao meio, ameaça me derrubar. Ao meu lado, as costas de Rissa se enrijecem.

— Tive um trabalho da porra para chegar aqui a tempo. Fiz por merecer, quero experimentar — ele resmunga, como se falasse para si mesmo.

O medo se mistura com ressentimento. Raiva.

Esse deveria ser meu único alívio — meu e das montarias. É justo. Se vamos ser vendidas para o diabo, os demônios não deveriam poder nos atormentar.

Mas quando sou arrastada e chego cada vez mais perto dos aposentos do capitão, fica muito evidente que não haverá qualquer alívio. Não vou escapar do abuso do Capitão Fane.

Tudo porque ele quer experimentar.

Como se fôssemos alguma coisa para digerir, consumir, devorar.

Por que sou tão amaldiçoada pela ganância dos homens? É simplesmente o dourado da minha pele? Ou existe algo mais, uma coisa mais profunda, algo dentro de mim que me trouxe essa vida?

A resposta, suponho, não importa. Mas a questão ainda incomoda. Queima tanto quanto a cicatriz em minha garganta.

Contemplo Rissa. Há tormenta em seus olhos azuis, a testa está enrugada. Nós duas tentamos acompanhar a mudança de direção do nosso destino.

O capitão para diante da porta e pega a chave do bolso, enquanto os dois piratas que carregam o baú de moedas esperam ao lado. Quando o capitão destranca a porta e deixa os homens entrarem para deixar o baú, ergo o rosto para o céu. Olhando, procurando.

Mas, como todas as vezes em que alguma coisa ruim aconteceu comigo, não tem estrelas. Nem luz. Nem brilho suave. Só nuvens turvas em uma noite infinita.

Continuo à espera do resgate, de o dia amanhecer, de uma estrela explodir, de a esperança emergir.

Entretanto, nada acontece.

Não acontece, e sou puxada para dentro do quarto, para longe do céu, como a chama de uma vela cujo pavio é soprado.

36

Os aposentos do capitão não são grande coisa. Porém, é bem provável que eu tenha herdado expectativas irrazoáveis. Morar em um castelo de ouro faz isso com uma garota.

Mas observo tudo, centímetro por centímetro, focando o olhar com determinação inabalável, porque preciso da distração — do foco. Qualquer coisa que me distraia do capitão trancando a porta. A chave na fechadura faz um barulho mais alto do que a porta da minha gaiola jamais fez.

Olho para a frente, para a melhor parte do quarto. Janelas grandes encobrem a retaguarda do navio de cima a baixo, revelando um mar de neve lá fora. O céu está clareando muito levemente. A noite incessante enfim se dissipa.

À esquerda, há uma mesa coberta de papéis e mapas. Barris e baús empilhados são empurrados contra as paredes, cada um deles bem fechado, mantendo escondido o seu conteúdo. Alguns são usados como mesas, e em cima deles as velas transbordaram, moldando a cera derretida contra seu pilar em fios congelados.

À direita, no espaço para onde não quero olhar, fica a cama. Ela espera, parcialmente encoberta pela pesada cortina vermelha que cobre os cantos do dossel. Os cobertores estão amassados, há vários travesseiros esquecidos no chão, e espero sinceramente que a mancha no lençol seja de cerveja.

Rissa e eu esperamos desconfiadas enquanto o capitão se aproxima da mesa e tira o chapéu. Ele arranca o pano vermelho do pescoço e o joga longe, depois pega um cantil prateado e o leva à boca.

Ele nos observa enquanto bebe. Meu corpo treme, como as agulhas de um Pinheiro Arremessador antes de serem arrancadas dos galhos e lançadas no chão como estacas.

— Encenação — Rissa murmura ao meu lado, tão baixo que quase não a escuto. Um lembrete para eu desempenhar um papel. Representar, manter meu verdadeiro eu separado dos horrores e trancado dentro de mim, onde ele não pode alcançar. Encenar. Encenar para suportarmos tudo isso.

Seu murmúrio baixo de incentivo é suficiente para me fazer parar de tremer. Respiro fundo. Sou grata por isso, por como o comentário me equilibra e lembra que não estou sozinha, mesmo querendo que ela fosse poupada disso.

— Capitão, sua cabine tem uma grande… quantidade de coisas — Rissa elogia com aquela voz relaxada e sedutora. É uma tentativa de amenizar a tensão, de estabelecer o tom do encontro. Tudo o que ela faz, desde a voz até os movimentos, é calculado. Deliberado.

O Capitão Fane ignora o comentário e joga suas peles sobre a mesa, depois deixa o cantil em cima dela.

— Infelizmente, não tenho tempo para brincar — declara, mirando o corpo dela. — Tire a roupa e vá para a cama.

Vejo a garganta de Rissa se mover, mas ela não hesita.

— É claro, capitão — ronrona.

Calma, controlada, sensual. Ela está representando a personificação do desejo.

Caminhando em direção à cama, despe-se lentamente com elegância e tranquilidade provocante. O capitão a observa, e eu o observo. Vejo seu desejo aumentar, vejo quando ele lambe os lábios.

Rissa não combina com este lugar, com esta cama manchada em um quarto que fede a álcool, com mapas grudados às paredes com cera velha. Ela tem a pele suave, tem beleza e atitude, e este lugar é sórdido e grosseiro, sem nenhuma admiração por seu valor.

Assim que os dedos abrem o último botão e o vestido cai, ela sobe na cama e espera a próxima ordem, o cabelo loiro caindo gracioso sobre sua pele enquanto ela se apoia sobre os tornozelos.

Vi Rissa nua com Midas centenas de vezes, é claro, estou acostumada a isso, mas o Capitão Fane fica fascinado por um momento. Em seguida ele ataca, atravessa o quarto com cinco passos largos. Em um instante está em cima dela. Mas, quando acho que vai beijá-la, ele a puxa pelo cabelo e a gira. Rissa grita de surpresa ao ser posta de joelhos, porém o barulho é abafado quando ele empurra seu rosto contra o colchão.

Meu coração acelera, mas Rissa tenta se recuperar, tenta ir ao encontro dele no campo de batalha e redirecionar o ato. Ela vira a cabeça, apoia um lado do rosto no travesseiro, arqueia as costas enquanto o capitão aperta e belisca seu traseiro nu.

— Ah, capitão, gosto de um homem que sabe assumir o comando — ela diz com um tom rouco admirável.

— Cale a boca — ele dispara.

Sem tirar a túnica, solta a fivela do cinto e abre a calça de couro, que deixa cair até a altura dos joelhos. Ajoelhado atrás de Rissa, ele a penetra com violência e sem aviso prévio.

Ainda segurando o cabelo de Rissa, ele entra e sai depressa, como o bater de um martelo. Rissa não se encolhe nem grita. Em vez disso, consegue se mover com ele, fingir. Levanta a cabeça do travesseiro e apoia as mãos no colchão, continua desempenhando seu papel.

Mas quando ela geme para agradá-lo, a boca do Capitão Fane se torna uma linha dura, seus olhos brilham. Ele a puxa pelo cabelo, depois o solta e usa a mão para cobrir sua boca, sufocando o barulho. E fica evidente que ele não quer o prazer de Rissa, nem mesmo fingido.

O pirata segura seu queixo. Quando um suspiro estrangulado escapa de sua boca, a mão sobre sua boca se torna mais feroz.

— Já mandei ficar quieta — ele reforça, sem parar de se mexer.

Estou paralisada na porta, com as costas apoiadas nela como se estivesse colada à madeira, as fitas se contorcendo contra os nós infinitos.

A escuridão diminui lá fora, mas parece aumentar aqui dentro. O capitão usa Rissa, faz tudo parecer sujo e cruel. Com Midas, mesmo com meu ciúme constante, o ato nunca me causou repulsa, nunca me fez sofrer por elas.

Mas agora sofro por Rissa.

O Capitão Fane não tem mais aquele ar fascinado, não tem mais o olhar de apreciação. Agora seus dentes estão apertados, o corpo peludo se contrai, e tudo que Rissa pode fazer é aguentar e ficar quieta.

Mas ele tenta fazê-la gemer, tenta arrancar delas os sons para poder machucá-la ainda mais.

Cada vez que algum ruído escapa dela, mesmo quando é só uma respiração mais profunda, ele se torna mais grosseiro, mais rápido, mais cruel. Até que os olhos azuis encontram os meus, e vejo neles lágrimas provocadas pela brutalidade da situação.

Rissa pode ser uma montaria, mas é uma montaria real. E digam o que quiserem sobre Midas, mas ele não é um bruto. Não abusa de suas montarias. Ele as usa para ter prazer, é claro, mas não se satisfaz com a violência.

O rosto da garota, marcado por dor e lágrimas, está me matando, e meus olhos ardem. Não suporto continuar olhando, assistindo a tudo passivamente.

— Capitão — falo, e dou um passo à frente —, está machucando ela.

Ele me encara por cima do ombro, o cabelo loiro caindo sobre uma orelha em mechas engorduradas.

— Sim, e você é a próxima, fantoche de foder.

O medo se instala em meu estômago tal qual uma pedra. Arranha tudo enquanto se revira, deixando-me em carne viva. Mas quando ele penetra Rissa com tanta força que ela bate a cabeça na cabeceira da cama, pego-me dando mais dois passos, falando de novo:

— Pare com isso.

Os dois fazem cara de surpresa ante o meu atrevimento. Mas a expressão do capitão é substituída pela promessa de punição — a mesma que ele já fez antes.

Ele sai de Rissa de repente, deixando seu corpo cair pesado em cima do colchão. E então vem em minha direção, o olhar sombrio, a testa franzida.

As janelas atrás dele mostram que o céu está mais claro. O manto negro da noite se dissipa, finalmente, revelando a aproximação de um amanhecer cinza. O Capitão Fane é uma silhueta escura diante da cena, emoldurada pela manhã iminente.

Quando ele dá a volta na cama e se aproxima, meus pés querem recuar, mas me controlo. Levanto o queixo.

Ele desrespeitou o corpo de Sail, e agora o de Rissa. Rissa, que está disposta a qualquer coisa para sobreviver. Rissa, que teria representado seu papel e encarado tudo que ele fizesse como uma profissional, porque ela é forte.

Mas, como descobri, tenho meus limites.

— Eu disse que queria silêncio.

O Capitão Fane me dá uma bofetada com as costas da mão antes que eu tenha tempo de ficar tensa.

O impacto me joga longe. Não consigo impedir o tombo no chão de madeira.

A dor explode atrás dos meus olhos como lamparinas se quebrando, mas não tenho tempo para me recuperar antes do chute nas costelas. Um chute forte.

Grito, um som estrangulado que sai de mim como um cordão embutido. Ele se solta, arrancado de minha garganta, deixando na boca o gosto de cobre.

Caída no chão e atordoada de dor, quase nem sinto quando ele rasga a frente do meu vestido. Luto, encolho-me formando uma bola, meu corpo tentando se proteger por instinto, os braços se erguendo para reunir as partes do vestido.

Ele endireita o corpo com uma risada abafada e cruel.

— É evidente que Midas não sabia treinar suas putas — declara, abaixando-se para segurar a calça, agora caída sobre os tornozelos. — Que bom que eu sei. Agora fique aí e assista a tudo em silêncio, bichinho.

Com uma risadinha cruel para mim, ele pega o cinto de couro e volta para perto de Rissa. Por nenhum outro motivo além de ser um completo e total desgraçado, levanta o cinto e bate com ele nas costas dela, um golpe brutal.

Um grito brota da boca dela, e o cretino depravado rosna de novo para ela ficar quieta, como se isso fosse culpa dela. Sua boca se contrai, o pinto pulsa, e ele a penetra de novo, como se adorasse os gritos de agonia.

Ainda caída no chão, sinto um lado inteiro do corpo irradiando dor do local onde ele me chutou. Toco com cuidado o lugar onde a bota me atingiu e sufoco um gemido. Dói, mas preciso me levantar. Preciso me levantar, porque Rissa está soluçando, porque a janela enfim está iluminada, o sol finalmente está nascendo, trazendo um dia cinzento.

Eu me obrigo a respirar quando me esforço para ficar em pé. Um lado do rosto lateja, um lado do corpo protesta, mas consigo me levantar — mesmo que um pouco encurvada. Seguro o corpete rasgado, tentando impedir que exponha meu seio, forçando as mãos a pararem de tremer.

Olho para a cama de novo e vejo que o capitão enrolou o cinto no pescoço de Rissa enquanto a penetra, e as lágrimas dela ensopam a raiz do cabelo nas têmporas.

A raiva aparece em mim como meu amanhecer pessoal.

Cerro os punhos e contraio a mandíbula. Sei o segundo exato em que o sol surge no horizonte, porque minha determinação se levanta com ele.

A pele arrepia.

Avanço ao longo do quarto inundado pela luz turva da manhã leitosa. Mas mesmo com essa luz pálida, eu me sinto melhor. Como eu sempre disse, sou o tipo de garota que vê o lado positivo das coisas.

No momento em que o raio de luz turva me ilumina, o arrepio na pele se intensifica e me aquece. Os sapatos arranham o assoalho de madeira quando manco em direção à cama.

Os olhos brilhantes de Rissa me encontram, seu rosto contorcido de dor, vermelho por causa da pressão que ele exerce em seu pescoço. Meus dedos se estendem e flexionam.

Quando o Capitão Fane geme de prazer, o som cava o solo da minha ira e faz essa semente germinar em uma flor de ódio.

Ele percebe a atenção de Rissa em mim, porque vira a cabeça e segue a direção de seu olhar. Quando me vê caminhando para a cama, ele sorri.

— Não consegue esperar sua vez, é? Muito bem. Vou pegar você agora. Vamos ver por que tanto escândalo com a Boceta Dourada de Midas. — Ele solta o cinto, e Rissa cai tossindo e sufocando. O capitão se aproxima de mim com um lampejo excitado nos olhos. — Vou gostar de fazer você sentir dor.

Seu punho se levanta, pronto para me agredir, agarrar meu cabelo, fazer-me ajoelhar ou me jogar no chão. Não sei bem o que ele pretende fazer com aquela mão que se aproxima de mim tão depressa, mas não importa.

Porque sou mais rápida.

Sem hesitar, sem pensar, corro, não para longe dele, mas para ele. Elimino a distância entre nós como uma faca empurrada para a frente, e bato com a palma da mão no pescoço dele.

É o suficiente. Mesmo que o capitão ainda não perceba.

O capitão olha para mim e pisca, como se estivesse confuso, como se não entendesse por que a mão erguida parou no ar, porque não desce para aplicar a punição, porque ele não está me subjugando.

Meu rosto está a centímetros do dele, e sinto seu hálito podre misturado com o cheiro de álcool. Sinto o tremor que percorre todo o seu corpo.

Os lábios se afastam, como se ele quisesse perguntar o que está acontecendo, mas tudo que sai deles é um gemido estrangulado. Um som que borbulha na garganta por uma fração de segundo antes de se silenciar de um jeito que nem é natural.

Ele fica quieto quando minha mão aperta seu pescoço com mais força. Atrás de mim, ouço o grito sufocado de Rissa. Porque ali, na região sob minha mão, uma mudança começa a se espalhar na pele do capitão.

Como uma onda, estende-se do pescoço onde o toco. Espalha-se como água tranquila, formando uma onda sobre os ombros, escorrendo pelos braços, alastrando-se pelo tronco, pingando nas pernas. Sinto-a se infiltrar, atravessar a pele, acumular-se nos órgãos, inundar as veias.

Só falta o rosto.

Porque eu quero que ele acompanhe. Quero que ele veja. Quero que olhe para mim e saiba que meus olhos são sua promessa de punição.

A última coisa que o Capitão Fane consegue fazer é arregalar os olhos em choque. Mas ele não tem tempo para piscar ou respirar. Não outra vez. Nunca mais.

Em um segundo, sua pele está avermelhada, a túnica manchada, o membro roxo e os olhos castanhos. E no segundo instante está congelado, cada centímetro dele, desde as contas na barba até os dedos dos pés dentro das botas, tudo cintilante, resplandecente e vingativo. Porque acabei de transformar o filho da puta em ouro maciço.

37

O ouro embaixo da minha mão é frio e sólido, sem calor, sem maciez. Só coisas sem vida, insensíveis, têm essa qualidade ao toque. Como uma pedra deixada no fundo do mar.

Contemplo o rosto com a boca levemente encurvada, a madeira dos dentes quase invisível, o olhar em pânico. Meu coração martela no peito, mas sem arrependimento. Ele pulsa com a verdade do que fiz. Com o que revelei.

Um a um, afasto os dedos do pescoço dele, até soltar o casco metálico daquilo que já foi um homem e deixar o meu braço cair junto ao próprio corpo.

— Você... você... O que você fez?

Fito Rissa, sentada na cama paralisada, encarando-me com horror. Seus olhos se movem entre mim e a estátua de ouro do Capitão Fane, como se ela não soubesse qual dos dois era uma ameaça maior.

Ela respira ofegante, mas não sei se por causa do que acabei de fazer, do que o capitão fez com ela ou do choque provocado por isso tudo.

— Você está bem? — pergunto.

Ela me encara piscando, incrédula. Está boquiaberta, descabelada, com as lágrimas secando no rosto. Minha cabeça começa a ficar confusa, uma dor forte desabrocha nas têmporas, e sinto um peso enorme ameaçando me dominar. Massageio a testa por um momento, como se pudesse aliviar a iminente dor de cabeça. É como se toda a força me deixasse, como se eu fosse uma árvore vertendo seiva.

Aponto para o finado capitão.

— Ficou bem melhor assim, não acha? Não fala mais, não se mexe... — Olho para o membro ainda ereto, à procura de atenção. — Aposto que poderíamos arrancar essa coisa com um martelo, se quiséssemos.

Ela emite um ruído sufocado, mas não sei se a intenção é gritar, soluçar ou rir. Talvez uma combinação dos três.

Rissa arranca o cinto do pescoço e massageia os vergões vermelhos que marcam sua pele, antes de se levantar e apontar para o corpo.

— Como fez isso, Auren?

— Hum...

Ela se aproxima e contorna o capitão sem se importar com a própria nudez, tocando o peito dele com a mão trêmula. Com o punho fechado, bate nele antes de recuar.

— Grande Divino, é ouro maciço — murmura. Depois olha para mim, perturbada. — E ele está... morto?

— Ah, sim. Muito, muito morto.

Um suspiro pesado faz seu corpo tremer.

— Mas o Rei Midas...

Ela se cala, e não tento terminar a frase. Já revelei demais. Não posso explicar como tudo isso funciona, como é para mim e para Midas. Não posso permitir que ela saiba mais do que já sabe.

Rissa dá um passo e as tábuas do assoalho rangem. Nós duas ficamos paralisadas, olhando para baixo, para onde o piso cede sob o peso do capitão.

— Isso... isso não parece nada bom — reconheço.

Ela me fita, apavorada.

— Ah, você acha?

Se o capitão afundar o assoalho, o barulho vai ser estrondoso. E se houver barulho, os piratas virão correndo. Não posso permitir que isso aconteça, porque não posso deixar ninguém ver o que fiz. Ter Rissa como testemunha já foi ruim o suficiente. Mas se os piratas descobrirem... Eu me arrepio ao pensar na possibilidade.

— Rissa. — Espero que ela foque em mim. — Não pode contar para ninguém. Nunca — enfatizo com uma expressão dura, em um tom definitivo. — Tem que guardar esse segredo. Por favor.

Consigo ver as engrenagens girando em sua cabeça, e quero saber em que ela está pensando.

— Você falou para ele parar de me machucar.

— Falei.

Ela me estuda por um momento.

— Na última vez que tentou me ajudar, você jogou um livro na minha cabeça.

Dou uma risadinha.

— Sou meio impulsiva.

Ela olha para o capitão.

— Não brinca!

A preocupação me corrói por dentro como um inseto faminto, enquanto o silêncio se prolonga entre nós. Sim, tentei enfrentar o capitão, mas ela já havia sido machucada. Apesar de tudo o que aconteceu esta noite, não posso ter certeza de que conquistei sua lealdade.

Mas Rissa por fim assente.

— Tudo bem.

Por ora, isso basta.

Solto o ar, tento conter o tremor das mãos, banir o cansaço doloroso e a ansiedade que me invadem.

— Muito bem. Não temos muito tempo antes de o comandante vir atrás de nós. Não podemos deixar ninguém ver isso.

Rissa olha para mim, irritada.

— É como é que vamos esconder esse homem?

Mordo a boca, rezando para os deuses Divinos não permitirem que o assoalho ceda, enquanto analiso ao redor. Não posso simplesmente jogar um cobertor em cima dele, ou empurrá-lo para baixo da cama. Os Invasores Rubros vão perceber quando seu capitão não sair deste quarto.

Noto o baú de moedas de ouro ao lado da mesa, e minha cabeça pega no tranco.

— Tenho uma ideia — anuncio. — Ponha a roupa.

Rissa vai pegar o vestido em cima da cama enquanto me dirijo ao armário aberto do capitão e pego um par de luvas grossas deixado no chão. Assim que as calço, o branco muda de cor, como se o couro fosse mergulhado em um pote de ouro.

Como o capitão rasgou a frente do meu vestido, pego um casaco marrom e curto de um cabide perto da minha cabeça. Diferentemente dos couros e peles brancos que dominam o restante das roupas, este tem grandes penas marrons nas costas e nas mangas.

Apesar de leve, o casaco é surpreendentemente quente, com as penas acrescentando uma camada extra de proteção. Também é curto o bastante nas costas para não ser um prejuízo para as fitas e, quando o abotoo na frente, ele segura o corpete rasgado no lugar.

Rissa se veste e olha para mim.

— Pronto. E agora?

Relanceio para o capitão, depois para a janela atrás dele. Rissa acompanha meu olhar e balança a cabeça.

— Não é possível.

— É a única coisa que podemos fazer — argumento. — Não podem encontrá-lo assim. De jeito nenhum.

Rissa suspira como se quisesse continuar a discussão, mas se limita a resmungar alguma coisa. Em seguida prende o cabelo para cima, tirando-o do rosto, enquanto retiro os lençóis da cama.

Honestamente, é bem provável que ela esteja certa e isso seja impossível, mas é a minha única chance. É muita sorte ele estar perto da janela o bastante para eu tentar, pelo menos, ou não teria esperança alguma de sair desta. Mesmo assim, é grande a possibilidade de eu não conseguir empurrar o filho da mãe pela janela.

Mas tenho de tentar.

Rissa e eu agimos o mais depressa possível, conscientes de que o tempo está prestes a se esgotar. Amarramos dois lençóis em volta do pescoço do capitão como uma forca, deixando um bom pedaço do tecido para ser usado como corda. Prendo o lençol e vou abrir a janela, grata a todos os Divinos por conseguir abrir as duas vidraças com facilidade. Com as janelas abertas, o quarto é invadido por um sopro de ar frio e flocos de neve macia, que salpicam o chão.

Sinto a atenção de Rissa, os olhares furtivos. Sei que ela quer fazer muitas perguntas, mas não posso correr o risco de permitir que as verbalize, e nem temos tempo para isso, de qualquer maneira.

Verifico os lençóis mais uma vez para ter certeza de que estão bem presos, e nos posicionamos do outro lado do capitão, de costas para a janela.

— Então... o plano é só puxar com toda a força e torcer para conseguirmos jogar o filho da mãe lá para fora? — ela pergunta, insegura.

— Mais ou menos isso.

Rissa balança a cabeça, depois esfrega as mãos. Nós duas seguramos os lençóis, uma ponta cada uma, e envolvemos as mãos com o tecido.

— No três — aviso. — Um, dois, três!

Juntas, puxamos com toda a nossa força. Mãos fechadas, braços contraídos, costas mobilizadas, pernas firmes, e puxamos. Rissa grunhe e redobra o esforço, mas o capitão não sai do lugar. Nem um centímetro.

Soltamos os lençóis ao mesmo tempo, ofegando e xingando.

— Merda — resmungo quando o pânico começa a ferver dentro de mim. Não posso deixá-lo aqui desse jeito. Não posso! Não é uma opção.

— Merda, merda, merda... — Muito frustrada, chuto com força a canela do capitão. Não é uma boa ideia, considerando que ele agora é de ouro maciço. Falo mais um palavrão ao sentir a dor nos dedos do pé.

Rissa arqueia uma sobrancelha para mim.

— Melhor não chutar um homem de ouro maciço, não?

— Valeu a pena — resmungo.

Ela abaixa a cabeça. Pensa um pouco. Depois dá um soco violento no pinto do capitão. Teria doído muito, se ele ainda fosse de carne e osso. E estivesse vivo.

— Ai — ela geme, olhando feio para o falo de ouro, esfregando a mão dolorida. Depois olha para mim. — Hum. Tem razão. Valeu a pena.

— É — suspiro.

Rissa e eu observamos o ambiente, sem saber o que fazer. A janela está tão perto, mas mesmo assim parece longe demais. Percebo um par de ganchos presos à parede, ao lado das janelas, onde uma das espadas do capitão está em exibição. Minha mente dá um estalo.

Corro para pegar a espada da parede e a jogo em cima da cama. Em seguida, estico os lençóis e os enrolo nos ganchos, puxando para me assegurar de que estão bem presos.

— O que está fazendo? — Rissa pergunta.

Eu me penduro no lençol, levanto meu corpo do chão, e o gancho não cede. Bom sinal. Só espero que isso dê certo.

— Pegue a cadeira do capitão e ponha atrás dele. Este gancho vai funcionar como uma polia — explico, mostrando-lhe o lençol em minhas mãos, preso ao pescoço dele, passando pelo gancho e de volta para mim. — Vou puxar com toda a força para tentar erguer a frente do corpo, e você empurra a cabeça dele por trás. Vamos torcer para ser suficiente para incliná-lo, e depois a gravidade faz o restante.

Ela assente e vai correndo buscar a cadeira. Depois de deixá-la ao lado do capitão, sobe no assento para ficar mais alta.

Assumo meu lugar junto da parede e seguro o lençol. Quatro das minhas fitas — as únicas que consegui desamarrar — se levantam e também envolvem o lençol, mas estão cansadas e doloridas. Não sei quanta força podem me emprestar.

Rissa as perscruta com uma mistura de desconfiança e fascinação.

— Pronta? — pergunto, impedindo que ela faça perguntas.

Em resposta, ela posiciona as mãos na cabeça do capitão e firma os pés, enquanto agarro o lençol com mais firmeza.

Conto:

— Um... dois... três...

Ela empurra. Eu puxo. O assoalho estala. O vento sopra.

A estátua não sai do lugar.

Todo o meu corpo se ressente quando recorro a cada migalha de força e determinação remanescente. A costela machucada dói, mas a ignoro. Parecem frágeis como asas de borboleta. A coluna grita, os músculos se contraem.

— Vai... logo...

Ou desmaio ou levanto esse desgraçado. Não existe meio-termo. Prendo a respiração e continuo puxando, puxando, recusando-me a parar, recusando-me a fracassar.

Isso precisa dar certo. Precisa funcionar.

Ouço Rissa exalar um ruído frustrado enquanto faz força, e meu corpo todo está ensopado de suor. A tontura se aproxima como uma ave voando em torno de minha cabeça.

Colocamos toda a nossa força nesse movimento. Se pararmos, não vamos conseguir recomeçar. É isso. Eu sei, ela sabe, e o vento gelado sabe.

Mas o capitão não se mexe.

Lágrimas inundam meus olhos, e sinto o desânimo. Não temos essa capacidade. Eu não tenho.

A decisão impulsiva de matar o filho da mãe condenou minha vida também, provavelmente.

Tal percepção me enfraquece. Tudo é inútil, não vou conseguir. O fracasso faz o medo encurvar meus ombros. Ele me empurra para baixo, curva-me, dobra-me sob o peso do que está por vir.

Com um grunhido de resistência, aperto os dentes com tanta força que tenho medo de quebrá-los. Todo o meu corpo treme, minha cabeça é invadida por pontinhos pretos, mas continuo puxando. O único retorno é o som do lençol rasgando, as tábuas do assoalho rangendo de um jeito ameaçador.

Um soluço escapa de minha garganta. Rissa liberta um ruído estrangulado, um grunhido de dor. Minha última esperança escapa por entre os dedos com o lençol, que continua a rasgar.

Mas então, como que por um milagre divino, minhas fitas começam a brilhar.

É uma luminosidade pálida, como o mais suave raio de luz no fundo de um lago, mas está lá. O mesmo brilho do calor acetinado que me acordou na carruagem depois do ataque.

As quatro fitas de seda parecem ganhar vida com uma segunda onda de força da qual eu não sabia que elas eram capazes. As fitas chicoteiam, soltam o lençol e envolvem o tronco do capitão, firmando-se com um estalo metálico.

Puxam com tanta força que grito de dor, sentindo minha coluna prestes a quebrar.

Todavia, com essa força enorme, o corpo do capitão se inclina. E esse pequeno movimento é tudo de que precisamos para fazê-lo cair.

Rissa grita de surpresa quando cai para a frente no momento em que a estátua toma a direção da janela aberta. Com um estrondo, as canelas se chocam contra a moldura, mas a gravidade agora assumiu o comando.

Minhas fitas o soltam de repente, e o capitão desmorona tal qual uma árvore enorme cujo tronco foi cortado. Ele gira na descida, e me debruço na janela a fim de assistir ao mergulho. Os lençóis tremulam em seu pescoço.

O impacto no chão é violento e faz neve se espalhar, como um corpo mergulhando na água.

Rissa e eu ficamos olhando lá para baixo em silêncio, percebendo que conseguimos.

Espio em todas as direções, mas felizmente os outros navios piratas não estão atrás de nós, e o amanhecer ainda é turvo o bastante para manter a paisagem pouco iluminada.

Respirando com dificuldade, continuamos espreitando pela janela, para o local onde ele cai na neve com o membro para cima.

Rissa sorri, satisfeita.

— Um fim adequado, acho.

Deixo escapar uma risada cansada.

Meu corpo quer desabar no chão, mas me obrigo a caminhar até a mesa e segurar uma das alças do baú de moedas. É mais pesado do que consigo levantar, e meu corpo dolorido protesta, mas Rissa corre para me ajudar, e jogamos o baú para fora pela mesma janela.

Vemos que ele cai a alguns metros do capitão, e a neve já começa a cobri-los como confete.

— Por que jogamos fora todo aquele ouro?

— Você vai ver — respondo distraída, com a voz cansada.

A neve se acumula no chão, e tento remover o máximo possível dela antes de fechar novamente as janelas. Minha única esperança é que acreditem na minha história, que o navio siga viagem antes de alguém ver.

Olho pela última vez para o capitão brilhante lá embaixo. Condenado a levar para sempre o choque nos olhos e a calça nos tornozelos. Agora ele é mais rico do que jamais sonhou ser, mas está morto demais para apreciar tamanha riqueza. Pensar na situação daquele homem motivado unicamente por moedas e prazer me traz imensa satisfação.

Dou as costas para a janela com um suspiro exausto, quase incapaz de manter as costas eretas. As fitas pendem flácidas e fracas atrás de mim, sem nenhum brilho no comprimento dourado.

Mas conseguimos. Deu certo.

— Está tudo bem? — Rissa me pergunta.

Encolho os ombros. Isso foi só metade da batalha, e conseguimos cumprir essa etapa por pouco.

Agora só me resta esperar que a neve continue a cair, que acreditem na minha mentira, que os navios sigam viagem e que a verdade cintilante fique escondida sob um manto gelado e branco.

Mas, mesmo que tudo isso aconteça, nossa vida permanece em perigo.

Posso ter eliminado o capitão dos Invasores Rubros, mas vamos deixar de ser prisioneiros dos piratas gananciosos para nos tornarmos cativos de soldados sanguinários.

Não sei o que é pior.

Mas logo vou descobrir.

38

As batidas à porta da cabine do capitão quase me matam de susto.

— Capitão, eles estão voltando! — um dos piratas berra do outro lado.

Rissa arregala os olhos e, preocupada, pergunta quase sem emitir nenhum som:

— O que vamos fazer?

Aponto para a cama, e Rissa e eu corremos para lá.

— Deite-se — cochicho para ela.

Ela me obedece sem demora, e jogo o cinto do capitão em sua direção.

— Prenda o cinto no pilar do dossel.

Ela me encara.

— Sério?

— Confie em mim. E desarrume o vestido.

Ela bufa, mas usa a mão livre para fazer o que eu digo, abaixando o decote e levantando a saia.

Eu me acomodo no chão, ao lado da cama, com toda a suavidade possível, e oriento uma das fitas a envolver meu pulso, depois um pilar da cama. Cada volta que ela dá faz doer um músculo exausto ou um osso machucado, mas sei que isso tem de parecer convincente. Com a mão livre, abro os botões do casaco de penas do capitão sem me expor por completo, mas deixando uma brecha por onde é possível vislumbrar o corpete rasgado. Levanto a saia grossa até o meio das coxas, torcendo para que esse tanto de pele exposta os distraia e evite perguntas inconvenientes.

As batidas se repetem.

— Capitão, você não vem? Eles estão subindo a rampa.

Olho para a cama.

— Se você sabe forçar o choro, agora é uma boa hora — murmuro.

Rissa dá uma risadinha.

— É claro que sei forçar o choro.

— Capitão? Tudo bem aí dentro?

Vozes baixas soam do outro lado da porta, depois passos pesados se aproximam. Ouço a voz de Quarter chamando o Capitão Fane bem quando Rissa estala os dedos para me chamar.

— Que é? — pergunto.

Em vez de responder, ela aponta para a mesa do capitão.

Intrigada, olho para lá e vejo o chapéu e o casaco do capitão.

— Merda — resmungo.

Penso em me levantar e tentar jogar tudo pela janela, mas é tarde demais. Quarter já está esmurrando a porta.

— Capitão? Capitão! Vou entrar!

Rissa choraminga quando os piratas começam a chutar a porta. Eu me encolho a cada chute, até que a moldura racha e a porta cai com um estrondo. Três piratas entram no quarto, Quarter na frente do grupo. Sua atenção se volta imediatamente para mim e para Rissa, mas logo olham em volta, procurando o Capitão Fane.

— Capitão? — Quarter chama.

Quando fica evidente que o capitão não está no recinto, sua expressão muda, fica sombria, e ele se aproxima da cama.

— Onde ele está? — pergunta.

Rissa começa a chorar. Um choro alto, com soluços, gritos e uivos. Ou ela é uma tremenda atriz ou estava segurando tudo isso.

Faço cara de medo, o que não é difícil, considerando que estou apavorada.

Quarter para na minha frente e encara nós duas.

— Perguntei onde ele está.

— O Capitão Fane... ele... ele... — Rissa soluça.

Quarter grunhe frustrado e olha para mim, chuta minha canela com o bico da bota e me faz gemer de dor.

— É bom alguém falar logo!

Finjo me debater contra a fita que me prende à cama.

— Depois de... possuir nós duas, ele nos amarrou. Mandou ficarmos quietas e pegou o baú cheio de moedas — falo depressa com um tom trêmulo, agudo. — Ele pegou o baú e saiu. E deixou nós duas aqui amarradas.

Atrás dele, os outros dois piratas ficam tensos e se entreolham.

— Saiu — Quarter repete sem se alterar.

Confirmo com um movimento de cabeça, sentindo a ansiedade aumentar.

Acredite em mim. Por favor, acredite em mim.

Quarter se afasta e começa a examinar o quarto. Meu coração dispara quando ele se aproxima da mesa onde estão o chapéu e o casaco do capitão. E bate ainda mais acelerado quando ele se aproxima da janela.

Não olhe para fora. Imploro a todos os Divinos. *Por favor, não permitam que ele olhe para fora.*

— Onde estava o baú? — ele pergunta.

Um dos outros piratas aponta.

— Deixamos ele ali, Quarter.

Quarter fala um palavrão e chuta um barril, que atravessa o quarto e se choca contra a parede.

— Ele pegou o dinheiro e deixou a gente aqui!

— Para onde ele iria sem um navio? — o pirata pergunta.

— É claro que ele planejou tudo isso — responde Quarter. — Pegou um garra-de-fogo ou conspirou com aqueles soldados do Quarto. — Mais uma sequência de palavrões sai de sua boca, inundando o quarto com força feroz. — Aquele filho da mãe traiçoeiro. Se algum dia puser os olhos nele, juro que...

— Quarter. — Um pirata diferente aparece na porta. — O comandante está aguardando. E está ficando impaciente.

— Porra! — Quarter puxa o cabelo com raiva, antes de se virar e olhar para nós.

Meu corpo fica tenso, a preocupação que lateja no crânio multiplica minha dor de cabeça por dez.

— O que vai fazer, Quarter?

Ele solta o ar devagar.

— Se dissermos aos Rubros que o capitão fugiu com nosso dinheiro e que o comandante levou nossas putas, vamos ter de enfrentar um motim. — Ele nos encara com um ar ameaçador. — Leve as duas para o comandante.

O pirata abre a boca para argumentar.

— Agora — Quarter o interrompe. — Acha que conseguimos sobreviver a um ataque dos soldados do Quarto, se tentarmos renegar o acordo? Ele pagou, não importa se temos as moedas ou não. E não vai embora sem elas. Especialmente a vadia dourada.

Os piratas fitam um ao outro, claramente insatisfeitos, mas se aproximam de nós.

— Vamos, vadias — um deles resmunga.

Com agilidade, levanto a mão para a fita que está enrolada no pilar e finjo soltá-la, para que ele não tente rasgá-la ou cortá-la.

Ele me pega pelo braço no momento que a fita é desenrolada e me arrasta para a porta, enquanto o outro pirata pega Rissa.

Quando somos levadas para fora do quarto, escuto:

— Espera um minuto, aquele não é o casaco do capitão? Por que ele iria embora sem o casaco?

Rissa cambaleia atrás de mim, e sinais de alerta disparam dentro de minha cabeça.

— Ei! Parem!

Os piratas que nos escoltam param e se afastam. Os passos de Quarter se aproximam, e me viro para encará-lo, apesar dos joelhos trêmulos embaixo da saia.

Ele para na nossa frente segurando o casaco e o chapéu do capitão.

— Querem falar sobre isso? — pergunta, olhando para uma e para a outra.

Não me atrevo a olhar para Rissa.

Miro o casaco, que ele sacode na minha frente.

— O... o que tem isso? — Tento soar confusa e patética.

— Está me dizendo que o capitão fugiu com o baú, durante uma nevasca, mas não levou a porra do casaco?

A raiva na voz dele me assusta, mas consigo responder:

— Eu... não sei. Talvez ele estivesse com pressa?

Quarter estreita os olhos e dá um passo ameaçador em minha direção. Recuo instintivamente, quase bato com as costas na parede. Viro o rosto para o lado.

Não toque em mim, não toque em mim...

Os olhos dele são cruéis.

— Está mentindo, não está? Sobre o que está mentindo?

Meus joelhos quase cedem. O peito fica apertado, e não tem nada a ver com as fitas amarradas em torno dele, mas com o medo que oprime minhas costelas.

— Eu... — As desculpas e as mentiras que eu ia tentar improvisar morrem na garganta.

Minha boca fica seca, a cabeça lateja, e me sinto muito cansada... incrivelmente fraca. Gastei muita energia — demais — e meu corpo ameaça entrar em colapso. Já teria entrado, provavelmente, se a adrenalina não corresse em minhas veias.

Quarter se inclina para mim, e fico congelada.

— Se não começar a falar, vou enfiar alguma coisa nessa sua boca inútil, depois vou encher você com tanta porra, que vai corroer sua boceta folheada, entendeu? O que aconteceu com o Capitão Fane? — Seu tom é sombrio e letal.

Pontos pretos aparecem na periferia do meu campo de visão. Minha mente se esforça para resolver tudo isso, confirmar minha história original, mas, depois da noite que tive, é como se não funcionasse mais.

Por que pensei que poderia dar certo? Os fios da minha mentira arrebentam um a um, e tudo o que posso fazer é tentar segurar os cordões esgarçados com força desesperada.

Quarter grunhe perto do meu rosto, e fecho os olhos com força.

— Certo. Vou fazer você falar, e depois...

Antes que Quarter possa terminar a frase ou cumprir a ameaça, uma voz fria e mansa corta o ar como uma explosão, um vulcão entrando em erupção em um crepúsculo silencioso.

— O que pensa que está fazendo?

39

Ao ouvir a voz do comandante, Quarter vira a cabeça, e a surpresa me faz abrir os olhos.

O Comandante Degola está ali, ladeado por dois de seus soldados. Os três são ameaçadores como sombras obscuras espalhando sua escuridão. Mesmo com o capacete cobrindo seu rosto, posso perceber que o comandante está furioso.

— Afaste-se da favorita. Agora.

Não há espaço para discussão nem cortesia na voz do comandante. Ele não tem nem de levantar a voz para ser ameaçador.

Quarter endireita o corpo.

— Ela está mentindo sobre um assunto, e vou terminar essa conversa antes de você a levar.

Para ser honesta, fico estupefata ante a coragem de Quarter, tão abismada que nem temo por mim mesma. Mas Rissa choraminga ao meu lado, como se tivesse medo de estarmos no meio de uma briga de morte, e talvez estejamos, porque os três piratas atrás de Quarter levam a mão ao cabo de suas espadas com evidente nervosismo.

Mas os soldados atrás do Comandante Degola não se movem. Nem o próprio comandante leva a mão ao cabo retorcido de sua espada. Ele não se aproxima nem discute.

Não, o comandante ri.

O som transborda do capacete e se espalha no ar entre nós, deixando o pirata tenso. É o som de um alerta. A risada de um lunático, um maluco comprometido com a promessa de sangue.

Uma aura de ameaça o envolve, e ela é densa como piche. Sinto um arrepio. Os espinhos nos braços do comandante brilham pretos como a abertura de uma garganta pronta para engolir Quarter inteiro, e quase vomito de medo.

Este é o monstro que o Rei Ravinger instiga contra Orea. Este é o terror de que as lendas e os boatos derivam. Não é à toa que ninguém quer encontrá-lo em um campo de batalha.

Ao meu lado, Quarter empalidece por trás da máscara, seus olhos se abrem como os de uma presa que subestimou muito o predador.

— Muito bem, leve-a — Quarter decreta com uma voz estranha, uma mistura de medo e tentativa débil de parecer confiante. — Não posso confiar nas palavras que saem da boca de uma puta, mesmo.

— Ótima escolha. — A voz do comandante é como um ronronar sinistro.

Quarter range os dentes, irritado com o tom condescendente, mas se afasta como um cachorro com o rabo entre as pernas. Homem esperto. Os outros três piratas fitam os soldados antes de irem atrás dele.

Observo o comandante quase sem respirar. Estou nervosa demais com sua ameaça palpável para me sentir aliviada por ter escapado das perguntas de Quarter.

— Vamos. — O comandante dá a ordem em voz baixa, mas firme.

Ele se vira e sai, enquanto os dois soldados esperam por mim e Rissa. Com esforço, começamos a andar, e meus passos são um pouco lentos.

Quando chegamos ao convés, os olhos dos Invasores Rubros nos seguem, as máscaras são como dentes arreganhados. Mas os soldados do Quarto não dão a menor atenção, não se incomodam nem quando escoltam nós duas para a rampa, agora coberta de uma fina camada de neve. Deixo meus olhos estudarem as máscaras vermelhas dos piratas pela última vez, e meu olhar é atraído para o mastro onde eles amarraram

Sail. Sou acometida por uma enorme urgência de cuspir aos pés deles, mas me contenho.

Olho para a frente quando o comandante começa a descer a rampa, suas botas deixando marcas na madeira. Rissa e eu o seguimos em silêncio, e somos seguidas pelos outros dois guardas.

Mas a exaustão se impõe em meu corpo, ameaça assumir o comando. Meus passos cansados, trôpegos, não acompanham a inclinação acentuada da rampa, em especial no trecho escorregadio.

Tento me concentrar em cada passo, vou devagar e com cuidado, mas, mesmo assim, minhas pernas tremem, a energia desaparece. Portanto, nem me surpreendo quando minha bota desliza sobre um trecho gelado e eu caio para a frente tropeçando sem conseguir me segurar.

Quase bato em Rissa, mas consigo jogar o corpo para a esquerda antes da colisão acontecer. É claro, isso só me faz cair pela lateral da rampa, e despenco.

Felizmente, ao menos estamos perto do fim da descida. O lado positivo.

Na breve queda até o chão, meus braços e as fitas soltas se projetam adiante do corpo em uma tentativa de me amparar, e me preparo para o impacto.

O choque é intenso, a dor explode em minhas mãos e nos joelhos quando bato contra a neve densa. O frio úmido penetra imediatamente minha saia e as luvas. As fitas quase se desmancham sob meu peso, os contornos endurecidos pulsam com uma dor aguda, mas pelo menos não caí de cara.

Por um momento, fico tão tonta e exausta que sinto medo de não conseguir me levantar, de cair novamente na neve. Mas não posso permitir que isso aconteça. Estou exposta e vulnerável demais aqui, sob o véu de uma manhã encoberta.

Assusto-me quando o estalo de um chicote corta o ar, seguido pelo som retumbante de inúmeros garras-de-fogo rosnando.

Atrás de mim, os navios dos piratas da neve se movem lentamente, cascos de madeira deslizam sobre ondas de gelo, meu corpo prostrado tão próximo deles que o chão treme sob mim.

Todavia, além dos navios que se distanciam ganhando impulso com o esforço das bestas de fogo, vejo um mar branco ocupado por centenas, talvez milhares de soldados do Quarto Reino.

Como rochas encravadas em uma paisagem antes imaculada, eles estão em todos os lugares. Fica evidente por que os piratas não se atreveram a enfrentar o comandante. Com tamanho poder atrás dele, a tripulação seria dizimada.

Meu estômago ferve quando avalio esse cenário, mas não consigo nem compreender seus números. Não se trata de uma mera missão de reconhecimento. Não se trata de o comandante estar viajando rumo a um encontro com Midas, para levar uma mensagem real, e acompanhado por um pequeno grupo de soldados.

Não, este é o poder do exército do Rei Ravinger, e eles estão prontos para a guerra.

Escapei dos Invasores Rubros só para cair nas mãos do inimigo que marcha em direção ao meu rei. Caí nas mãos do comandante como uma moeda de troca brilhante.

Meu medo ferve com tamanha intensidade no estômago, que tenho medo de vomitar. Quando um par de botas pretas surge no meu campo de visão, e ainda estou me apoiando precariamente na neve, tudo o que consigo fazer é piscar, meu corpo congela na neve.

Isso é ruim. Muito, muito ruim.

A voz do comandante desce por minhas costas, tão afiada quanto seus espinhos.

— Ora, ora, isso é muito... interessante.

Engulo em seco e levanto a cabeça para olhar para o comandante. Atrás dele, o exército começa a se mover, mas não os acompanho. Estou focada demais nele. Porque ele tirou o capacete, que agora repousa embaixo do braço, e consigo vislumbrar seu rosto pela primeira vez.

Nada de chifres. Nem olhos brilhantes e letais. Não tem nem a cicatriz cortando a face.

Não, todas essas coisas eram boatos para provocar pesadelos, o imaginário produzindo alguma coisa demoníaca. Orea está em negação, por isso não encara a realidade, está distante demais da história antiga de nossa terra, com muito medo de pensar que temos feéricos puros-sangues entre nós. Usam o poder do Rei da Podridão como desculpa, acreditam em mentiras, espalham desinformação ou descartam tudo como boato.

Mas o Comandante Degola não é um demônio, e não foi modificado pela magia de Ravinger. Ele é uma presença autônoma, e não consigo deixar de encará-lo, registrar todos os detalhes.

Os olhos são negros. Tão negros quanto a meia-noite encobrindo o mundo, sem estrelas, sem lua, sem delimitação entre íris e pupila. Sobrancelhas grossas, arqueadas e negras emolduram os olhos distantes, tornando sua expressão forte e sinistra.

Acima de cada sobrancelha há uma linha de espinhos pequeninos, bem curtos e pretos, assim como os espinhos nas costas e nos braços, embora esses não sejam curvos, pareçam um pouco menos afiados nas extremidades e tenham apenas um centímetro de comprimento.

O nariz é forte e reto, os dentes são brancos, brilhantes, com caninos ligeiramente alongados e afiados. Ao longo das têmporas e contornando os ossos da face, ele tem uma camada sutil e quase transparente de escamas, como as dos lagartos que vivem nas Dunas de Cinzas.

Ele tem cabelo preto e grosso, barba negra sobre pele pálida e um queixo quadrado e forte — um queixo que termina em orelhas sutilmente pontiagudas. E tudo isso em um corpo de uns dois metros de altura, cheio de músculos e envolto em uma aura de ameaça.

Ele é aterrorizante. É etéreo. É muito, muito feérico.

O restante de Orea pode ter esquecido como os verdadeiros feéricos são e que sensação provocam, pode gostar de fingir que tudo que nos restou dos feéricos é essa pouca magia transmitida em nossas linhagens de sangue, mas a presença do comandante desmente isso.

Orea se sente traída pelos feéricos, mas o medo é a emoção predominante. É só porque aqueles que têm magia podem governar. Por isso a Rainha Malina teve de abrir mão do controle de seu trono e se casar com Midas por seu poder mágico. Porque, se os feéricos algum dia voltarem para terminar o que começaram, vamos precisar de governantes que sejam capazes de proteger seus reinos. Gostaria de saber se o Rei Ravinger sabe exatamente que tipo de besta tem na coleira. Se ele consegue sentir o poder do comandante em ebulição logo abaixo da superfície, sentir sua atmosfera sufocante.

Estou vulnerável aqui aos pés dele, com os olhos dele cravados nas fitas fracas que ainda tentam ajudar a me erguer. Sua atenção indesejada faz meu coração galopar.

Com um esforço mental, consigo, de algum jeito, reunir os fragmentos de minha força e me pôr em pé. Assim que me levanto, as fitas soltas caem atrás de mim na neve, sem força sequer para se enrolarem à minha volta.

O comandante inclina a cabeça de um jeito animalesco, analisando-me com um olhar lento que se arrasta dos pés à cabeça, fazendo o brilho das escamas quase invisíveis sobre os ossos da face ondularem ao amanhecer cinzento.

Quando o olhar finalmente se desvia do meu rosto, meus olhos dourados e exaustos são capturados pelos dele, intensos e negros.

Os navios piratas se afastam mais, o exército continua em movimento, mas o comandante e eu estamos ali, um mirando o outro.

Assim de perto, vejo flocos de neve em seus cílios grossos e negros. Consigo ver o brilho dos espinhos na testa. Não diria que ele é bonito — ele tem uma aparência maléfica demais para isso —, porém a elegância selvagem é tão magnífica quanto é inteiramente assustadora.

Estou congelando, mas as mãos começam a suar dentro das luvas, e minha pulsação é tão acelerada que imagino que vão começar a aparecer furinhos em minhas veias. O vento ganha velocidade, sacudindo as penas marrons do meu casaco roubado, criando a impressão de que meu corpo todo treme.

Vigorosa. Sua presença é muito vigorosa e repleta de morte, como se até sua aura tivesse noção de como ele é destrutivo.

Finalmente, ele fala de novo:

— Então, este é o bichinho de estimação de Midas. — O comandante olha para as penas em minhas mangas, para as fitas douradas caídas na neve, e seus olhos pretos cintilam com interesse quando voltam ao meu rosto. — Tenho que admitir, não esperava encontrar um pintassilgo.

Não sei por qual razão ouvi-lo me chamar de bichinho de estimação me incomoda, mas descubro que minhas mãos apertam o tecido da saia.

— Sei o que você é — retruco com um tom incisivo, deixando a acusação sair com uma nuvem de ar fosca que paira entre nós.

Um sorriso lento se espalha por sua boca, a curva ameaçadora dos lábios faz meu coração tropeçar. Ele dá um passo à frente, um movimento simples que, de alguma forma, suga todo o ar do mundo.

O comandante se inclina, projeta sua aura sobre mim, testando, sentindo, oprimindo. Apesar do ar gelado da Estéril, apesar dos barulhos ensurdecedores dos navios se afastando e do exército marchando, a voz dele é quente e retumbante em meu ouvido.

— Engraçado, eu ia dizer a mesma coisa sobre você.

40
Rei Midas

Já estive em cada reino em Orea. O Primeiro Reino é uma selva morna, cheia de tolos pretensiosos que se consideram mestres das artes. O Segundo é uma extensão árida de areia e não muito mais do que isso, e os monarcas são um bando de puritanos sem graça.

O Terceiro Reino é mais interessante, tem um litoral salpicado de ilhas particulares visitadas apenas a convite dos monarcas. O único ponto desfavorável é a fronteira pantanosa que compartilham com o Quarto, mas o reino do Rei da Podridão não tem nada que me interesse.

No entanto, passei a gostar muito do Quinto Reino.

Olho para baixo, mantendo as mãos apoiadas na grade da varanda. O terreno cintila prateado e branco, mas meu foco são as esculturas de gelo no pátio, mantidas com a mesma religiosidade de qualquer jardim real, cada curva esculpida, cada centímetro moldado à perfeição.

Que maravilha vai ficar quando todo o gelo receber um toque de ouro.

Não tenho esculturas de gelo em Sinoalto. As neves e tempestades são ferozes demais para isso. Mas aqui no Quinto Reino, o frio perene é muito mais moderado, só uma leve neve enfeita o chão cintilante. Passo mais um momento vendo os escultores entalharem o gelo, antes de voltar para dentro e deixar as portas da varanda se fecharem. Fui acomodado nas suítes do sul do Castelo Ranhold, cujo interior é todo decorado em branco e roxo, com pedra cinza e ferro preto fortificando a estrutura. É luxuoso e respeitável o bastante para hospedar um monarca visitante.

Só que não se trata de uma mera visita.

Sento-me à mesa colocada em um canto da sala, enfeitada com flores azuis alegres e frescas, flores de inverno cujos caules repousam em água congelada.

Estou compenetrado em uma pilha de papéis quando batidas à porta precedem a entrada de meu conselheiro Odo.

— Majestade, chegou uma carta.

Estendo a mão, mas mantenho os olhos na lista diante de mim enquanto recebo o pergaminho enrolado. Rompo o lacre de cera, desenrolo a mensagem e passo os olhos pelas palavras de um jeito meio distraído. Mas paro. Volto. Começo de novo.

Leio uma vez, e meu corpo enrijece. Leio pela segunda vez, e minha mandíbula se contrai. Na terceira leitura, estou enxergando tudo vermelho.

— Majestade?

Contemplo Odo, ainda parado na frente da mesa, certamente esperando para saber se vou mandar alguma resposta.

Não vai haver resposta alguma.

Amasso o pergaminho.

— Eles a pegaram.

Minha voz é sombria e baixa, palavras pronunciadas entredentes. A constatação acompanha o ritmo da minha pulsação enfurecida.

Odo hesita.

— Quem pegou quem, Majestade?

Eu me levanto. Com um braço, varro a mesa e arremesso tudo no chão, provocando um estrondo. Livros despencam, papéis voam, o vaso de flores se estilhaça contra a parede.

Meu conselheiro recua, arregala os olhos e acompanha meus movimentos de um lado para o outro da sala. Cerro os punhos com tanta força, que é surpreendente não fraturar os ossos dos dedos.

— Rei Midas? — Odo questiona, hesitante.

Mas mal o escuto, nem presto atenção aos guardas que entram às pressas na sala, atraídos pelo barulho, empunhando espadas contra uma ameaça que não está ali.

Uma nuvem de fúria se forma em minha cabeça, uma pesada tempestade de pensamentos pulsando entre as têmporas e descendo pelos membros.

Ninguém ousa se mexer ou fazer mais perguntas enquanto continuo andando, provavelmente com medo de terem a cabeça solidificada e o crânio dourado pendurado em uma estaca do lado de fora dos portões.

Nem sinto quando paro e dou um murro na parede. Não me incomodo com o sangue que jorra dos dedos machucados e mancha o carpete branco com círculos vermelhos furiosos.

Não sinto e não me importo, porque a coisa mais importante para mim foi roubada.

Minha favorita. Minha dourada. Minha preciosa. Foi tirada de mim e é mantida em mãos inimigas.

Olho para os guardas, a raiva se elevando como água fervente, provocando uma névoa de fúria que turva minha visão. A precisão do plano de aniquilação contra o Rei Fulke não vai ser nada em comparação ao que vou fazer contra quem ousou tirar Auren de mim.

Ela é minha.

E vou destruir todos os que ficarem em meu caminho para tê-la de volta.

VIDEIRA DE OURO
PARTE UM

Existia um avarento obcecado,
por uma videira de ouro.
Era de um tom tão dourado,
que suas folhas brilhavam como um tesouro.
No momento em que a viu,
"minha", ele anunciou com um sussurro.

Entre as pedras a encontrou,
junto de uma simples estrada.
Desenterrou e levou,
no bolso, a planta guardada.

Novamente em casa,
ele olhava seu resplendor.
Mãos crispadas de cobiça,
desejo causando dor.

Que grande chance era essa,
a chance de muito mais ter.

E ele a plantou ali,
do lado de fora da porta, onde a podia ver.

Em segredo e escondida vivia.
Esse velho avarento a encontrou,
a roubou.

Levou-a ao canteiro,
e lá a plantou.
Para esconder seu brilho,
de todos os lados a cercou.

Logo botões ela deu,
com o brilho do ouro derretido.
Um a um, ele os colheu,
à cidade levou para serem vendidos.

Ele pagou suas dívidas,
comprou o que queria.
Mas não era suficiente
tudo aquilo que tinha.

Porque a ganância fora plantada
ao lado de suas raízes finas.
O desejo tinha brotado,
junto de suas mudinhas.

Porém, mesmo a aguando,
logo ela murchou.
Seu dourado foi se apagando
e a preocupação o perturbou.

Pois seu bem mais precioso
parecia prestes a morrer.
Ela ia definhando,
enquanto ele de aflição continuava a se remoer.

Só quando, em grande ira,
os cabelos ele arrancou —
torrões marrons caindo
na videira que murchou —,
de repente um brilho lindo,
à sua videira voltou.
E ela cresceu muito
de seu corpo ele a ressuscitou.

Extasiado ele soube o que devia fazer.
Esse avarento a podou,
e a flor dourada desabrochou.
Seu cabelo ele cortou,
e com alegria o derramou.

Porque ela não cresceria
sem sacrifício presente.
Só pedaços dele
seriam suficientes.
Para continuar crescendo,
ela exigia esse presente.
Essa videira de ouro
era o vício do avarento.

CONTINUA...

AGRADECIMENTOS

Eu pensei que ficaria mais fácil com o tempo escrever novos livros, mas posso dizer que nunca fica. Quero agradecer a minha família e amigos por todo seu amor e apoio sem fim.

Para o meu marido, por ser um verdadeiro *rock star* todo santo dia. Eu não poderia fazer esse livro sem você, e eu te amo muito.

Para a minha filha, eu sinto muito por todas as vezes em que tive que trabalhar em vez de brincar com você, mas quero que saiba que eu te amo mais do que todas as ondas do mar.

Para o meu pai, o senhor esteve em cada lançamento dos meus livros e, mesmo que não tenha permissão para lê-los, você torceu por mim e comemorou cada palavra. Muito obrigada.

Para a minha mãe, a senhora leu meus primeiros rascunhos da vida e me disse que eles eram bons, mesmo eles provavelmente sendo umas porcarias. Você me encorajou a não desistir e continuar tentando.

Para a minha irmã, eu nunca teria entrado nesta jornada se não fosse por você. Eu dei meus primeiros passos com confiança por escrever ao seu lado e eu aprendi tanto e foi tão divertido.

Para Ivy Asher, você me ajudou a tornar cada livro melhor, deixou que eu chorasse para você quando escrever se tornava difícil, e esteve ali por mim em cada faceta do mundo do livro. Eu sou sortuda por ter você.

Para Ann Denton e CR Jane por serem leitores betas incríveis, muito obrigada por me ajudarem com Gild e por me darem a carga de confiança de que eu precisava. Ainda assim eu não vou dar nenhum *spoiler*.

Muito obrigada para Helayna por polir Gild (percebeu o que eu fiz ali?) e muito obrigada para Dom por toda a sua ajuda nos bastidores.

E o mais importante, obrigada a você, leitor. Eu sei que Gild é diferente de tudo o que já escrevi, e eu sou muito grata por você ter nos dado uma chance. Todo o apoio, os *posts*, as resenhas e os comentários que recebi significam o mundo para mim, e o entusiasmo de vocês me encorajam a continuar. Um muito obrigada de todo o coração.

RAVEN

Primeira edição (fevereiro/2023)
Papel de miolo Chambril Avena 80g
Tipografias Cormorant, Trajan Pro e Sveva Versal
Gráfica LIS